講談社文庫

件《くだん》

もの言う牛

田中啓文

講談社

目次

件《くだん》　もの言う牛

プロローグ1

牛糞《ぎゅうふん》の臭いがする。そして、汗と干し草と……血の臭いがする。七、八人の初老の男たちが、狭い掘っ立て小屋のなかに肩を寄せ合い、しゃがみ込んでいた。皆、国防色の兵隊服を着ている。雑巾のように汚れており、つぎはぎだらけだ。

ふうっ……ふううっ……

彼らの目のまえで、痩《や》せこけた牛が一頭、鼻息荒く、せわしなく歩き回っている。足のあいだから灰白色の液が流れ出し、周囲を濡《ぬ》らしている。男たちは身じろぎもせず、牛の外陰部を見つめている。その目つきはぎらぎらとして、なにかに取《と》り憑《つ》かれたような異常さを感じさせる。

「餌をほとんど食わせておらんからな。失敗するかもしれぬ……」

ひとりが言うと、

「言うな。前回はうまくいった。今度もたぶん……」

「あのときは驚いたわい。東條《とうじょう》さんや板垣《いたがき》さん、土肥原《どひはら》さん……」

ひとりが指折り、七人の名を挙げていった。

「ちょうど七人というのも恐ろしやのう」

「おそらくは死んでミサキになったのだ」

「あのご神託を聞いて、わしらは戦争が終わる、日本が負ける……そう知ったのだからな」

「しっ……！　出てくるぞ」

「うむ……」

前脚の先が押し出されてきた。それを見たひとりが立ち上がり、木の枝の先に紙をくくりつけたようなものを振りながら、

「ああ……いや……ういのおおおお……」

外に漏れないぐらいの低い声で呪文のようなものを唱えはじめた。

「いっぽ……ん……しょうりょ……おおお……」

あとのふたりはその呪文にあわせて手を打った。民謡のようでもあり、短歌の朗詠のようでもあるが、どことなくいびつな「歪《ゆが》み」を感じさせる節である。やがて、仔《こ》牛《うし》が外へと現れ出た。栄養不良か、やけに四肢が細い。干し草のうえに液体のように

どろりと落ちたあと、なかなか立ち上がろうとしない。

「駄目か……」

「いや……わからぬ……」

母牛は、なんとか仔牛を立たせようとするが、仔牛は横倒しになったまま首を左右に振るだけだ。

「やはり餌が足らなんだ。わしらの食うものまで与えたというに……」

「黙れ。まだ、失敗とは決まっておらぬ」

仔牛はかすかに口を開けた。死にかけの金魚のようにぱくぱくと、必死でこの世の空気を飲み込もうとしているようだ。

「お願いじゃ。なにとぞ……なにとぞお告げを……」

やがて、仔牛は口から血の泡を噴くとぐったりとした。

「ああ……逝ってしまわれた」

男たちのあいだからため息が聞こえたとき、

「ヒロ……」

皆が瞠目《どうもく》した。仔牛が言葉を発しているのだ。

「ヒロヒト……ハ……ハチジュ……ナナ……」

仔牛の口や鼻から赤褐色の液体が溢《あふ》れ、そのまま二度と動かなくなった。

「聞いたか！」

「おお……聞いた。はっきりとな」

「陛下は八十七まで生きられる。つまり、死刑にはならぬ」

「よかった……よかったわい」

皆が涙を流して喜び合っているとき、生まれたばかりの我が子の死骸を舐《な》めていた母牛が短く吼《ほ》えた。一同は、小屋の入り口に顔を向けた。つぎの瞬間、戸が開き、ヘルメットをかぶり、カーキ色の軍服を着たアメリカ兵が雪崩《なだ》れ込《こ》んできた。襟には銃をクロスさせた徽章《きしょう》がついている。

「わ、わしらは……」

神主役の男がなにか言おうとするさきに、

「キル・ジャップ！」

銃が乱射され、小屋のなかにいたものたちは全員死亡した。もちろん母牛も頭蓋骨を吹き飛ばされてその場に倒れた。米兵たちは銃を構えたままなかに入ると、マッチで干し草に着火した。乾燥した草はたちまち燃え広がり、小屋を包んだ。

「ここはこれでよい。母屋のほうはどうだ」

兵士のひとりが言うと、

「資料や文献、神具などが保管されておりましたが、命令どおり押収せずにそのまま燃やしました」

「それでいい」

あちこちで火の手が上がっている。おりからの強風にあおられて、高々と炎を噴き上げている。

「隊長殿、祭祀場《さいしじょう》らしい施設を発見いたしましたがどういたしましょう」

「潰せ」

隊長と呼ばれた男はそう言うと、汚らわしそうに燃えさかる小屋を振り返って唾を吐いた。

プロローグ2

また一時《あるとき》、天皇《すめらみこと》葛城山《かづらきやま》に登り幸《いでま》しし時、百官《ももつかさ》の人等、悉《ことごと》く紅《あか》き紐《ひも》着《つ》けし青《あお》摺《ずり》の衣を給はりて服《き》たり。

その時、その向へる山の尾より山の上に登る人ありき。既に天皇の鹵簿《みゆき》に等しく、またその装束《よそひ》の状《さま》、また人衆《ひとども》、相似て傾《かたよ》らざりき。ここに天皇望《みさ》けまして曰《の》りたまはく、「この倭国《やまとのくに》に吾《あ》を除《お》きて王《きみ》は無きを、今誰人《たがひと》そかくて行く」とのりたまへば、すなはち答へて曰《まを》す状《さま》もまた天皇の命《みこと》の如し。ここに天皇大《いた》く忿《いか》りて、矢刺したまひ、百官の人等悉く矢刺しき。ここにその人等もまた皆矢刺しき。

かれ、天皇また問ひて曰《の》りたまはく、「然らばその名を告《の》れ。すなはち各《おのもおのも》名を告りて矢を弾《はな》たむ」とのりたまひき。ここに答へて曰《まを》さく、「吾《あれ》先に問はえき。かれ、吾先に名告《の》りせむ。吾は悪事《まがごと》も一言《ひとこと》、善事《よごと》も一言、言《い》ひ離《はな》つ神、葛城《かづらき》の一言主《ひとことぬし》の大神なり」とまをしき。

『古事記』より

踏みしめていた足もとの石がぐらりと傾《かし》ぎ、谷底へと落ちていった。女はびくっとして一歩退き、

「もう、いや！」

泣きながらそう言った。

「もうすぐ助けが来るって」

男がなぐさめるように言ったが、その言葉を彼自身も信じていないのは明らかだった。

ふたりが立っているのは細い山道だ。丸太を埋めただけの不均等な段がねじれるように続いている。昨夜の雨はもうやんでいたが、地面は濡れて、滑りやすくなっている。日もとうに暮れていて、周囲の様子はよくわからない。濃厚な植物の匂いが四方から押し寄せてくる。下方から水音がするのは、川があるのだろう。

「もうすぐって、いつ来るのよ。さっきからそればっかりじゃない。あと何分待ってればいいの」

ふたりとも大学生ぐらいだろうか。登山にはやや不向きな服装だ。男は黄色いキャ

ップをかぶり、トレーナーに綿パン。黒いスニーカーをはいている。女は茶髪を後ろでひとつにくくり、カーキ色のワンピースを着ている。サンダルでは、さすがに斜面はきついだろう。涙でアイメイクが崩れて目の縁が真っ黒になっている。

「ツレに電話して、救助隊呼んでくれって言っといたから、そのうち来るって」

「いい加減ね。直接警察に電話してよ」

「だから、さっき転んだとき、携帯壊れちゃったんだって。結衣《ゆい》が電話しろよ」

「私のはもう充電切れちゃったの。もともとあんまり残ってなかったし」

「出かけるときには一〇〇パーセントにしておかないの？」

「こんな目に遭うなんて思ってないでしょ」

ふたりとも膝から下が泥だらけなのは、何度か転んだのだろう。女は小さなバッグを命より大事そうに抱えているが、それにも泥がついている。ふたりともときどきつまずいては、四《よ》つん這《ば》いになってまた立ち上がる。また転ぶ。それを繰り返している。

「ああ……もう服がどろどろ。シャワー浴びたい」

「もう少し我慢して」

「せめて手を洗いたい」

「……」

「淳太郎《じゅんたろう》のせいよ。淳太郎が上まで登ってみようなんて、つまんないこと言い出したからこんなことになったのよ」

「結衣も、景色見たいって言ったじゃないか」

「こんな本格的な山だと思わなかったのよ。それに、私、途中で疲れたから引き返そうって言ったよね。それをもうちょっとだからってむりやり登らせたんでしょ。責任取ってよ」

「俺だって、山道が土砂崩れで塞がってるなんて聞いてないよ」

「あそこでじっとしてたら良かったのよ。あんたが、こっちからでも行けるはずだって、左側の道に入ったでしょ。あのときに迷ったのよ」

「道が塞がってるんだから、べつの道を探すのは当然だよ。左に行ったのは正解だったんだ。ただ、そのあと、どこかで脇道に入っちゃったんだな。暗くてさ……」

「言い訳ばっかり。俺が悪かったって言えばいいじゃない」

「今はこれからのことを考え……あれ？　なにか顔についてるぞ」

「え、なに？　取ってよ」

「なんだこれ、取れないな。──うわっ、気持ちわりい。ヒルだ」

「嫌あ、取ってって。早く！　痛い痛い痛いっ」

ヒルをむしり取ると、額の皮膚が破れて出血した。

「ねえ、すっごく痛いんだけど、痕が残らないかなあ」

「……たぶんな」

ぜったい残るよな、と思いながら男はそう答えた。ふたりはぬるぬるした岩に座り込んだ。

「ここに落ち着こう。下手に動き回ったら体力がなくなる。長丁場を覚悟しないと……」

「すぐに助けが来るって言ったじゃない」

「ああ、言ったよ。ああでも言わないと、結衣が落ち着かないから……」

「じゃあ、私をなだめるためにいい加減なことを言ったってわけ？　最低！」

「そうだよ、そのとおり。俺だって……怖いんだ」

男は、ため息まじりにそう言った。

「帰りたい……」

女は顔を覆って泣き出した。

「帰れるって。すぐに救助の……」

男が女の肩に手を回そうとすると、

「触らないで！　ああ、こんな田舎、来るんじゃなかった。ＵＳＪか海遊館にでも行けばよかったわ」

「ＵＳＪ？　ああ、半年ほどまえにできたテーマパークだな。じゃあ、次はＵＳＪにしようか」

「次があると思ってるの？」

女は立ち上がると、自棄《やけ》になったように適当な方向にずんずん歩き出した。

「お、おい、危ないって。崖があるんだから……」

「ここでじっとしてたら頭が変になるわ」

「待てよ、どこに行く」

男は追いすがって、必死で山道を上った。

道は岩だらけで、右側は深さがわからない鬱蒼《うっそう》とした森、左側はのぞくのが怖いような漆黒の谷が途切れなく続いている。ときどき、道端の大木に照明が取り付けられているが、蛾《が》などの昆虫の死骸が貼りつきあまり明るくはない。道は次第に細くなり、すでに前屈《まえかが》みにならないと歩けないような勾配になっている。女は、早足で道を進む。足が滑ろうが、岩で脛《すね》を打とうがおかまいなしだ。

「落ち着いて……落ち着けってば」

「もうどうだっていいわ。死んだほうがまし」

「そんなこと言うなよ。なにか明るいことを考えようぜ」

「明るいことってなによ」

「なにって……最近あったことでさ」

「なに寝ぼけたこと言ってるの。最近、明るい話題なんてあった？　なにが『経済のシバノ』よ。銀行も証券も潰れるし、あちこちで地震はあるし、アメリカで同時多発テロは起きるし、小学校でこどもが殺されるし、花火大会で歩道橋が落ちるし……ろくなことないじゃない」

「うん、俺、芝野《しばの》の口調が嫌いだな。自輪党《じりんとう》をぶっ壊す、とかわけのわからないこと言ってさ、自分がぶっ壊れてるよ」

「私も。テレビで見たらぞーっとする。おまえたちは馬鹿だから教えてやるっていう態度が鼻につくのよ。政治家ってどうしてみんなああなのかな」

男は、女の怒りの矛先が移ったことに内心ホッとしながら、調子を合わせた。

「噴火とか地震も多いし、大気汚染もひどいよな。俺、最近、喉がずっと痛くて目も痒《かゆ》いんだ。北朝鮮の核実験のせいじゃないかな」

「それ、花粉症よ」

女は笑った。やっと女の機嫌が直ってきたので、男はここぞとばかりに続けた。

「アメリカのテロの報復がきっかけで第三次世界大戦でもはじまったら、日本だって巻き込まれるかもしれないよな。たしかにひどいことばかりだ」

「そのうち徴兵制復活、なんてことになったりして……」

「やだなあ。ひと殺しなんかしたくないよ……」

そのとき。

も…………

も…………

どこからともなく、動物のものらしき声が山中に響き渡った。M音ではじまるその声は、牛のものに酷似していた。ふたりは思わず身体《からだ》を寄せ合った。

「こんな山の中で牛……？　ありえないって」

「このあたりって牧場あったっけ」

「聞いたことないわ。きっと風が洞穴《ほらあな》かなにかを吹きすぎるときに、あんな音が鳴るのよ……」

女がそこまで言ったとき、突然、目のまえが開けた。高い杉の木に囲まれた広場のような場所に、土を盛った小山のようなものがあった。いや……その小山は、全体をぶるっと震わせると、半回転した。そこには顔があった。

牛、だ。

ホルスタインというのか、胴体が白と黒のまだらになった乳牛だ。身体の下側に、豊かな乳房が垂れ下がっている。

男と女は、凍りついたようにその場に立ち尽くした。牛の口からは、なにかが垂れ下がっている。

雲が切れて、月光が広場に差した。牛がくわえているのは、赤黒い臓物だった。湯気があがり、血が滴っている。そして、牛の足もとには、たった今殺されたとおぼしき犬の死骸がある。乳牛は、顔を挙げてその臓物を咀嚼《そしやく》し、はふはふと飲み込んでしまうと、また犬の腹部に鼻先を突っ込み、肉や内臓を食いちぎる。ライオンか虎のように、その犬を平らげていく。やがて、あらかた食べ尽くした牛は、太い首をもたげ、月に向かって一声吠《ほ》えた。

も……………

ふたりは呆然《ぼうぜん》としてその光景を見つめていたが、やがて、女が悲鳴を上げた。牛は、ゆっくりとふたりに向き直った。その目は、猛獣の輝きを帯びていた。牛は、金切り声を上げ続ける女に一歩を踏み出した。男がむりやり、女の口を手で塞いだが、牛は頭を低く下げると、前脚で地面を掻《か》いた。

「ヤバい……」

男は、恐怖に駆られて後ずさりし、

「ひいいっ」

そう叫ぶとダッシュで逃げ出した。置いていかれた女はその場にしゃがみ込んだが、牛は男のほうを追った。

数秒して、土や岩が崩れるような音とともに、男の長い絶叫が聞こえてきた。足を滑らせて、谷に落ちたらしい。

(助かった……)

女は、自分の運命に感謝したが、本当の恐怖はそのあと襲ってきた。逃げたかったが、引き返してきた牛が、彼女にのしかかってきたのだ。身体がすくんで一ミリも動かなかった。動物特有のきつい体臭が女を包み込んだ。牛が首を伸ばし、顔を近づけてきた。その目は、左右が別々の方向を向いており、鼻づらがひくひくと別の生き物のように動いていた。牛は、大きく口を開けると、半透明の涎《よだれ》を垂らしながら、女の白い喉に歯を押し当て……口の上下を閉じた。

女の視界が赤く染まり……。

◇

村口毅郎《むらぐちたけろう》刑事は、高田警察署の取調室で、深津《ふかつ》淳太郎の事情聴取を行っていた。村口刑事は、奈良県警刑事部捜査第一課の係長で、三十五歳独身、階級は警部補である。がっしりりした体格は、犯人を威圧するのに役立っているが、本人は「いかつい」とか「こわもて」と言われるのを嫌がっていた。

「きみにはすでにいろいろ聞かせてもらっているが、今から行うのは正式な聴取だ。同じことの繰り返しになるかもしれないが、できるだけ正確に答えてほしい。——きみは、十五日の夕方、三宅《みやけ》結衣と葛城山に登っていた。登山道が土砂崩れで塞がっていたので、引き返そうとしたが、途中で道に迷ってしまった」

「そうなんです。ぼくは動かずに救助を待とうって言ったんですが、彼女が自棄になって歩き出すのでしかたなく……」

ふたりの会話を、隣の席に座った記録係の刑事がパソコンに打ち込んでいる。村口自身はパソコンは扱えない。記録係は、高田署刑事課捜査係の井沢《いざわ》刑事で、村口より十歳ほど年下だ。

「たしかに、きみが友人の城山孝雄《しろやまたかお》くんにかけた電話の履歴が残っていた。午後六時四十九分だ。山中で道に迷ったから、警察に連絡して救助を頼んでくれ、という内容だったそうだ。でも、どうして直接警察に電話しなかったんだね」

「何度もかけたんですがつながらなくて……たまたま友だちにかけたらつながったんです。そのあと転んで、携帯が壊れちゃって……」

彼の所持していた携帯電話が使用不能になっていることも確認済みではある。城山からの連絡を受けて、山岳警備隊が山に入ったが、深津を発見することはできなかったのだ。

「そのあと、牛に襲われた、と……」

深津は強くうなずき、

「そうなんです。広い場所に出たと思ったら、牛が犬を食べていたんです」

彼は頭に包帯を巻いており、ときおり痛そうに顔をしかめる。

「乳牛だ、と言っていたね」

「はい。白と黒の牛でした。牛のことはよく知りませんが、おっぱいも大きかったから乳牛だと思います」

「乳牛が……いや、牛は犬を食わんだろう」

「さあ……でも、本当なんです！」

ふむ……と村口は息を吐いた。それを、ため息のように思われたくないので、もう一度、ふむ……と唸《うな》った。

深津淳太郎は翌日の夕方、葛城山の中腹にある林道で、意識を失って倒れているところを通りすがりの地元の林業関係者に発見されたのだ。衣服はぼろぼろに破れており、ほとんど裸に近い状態だった。頭部や肩、腰などに強い打撲の跡があるが、骨折は認められなかった。彼を助けた林業関係者に深津は、彼女と一緒だったが、牛に襲われて自分だけが崖から落ちた、無事かどうか知りたい、と言った。警察は、深津と行動を共にしていた三宅結衣の捜索を開始した。

「きみは谷底に落ちた、と言っていたね。よく、骨折もせず、無事だったものだ」

「運が良かったんだと思います。落ちたあと、どれぐらいのあいだかわかりませんが気絶していました。気がついたら、身体中が痛くて……でも、結衣のことが心配でなんとか自力で岩場を這《は》い上《あ》がり、林道に出ることができたんです。でも、そこで力尽きて、また気を失ってしまいました」

「運が良かった、か……。わざと、命に別状ないように落ちた、というわけじゃないよね」

「え……？　どういうことですか」

きょとんとした顔で深津は言った。その表情に嘘《うそ》はなさそうだが、捜査に先入観は禁物だ。「屈託のない表情」「正直そうな口調」……これに何度だまされたことか。

「どういうことかわからないかな」

深津は、地元病院に一日入院して精密検査を受けたがどこにも異常はなかった。医師のOKが出たので、こうして任意で事情をきいているのだ。

「三宅結衣さんときみは恋人同士だったそうだね」

「はい、つきあっていました。バイト先が同じで……」

深津は山口県、三宅は鳥取県の出身で、ふたりとも京都市内でひとり暮らしをしていた。休みを利用して、ふたりで奈良に二泊三日の予定で遊びに来たのだという。そのため、家族からの捜索願も出ていなかった。

「もう一度きくが、本当に牛に襲われて、谷に落ちたんだね」

「はい。どうして何度もきくんですか」

「きみが谷底に落ちて、そこからよじ登ったという証拠はないんだ。だれも見ていなかったし、あの付近にそんな痕跡は見つからなかった」

「ぼくが嘘をついてると言うんですか？　ほんとです。そんな嘘をついたってなんの得にも……あ、そうだ」

なにかを思い出したように、深津は机を叩《たた》いた。

「谷底に、赤いものがあったんですよ」

「赤いもの……？　なんだそれは」

「血みたいに赤い塊です。クラゲっていうかゼリーっていうか、ぶよぶよした気味の悪いものが、岩陰にたくさんありました。あれはいったいなんだったんだろう……」

村口は、井沢刑事と顔を見合わせた。医者の話では、脳に損傷はなく、脳波にも異常はないとのことだったが、過度のストレスから一時的に混乱状態にあるのかもしれない。だが、きくべきことはきかねばならない。

「きみが嘘をついているとは言っていない。だが、牛は肉を食べないものだ。だから、その牛が犬の肉を食べていた、というきみの証言は常識的には考えられない」

「本当なんです。信じてください、刑事さん。ぼくはあのとき……」

「だが……」

村口は語気を強めた。

「山岳警備隊の捜索の結果、今朝、葛城山の中腹で、三宅結衣さんと思われる死体が発見された。死体からは、内臓のほとんどが失われていた」

深津は、口を半開きにして村口を見つめた。

「刑事さん、今、なんて……」

「三宅結衣さんは死亡した。その死体には……なにものかに食われた痕跡があったんだ」

狭い取調室を沈黙が覆った。しばらくして、こどものように泣き出した深津に村口は言った。

「三宅さんの死体のかたわらには、犬の死骸もあった。三宅さん同様、肉や内臓を食べられていた」

「…………」

「我々も、なにが起きたのか判断がつかないんだ。最初は、野犬や狐《きつね》、熊などの雑食性の動物や、猛禽《もうきん》類の仕業だと考えた。しかし……死体の回りに、牛のものと考えられる足跡と糞が発見された。きみの証言どおりにね」

村口は、魂が抜けたようになっている深津淳太郎に調書に署名させ、当分は連絡のつく場所で待機するように指示した。深津が取調室を出ていったあと、井沢刑事が村口に言った。彼は所轄の刑事で、今回の事件では県警の村口とペアを組んでいる。

「嘘をついているようには見えませんでしたね」

「だな」

村口は毎朝剃《そ》っても昼過ぎにはじゃりじゃりになる濃い顎ひげを撫《な》でながら、

「あいつの証言が正しいとすると、葛城の山中を人食い牛がうろついている、ということになる。そんな馬鹿な話があるか？」

「でも、トマト牧場から乳牛が逃げ出してるんですよね」

トマト牧場は、葛城山のふもとにある観光半分、酪農半分の牧場だが、そこから乳牛が一頭いなくなった、という届け出が数週間まえにあったのだ。

「それはそうだが……その牛が女を食ったというのか」

「そうは言ってません。三宅結衣は、興奮した牛の角に突かれるか、踏み殺されるかして死亡した。その死体を、野良犬や狐などが食い荒らした……」

深津には言わなかったが、死体の状態はひどいものだった。変死体を見慣れているはずの村口も、その凄惨さに言葉を失ったほどだ。喉を嚙《か》みちぎられ、胸から下はずたずたになっていた。腹腔《ふくこう》は空っぽで、まともに原形を保っていたのは、頭部と手足ぐらいのものだった。それでも、その死体が三宅結衣だと断定できた根拠は、母親がプレゼントした腕時計だった。その母親に鳥取から来てもらい、確認を頼んだのだ。あまりに死骸の損壊が激しいので、奈良医大の医師による検死の結果も、「直接の死因は不明」というものだった。出血多量による心肺停止、もしくはショック死と想像されたが、なにしろ心臓も残っていないのだから調べようがない。

「犬だとしたら、一匹じゃないな。まるで……その……」

村口は、適切な比喩を探した。

「サメの群れに襲われたみたいだった」

「これからどうします」

「猟友会に、山狩りを依頼した。発見次第、その牛を射殺することになるだろう」

「それで一件落着ですか」

「牛が犯人だとすると、それ以上やりようがない」

「牛を逃がした牧場の責任はどうなります」

「よくわからんが、民法で動物占有者責任というのがあるから、産業動物の管理を怠ったとして動物愛護法違反に問うぐらいかな。動物占有者責任あとは重過失致死罪で一年程度の懲役か。放し飼いにした犬が通行人を嚙み殺した程度の罰だろう」

「じゃあ、三宅結衣は死に損ですか」

「そんなことはない。遺族が、牧場を訴えることはできる。でも……俺たちの仕事はここまでだ」

彼らが疑っていたのは、深津淳太郎が何らかの理由で三宅結衣を殺害し、動物の仕業と見せかけて、自分は谷から落ちた体を装った、という「狂言」だったが、さっきの様子ではそのような小細工をするような人間とは村口には思えなかった。そもそも、人を殺しておいて、それを「牛」のせいにするだろうか。たまたま、逃げ出した乳牛を見かけて、罪をなすりつけようと思いついたとも考えられるが、その場合でも、「牛が犬を食べていた」とは言い出すまい。牛は草食。それはだれでも知っていることなのだ。

「捜査本部は設置されませんかね」

「たぶんな」

村口がそう言ったとき、取調室の電話が鳴った。

「はい、井沢です。――マジすか」

彼は電話を切ると、

「森脇のバス停付近で牛が目撃されたそうです」

「森脇？ どこらへんだ」

「一言主《ひとことぬし》神社のあたりですね」

ふたりは取調室を出た。

村口は、高校を卒業してすぐに警察官になった。交番勤務からはじめた叩き上げの刑事だ。酒も煙草《たばこ》もやらない。趣味は、家でガンプラを作ることだけだ。村口家は代々奈良の住人で、村口家の祖がこの土地に来たのは四百年以上まえらしい。村口は独身寮に一人暮らしだが、そろそろ結婚して出ていってくれないと、下のものが入れないんだが、と寮長に日々嫌味を言われている。かつては結婚寸前まで行った女性がいたが、ある理由で破局してから彼女はいない。捜査第一課の上司からも、早く結婚するようにと厳命されていた。その理由は、「刑事がいつまでも独身というのは、一般市民から奇異な目で見られるから」なのだ。上司は世話好きで、何件も見合い話を持ってくる。いくら断っても、

「会うだけでいいから」

と諦めようとしない。

（俺の恋人はガンプラだ……）

そう思いながら、村口は井沢の運転するパトカーに乗り込み、「森脇のバス停」に向かった。大和高田駅に近い高田警察署から一言主神社までは車で十五分ほどだ。

国道三〇号沿いに車を停《と》める。降りるときに路肩の段差につまずいてしまった。

「大丈夫ですか」

井沢が声をかけた。

「なんだかお疲れみたいですね」

「ああ……昨日、ほとんど寝てなくてな。ぼーっとしていたよ」

「テレビでも見ていたんですか」

「まあ、そんなところだ」

ガンプラを作っていたとは言えない。

制服警官が数人と猟友会のメンバーらしき、猟銃を持った十数名の男たちが道端に集まっている。制服警官のひとりが敬礼して、

「ご苦労さまです。牛はあのあたりで目撃されたそうです」

彼が指差したのは、まさに一言主神社へと続く参道の方角だった。

「通りがかった観光客が、乳牛らしき動物が歩いているのを見かけて、一一〇番通報したそうです」

「調べてみたのか」

「はい。ですが、それらしいものは見当たりませんでした」

「牛はどっちに向かっていた？」

「鳥居をくぐって、神社のほうに歩いていたそうです」

村口は猟友会に、

「牛は、危険な状態にあるかもしれません。くれぐれも気を付けてください」

そう言うと、自分は神社へと続く階段を登っていった。奈良に古くから住んでいるわりに、村口は神社や仏閣への興味は薄かった。一言主神社も、たしか三度ほど来たことはあるが、あまり記憶はない。しかし、霊験あらたかな神社だと聞いているので、捜査を始めるまえに一応参っておこうと思ったのだ。

急な石段を上がっていくあいだ、だれとも出会わなかった。境内に入ると、大きな銀杏《いちょう》の木のまえに、白と黒の巨大なものが横たわっていた。

（——牛だ……）

それはたしかに牛だった。一トンぐらいあるのではないか。その圧倒的な大きさは、近寄りがたいほどだった。耳にトレーサビリティ法に基づく耳標がついているので、調べればトマト牧場の牛かどうかわかるはずだ。開いたままの目に、蠅《はえ》がたかっている。村口は恐る恐る近づいて、足先で牛の腹を蹴飛ばしてみた。サンドバッグを蹴ったような、重い感触が靴先にあった。牛はぴくりとも動かない。口から、赤いものが流れ出ている。血ではない。固形物のように見える。

村口はしばらく呆然としていたが、我に返ると一気に階段を駆け下りた。井沢たちを引き連れて、ふたたび段を登って境内に戻ってみると、

「あ……！」

村口はその場に棒立ちになった。牛の死骸はどこにもなかった。目をこすり、もう一度見る。見渡すかぎりにそれらしい物体はない。

「牛はどこです」

井沢にきかれても、答えようがない。村口は、銀杏の木の下に立ち、地面を指差して、

「ここに……まちがいなくここにあったんだ。白と黒のまだらの……」

「でも、いませんよね」

井沢の声が冷ややかに聞こえた。猟友会のひとりが、

「気絶していたのが、意識を取り戻して、どこかに行ってしまったとか……」

村口はかぶりを振り、

「そんなはずはない。たしかに死んでいた。腹を蹴って、確かめたんだ」

さっきの重い感触は、まだ足に残っている。村口は、神社の職員を探した。すぐ側にあった拝殿のなかに神主らしい服装の男がいた。太っていて、首回りが窮屈そうだ。年齢は四十代ぐらいだろうか。村口が名乗ると、相手はこの神社の権禰宜《ごんねぎ》だと言った。

「牛はどうしました」

「牛……？」

権禰宜はきょとんとした表情で、

「なんのことです」

「境内で牛が死んでいたでしょう」

「はあ……？」

彼は穴が開くほど村口を見つめた。

「牛……というと動物の牛ですか」

「そうです。ついさっきまであの銀杏の木の下にあったんです」

「ご覧のとおり、そんなものはありません。私はずっとここにおりましたから、牛の死骸があれば気づいたはずです」

「私はこの目で見たんだ」

「「どこですか」

「あそこの銀杏の木のまえだ。なにをとぼけてるんだ」

「とぼけるだなんてとんでもない。——あの銀杏は樹齢千二百年の神木でしてね、あのまわりではときどき不思議な現象が起きるんです」

権禰宜の口調は、村口には下手くそな芝居のように聞こえた。

「ねぼけたことを……牛をどこにやったんだ」

村口はカッとなり、権禰宜の胸倉をつかんで揺すぶった。

「ちょ、ちょっと、なにをするんです。警察が暴力をふるうんですか」

村口は手を放し、

「この神社の宮司を呼べ」

「宮司は外出中です」

横合いから井沢刑事が、

「もし、牛が死んでいたとしたら、人力では運べないでしょう。クレーンかなにかが必要だと思います。村口さんがここを離れていたのはほんの三、四分でしょう？　そのあいだに牛の死骸を処理できますか」

「きみも、私の言うことが信じられんのか」

「そうじゃありませんが……でも、ねえ」

井沢は、制服警官のひとりと顔を見合わせて意味ありげにうなずきあった。村口は舌打ちをして、

「もう、いい」

彼は境内を見渡した。ほかにはだれもいない。いや……ひとりだけ、塚のようなもののまえで佇《たたず》んでいる若い男がいる。学生だろうか。肩にかかるほどの長髪で、ほっそりした顔立ちの、痩せた青年だ。塚の写真をデジタルカメラで何枚も撮っている。

村口はその若者に走り寄ると、

「ここでなにをしている」

「写真を撮っちゃいけませんか」

振り返った若者は、眉が細く、目がくりくりと大きく、少年のような顔立ちだった。

「いや……かまわないが、なにをしているのかきいてるんだ」

村口が警察手帳を示すと、

「ぼくは、学生です。卒論の資料集めに来たんです」

「その……いつからこの境内にいる?」

「今、来たところです」

境内に至るには、階段を登る以外にも、左側から大回りするルートがある。彼はそ

ちらから来たようだ。

「あの……ここで牛を見なかったか」

「牛、ですか？」

予想外の質問だったらしく、若者は眉根を寄せた。

「それはなにかの比喩ですか。それとも本当に牛を見なかったかと……」

「本当のほうだ」

村口が苛立《いらだ》ちを隠さずに言うと、若者はかぶりを振り、

「見てません」

「そうか。それなら……」

いいんだ、と言おうとしたとき、

「ただ、境内に入ろうとしたとき、中から出てくるトラック二台とすれ違いました」

村口は勢い込んで、

「そこに、牛が載せられていなかったか」

「ボックスタイプなので、なかまではわかりません」

「だろうな」

「でも、質問の趣旨とはちがうかもしれませんが、気づいたことがあります」

若者の理屈っぽいしゃべり方にいらいらしながら、

「なんだ」

「そのトラックには、牛の首のなかに『M』という文字がデザインされたマークがついていました」

「牛の首に……M……」

そのマークに心当たりはなかった。

「わかった。——念のため、きみの名前と連絡先を教えてくれないか」

若者は、美波大輔《みなみだいすけ》と名乗った。二十二歳で、T大学民俗学研究室に所属する学生だ。東京から卒論の資料を収集するために、今日、奈良に来たばかりだという。卒論のテーマは「一言主神社と雄略天皇」だそうだ。

「わざわざ東京から奈良まで、たいへんだな。何日ぐらい泊まるんだ」

村口は、探りを入れた。刑事の職業病のようなものだ。

「一週間ぐらいでしょうか」

「宿泊費だけでも馬鹿にならんだろう」

「バックパッカー用の安い宿泊施設があるんです。一言主の神を祀《まつ》っている神社はここだけではなく、全国に点在します。この葛城坐《かつらぎにいます》一言主神社は、いわばその本家です。ここを皮切りに、それらをひとつずつ訪ねてまわるつもりです」

「ほう……こんな妙な名前の神社はここだけかと思ってたよ」

「一言主は葛城系の豪族にとっては祖神です。一言主神社という名称の神社も茨城や福井、和歌山などにありますし、一言主を祀っているというだけなら日本中に八十ヵ所以上あります」

「全部回るのか」

「もちろんです。でないと、卒論が書けません」

「はあ」

若者は秘密を打ち明けるように声をひそめ、

「じつはぼくも最近知ったのですが、葛城系の豪族は中国地方から大和にやってきた、という言い伝えがあって、この葛城坐一言主神社よりも古い『元一言主神社』とでもいうべき神社がどこかにある、という説を唱えている学者がいるらしいんです。その所在を突き止めることができれば、すごい成果になると思います」

「ほう……」

村口は相槌《あいづち》を打つしかなかった。

「一言主が雄略天皇と邂逅《かいこう》した伝説は、一般にはまつろわぬ神に対して天皇の権威を示した逸話として考えられていますが、ぼくはちがうと思います。一言主と雄略天皇の出会いには、なにか秘密めいたところがある。それをつきとめたいのです」

なんのことだか、神社仏閣に関心のない村口にはちんぷんかんぷんだった。そんなことを調べて、将来、役に立つのだろうか。学者になる、というならともかく、一般企業に就職するなら一言主だのナントカ天皇だのを調べるよりも、ほかに身に付けることがあるはずだ。近頃の大卒の警官のなかには、長年、現場で経験を積んでいる先輩警官に対して、ああだこうだと理屈をこねる手合いがいる。村口のもっとも嫌いなタイプだ。

「で、きみが写真を撮っていたこの塚はなにかな？」

あまりに無関心なのも失礼かと、愛想できいただけだ。

「地元のかたなのにご存知ないんですか。これは土蜘蛛《つちぐも》塚です。神武天皇が土蜘蛛を誅《ちゅう》して、蘇生《そせい》しないように身体をバラバラにして埋めた場所なんです。近くにあと二つあります」

悪気はないのだろうが、無知を非難されたようで村口はむっとした。

「土蜘蛛……？　妖怪ということか」

「まあ、そうですが……普通は大和朝廷に反逆した地方の豪族をそう呼んでいるという解釈です。穴居《けっきょ》して暮らす様子を土隠《つちごもり》と称し、それが土ぐもと訛《なま》ったという説が有力です」

「わ、わかってる。私もまさか、蜘蛛の妖怪が本当にいるとは思っていない」

「そりゃそうですよね」

小馬鹿にされているように感じた村口は、

「また、連絡するかもしれないが、そのときはよろしく頼む」

口ではそう言ったが、本心ではなかった。自分としては、このわけのわからない事件にかかわったことを後悔していたし、できれば早々に足を洗いたかった。この失礼な若者とも、もう会うことはないだろう、と思っていた。

「わかりました。刑事さんもお元気で」

にっこり笑う若者に背を向け、彼は井沢たちのいるところに戻った。

「なにを話してたんです」

「なんでもない。彼は関係なかった。ただの旅行者だ」

「猟友会にはどう指示しましょうか」

「引き続き牛を捜し、見つけ次第射殺してもらうように言ってくれ。でも、もうこの件は幕引きだな」

「どうしてです。人食い牛はまだ見つかってませんよ」

「牛がひとを食うわけがない。それが常識的な考えだ。ちがうか？」

村口は、境内で牛の死体を見た、という発言を井沢が忘れてくれるよう願った。そして、彼自身も、若者が口にしたトラックのことを忘れようと試みた。

「牛舎から逃亡した牛が山中を徘徊《はいかい》している。それは事実だろう。その牛に遭遇した男性が驚いて崖から転落し、女性は興奮した牛に襲われて転倒したかなにかで死亡した。その死体を山犬などの肉食動物が食い荒らした。それが真相だろう。牛は、放っておいても、どこかで死んでしまうさ。すでに谷に落ちているかもしれない。我々が追いかけるべきは人間の犯罪者だ。牛のことは……すき焼き屋に任せておけばいい」

うまいことを言ったつもりだったが、井沢は笑わなかった。

村口は、階段に向かう途中、大銀杏のまえの地面にふと目をやり、

（あ……）

そこにはかすかだが、赤いものが付着しているように見えた。

（血……）

だが、彼はそこから目を逸らした。帰ってガンプラの続きをするか。村口はそう思った。そのときは、さっきの美波という青年とふたたび運命の糸がつながることになろうとは、いや、この件が発端となり、日本という国の根幹が揺らぐ事態になろうとは思ってもいなかった。

第一章　誕生

くだんというものは、顔が人間で身体は牛だという。此件が生れると何か事変がある。戦争があるか、悪疫が流行するか、あまりよい事はない。此件は生れて直ぐ死ぬが、死ぬ時に必ず何かを予言し、その災害を逃れる方法を教える。件の言う事は決して間違いはない。それで昔から件の如しという事をいうのである。

『江島平島記』桜田勝徳より

激しい風の音、雨の音以外はなにも聞こえない。風は、見えないグローブをはめて身体を殴りつけてくるようだし、雨は、上からだけでなく地面からも吹き上がって、目が開けられないほどだ。駅で買った傘は、煽《あお》られてひん曲がり、しまいにはどこかへ飛んでいってしまった。途中まではたしかにかぶっていたはずの帽子もいつのまにかなくなっている。プールに落ちたみたいに全身が濡れているが、それは仕方がない。なにより、リュックに入れたノートパソコンが心配だ。防水のためにビニールで巻いてはあるが、これだけの豪雨は防ぎきれまい。

時刻は午後八時前。見渡すかぎり、だだっ広い原っぱが続いている。風雨から身を隠す建物はおろか、木も電柱もない。美波大輔は、身体を前傾させ、頭を低くして、這うようにして前進した。

(これまで、何度もフィールドワークでたいへんな目には遭ってきたけど、今回がいちばんひどいな……)

どこで道を間違えたのだろう。JR岡山の駅に着いたのが午後十二時過ぎ。伯備線に一時間ほど乗って新見《にいみ》駅まで行き、駅前で宿を取った。バスに乗り、川沿いに国道一八〇号を五十分ほど北上し、「太郎牛《たろううし》」という停留所で降りた。帰りのバスの時間を確かめてから牛臥山《うしぶせやま》のほうに向かって歩き出したときには、まだ空は晴れていた。山腹に「牛臥坐一言主神宮《うしぶせにいます》」という神社があると聞き、そこをたずねるつもりだったのだ。予定では、四十分ほどで神社に着くはずだった。

台風が来ているのは知っていたが、この付近は進路ではないから油断していた。なだらかな山道を数メートルほど進んだとき、突然、陽が陰った。空を見ると、いつのまにか分厚い灰色の雲が幾重にも層を作って頭上に垂れこめている。降らなきゃいいが……と思った途端に、ほつ、ほつ、と水滴を首筋に感じ、あっというまに豪雨

になった。道は川のようになり、ズボンは泥だらけになったが、天気予報は曇りだったので、

（にわか雨だろう……）

と思い、引き返さなかった。雨足はどんどん強くなり、ついには前方が見えないほどの降りになった。しかも、どこでどう道を取り違えたか、気がつくと四方に道はなかった。リュックのショルダーベルトをぐいと引き締めながら進む。斜面を上がっていた……と思ったら下っている。自分がどこにいるのかもわからない。太郎牛村と牛臥坐一言主神宮のあいだにある「どこか」にいることはたしかなのだが……。すでに三時間ほど歩いているが、雨は止《や》む気配がない。

こんなところで野宿するわけにもいかない。歩き続けていると、長い下りになった。足を巻き込もうとする濁流と背中に吹きつける風に耐えながらなおも進むと……この原っぱに出た、というわけだ。

かなり先に、明かりが見える。疲労による幻覚ではないかと何度も確認したが、間違いなく人工的な明かりだ。ホッとした途端、悪寒が襲ってきた。無理もない、この土砂降りのなかを延々無防備のまま歩いていたのだ。風邪を引いてもおかしくない。しかし、目標ができると少しは元気が湧いてきた。

（農家かな……）

三角屋根の建物が四つ、固まって建っている。そのうちの三つは住居ではなく、畜舎のように見える。今歩いている場所ももしかすると放牧場かなにかかもしれない。

(雨宿りをさせてもらおう。もうバスはないし、泊めてくれればいいけど……)

さすがにこの大雨のなか、野宿は勘弁してほしい。しかし、どんな田舎でも、見ず知らずの人間を簡単に泊めてはくれないことを大輔は身に染みてわかっていた。将来、学者になってひとつの研究対象に打ち込むつもりはなかった。できれば民俗学系のライターになって、さまざまなことに首を突っ込み、大勢に民俗学の面白さを届けたい……そう思っていた。そんな考えになったのは、現在、彼が所属している研究室の教授高原晴彦《たかはらはるひこ》の影響なのだ。高原教授はもう六十を過ぎているが、

「まずは行動だ。理屈はあとからついてくる」

が口癖で、いつもバックパックひとつでどんな僻地《へきち》でも、島にでも、軽いフットワークで出かけていく。そんな「精神的な身軽さ」は彼のあこがれでもあった。

大輔の母親は早くに亡くなり、父親は再婚せず男手ひとつで大輔を育てた。公務員だった父親のしつけは厳しく、大輔に完璧を求めた。父のまえでの失敗を恐れるあまり大輔は気弱で優柔不断な性格に育った。だから、「なんでも即決してまえに進む。失敗したらやり直す」という高原教授のやり方を大輔は尊敬していた。

(でも、今度の調査はなにがあってもやり遂げるぞ……)

大輔はそう決心していた。

すぐ近くに、大きな木がある。たぶんクスノキだ。建物まではまだ遠い。あの下で一旦風雨をしのごう。大輔はトカゲのような恰好《かっこう》で大木を目指した。

木の下に着き、肩に食い込んでいるリュックを地面に置いた途端、足もとがふわりと浮いたような気がした。斜面が崩落したのだ。大輔はあわてて飛びのいた。自身は助かったが、土砂とともにリュックがごろごろと落ちていくのが見えた。大輔は呆然とした。携帯や財布は尻ポケットだが、リュックには着替えと寝袋と懐中電灯と……そう、ノートパソコンが入っている。大輔の持ち物ではなく、研究室の備品である。高額なので、持ち出してもいいけどぜったい壊すなよ、と教授からも念を押されていたのに……。

大輔はこわごわ下をのぞきこんだ。暗くてよく見えないが、豪雨のせいで何度も大きく崩落した跡がある。リュックがないか、と目を凝らすと、岩や木々に混じって、旅行用のスーツケースのようなものが見えた。それだけなら気にしなかっただろうが、すぐ近くに青い布のようなものがある。

（まさか……）

見れば見るほど、それはジーンズを穿《は》いた人間の脚らしく思われてきた。誰かが土砂崩れに巻き込まれた可能性もある。

（どうする……）

大輔の立っているところからはかなり下だし、彼が降りようとすることで再崩落が起きるかもしれない。風雨に足が滑って転落するかもしれない。それに、掘り出してみたらただの布切れかもしれない。危険を冒してまで救出に行くべきだろうか……。

（いや……「まずは行動」だ）

もし、ひとが埋まっているとしたら命が危ない。助けられるのは大輔しかいないのだ。布切れなら笑い話がひとつ増えたと思えばいい。

大輔は、吹きまくる風や雨に逆らいながら下へと降りていった。雨は滝のように斜面を流れ落ちている。何度も滑り落ちそうになったが、足もとを確かめながら慎重に身体を運んだ。スーツケースのところまでなんとかたどりついたとき、青いものが人間の脚であることがはっきりわかった。しかも、すぐ近くに手が出ている。

「あっ……！」

その手は動いていた。助けを求めようとしているように思えた。

（生きてる……）

それからは夢中だった。斜面を四つん這いになって手のところに近づき、土砂を両手で掘り返した。すぐに顔が出てきた。はじめは泥にまみれていたが、叩きつける雨によって顔が洗われた。若い女性だ。

「今、助けるからね！」

その言葉に応えたように彼女は目を開けた。大輔は必死に頭部を、首を、胸を泥のなかから掘り出した。両腕が自由になってからは彼女も手伝い、やっとのことで全身が外に出た。雨が彼女の身体を覆う泥をみるみるうちにきれいに落としていく。まだ高校生ぐらいか。ずぶ濡れで、身体の線がくっきりわかる。髪は短く、化粧っ気はない。スヌーピーのトレーナーにチェックのブルゾン、細いジーンズをはいている。

「大丈夫か？」

大輔が言うと、彼女は軽く咳《せ》き込《こ》んだあと、

「なんとか……」

はじめて言葉が出た。

「ああ、よかった！」

大輔は喜びのあまり抱きしめようとしたが、彼女は顔をそむけるようにして、身体を遠ざけた。

「あ……ごめん」

ふたりは斜面を登った。大輔が先に立ち、手をつないで彼女を引っ張り上げた。ようようクスノキのところまで戻り、ふたりは座り込んだ。彼女はじっと大輔を見つめたあと、

「助けてくれてありがとうございます。——あの……どなたですか？」

「あ……その……通りがかりのものです」

彼女はしばらくぼんやりとしていたが、

「通りがかり……？　こんな村になんの用が？」

「いや……神社を見にきたんだ」

「は？」

彼女は異物を見るような目つきになった。

「わざわざ見にくるような面白い神社なんてないですよ」

「面白いとか面白くないとかいう問題じゃない。研究のためなんだ」

「研究……ということは、大学生？」

「そう」

「どこの大学ですか？」

矢継ぎ早に質問が飛んでくる。

「えーと、T大だけど」

「頭、いいんですね」

「そうでもないよ」

「T大行って、神社の研究ですか……」

「なにが言いたいんだ」

「べつになにも。――でも、この村に神社なんてありませんよ」

「そんなはずないよ。資料によると、『牛臥坐一言主神宮』という……」

「名前をきいてもいいですか」

「美波……美波大輔」

「美波さん……あれ取ってきてもらえませんか？」

彼女は、斜面に落ちているスーツケースを指差した。

「え……」

さっきは無我夢中だったが、あらためてうえから見下ろすと、崩落した崖を濁流のように流れ落ちる水に大輔は恐怖を感じた。

「無理だよ」

「じゃあ私が取りにいきます」

そう言って傾斜を降りようとしたので、大輔はしかたなく、

「わかったよ。ぼくが行く」

踏みしめるたびに亀裂が走る斜面を大輔は蜘蛛のように降りていった。あたりを見回したが、彼のリュックは見当たらなかった。完全に埋まってしまっているのだろう。スーツケースは半ば泥から頭を出している。なんとか掘り出したものの、それを

担いで崖を登るのは至難の業だった。どろどろになってようよう這い上がってきた大輔がスーツケースを手渡すと、

「無理言ってすいません」

「どこかに旅行に行くつもりだったのかい」

彼女はしばらく無言で下を向いていたが、

「どうでもいいじゃないですか、そんなこと」

「どうでもよくない。ぼくのことはさんざんきいておきながら、自分のことは言わないつもり?」

彼女はため息をつき、

「私……この村から逃げ出そうと思ってたところなんです。なのにこの大雨のせいで……間が悪いっていうか……馬鹿みたい」

「間が悪いどころか、死ぬところだったんだぞ」

大輔は恩着せがましく聞こえないように注意しながら言ったが、彼女は小声で、

「感謝はしてます」

とつぶやいただけだった。

「こんな雨のなかを出かけるなんてなにかわけがあるのかな」

彼女はしばらく黙っていたが、

「わけはあります。でも、他人にしゃべってどうにかなることなら、とっくにそうしてます。それとも美波さんは、私の話を聞いて、なんとかしてやれるっていう確信があるんですか?」

「いや……それはないけど……」

「だったら、無責任なこと言わないでほしい。話を聞くだけ聞いて、それはどうにもならないって言うぐらいなら、はじめっから聞かないでください」

まくしたてる彼女の紅潮した頰、濡れそぼった髪、長い睫毛《まつげ》などが、大輔の心を揺さぶった。

「わかった。ぼくが悪かった。差し出がましいことを言ったよ。もうきかない」

彼女は大輔の目を見つめていたが、

「きかないと言われると話したくなりますね」

そう言うと、スーツケースのうえに座った。かなりむら気のある性格のようだ。大輔は立ったまま女の話を聞いた。

女は、浦賀絵里《うらがえり》と名乗った。私立K高校の二年生だそうだ。この村で生まれ、育った。両親は牧場を経営しており、絵里は一人娘である。

「田舎はもううんざり。親も友だちも大嫌い」

高校を出たらどこでもいいから都会で就職するつもりだった。しかし、両親は絵里の就職を許さないどころか、同じ村に住む自動車整備士との縁談を進めようとしている。

「相手は私よりも十五歳も年上なんですよ。でも、年齢が問題なんじゃない。親は、私をこの村に縛り付けようとしてる。婚約が成立したらもうおしまい」

「配偶者選択の自由がある。親が決めた結婚なんかに従う必要はないよ」

「田舎じゃそうはいかないんです」

「都会なんて、いいことなにもないよ」

「都会のひとはみんなそう言いますね」

「…………」

「だから、私は親に内緒で出ていくつもりでした。バスで岡山まで行って、そこから東京に行こうと思ってた」

「東京に知り合いがいるの？」

絵里はかぶりを振り、

「大阪なら近すぎて連れ戻されそうだから東京と思っただけ。計画なんてない。とにかくこのままここにいたら結婚させられてしまう。逃げるしかない、と思ったんです。でも、まさかこんな大雨になるなんて……。このクスノキの下で雨宿りしようとしたら、足もとが急に崩れて……」

「これからどうするの」

「一旦家に戻ります。さすがに今日は出かけられないから」

大輔はためらった。だが、この機を逃したら永遠にチャンスはない。大輔は、絵里の手首をつかんだ。

「あの……家、この近くなんだろ。土砂降りだし、リュックが埋まってしまったから着替えもタオルもないんだ」

「泊めてほしいっていうこと？」

「そう」

絵里は、まわりを緞帳《どんちょう》のように囲む暴雨を見てため息をつき、

「私、書き置きして飛び出してきたから、きっと今頃大騒ぎになってると思う。それでもよかったら……」

「ありがとう」

絵里はスーツケースを引きずりながら雨のなかを歩き出し、大輔はそれについていった。びしょ濡れのまま無言でまっすぐ進む絵里に、大輔は話しかけた。

「家、どのあたりなんだ」

「あそこ……」

絵里が指差したのは、正面に近づいてきた農家だった。ようやく看板の文字が確認

できた。そこには「株式会社浦賀牧場」とあった。建物のうち、ひとつは住宅だが、あとの三つは牛舎であることもわかった。住宅の窓と、牛舎のひとつに明かりが点《つ》いている。

近くに見えていて、建物まではかなりの距離があった。やっとたどりついたとき、大輔は、これでやっと少し休める、びしょびしょの身体も拭ける……と安堵《あんど》の気持ちでいっぱいになり、大きな吐息を漏らした。そのとき、

(あれ……?)

家のまえの駐車スペースに、車が数台停まっている。そのうちの一台のライトバンの横腹に、どこかで見たようなマークが記されていた。牛の首をデザイン化したものの中央に「M」という文字がある。

(どこかで見たような……)

そうだ……二ヵ月ほどまえ、この調査の皮切りとして、奈良の葛城坐一言主神社に行ったとき、境内から出ていこうとするトラックとすれちがったが、あの車体に同じマークがついていた。そこにいた刑事にいろいろ質問されたので覚えている。

「あの車は……?」

大輔が指差すと、

「ああ、あれ? 岡山県の畜産振興課の車」

大輔が首を傾げ、

「そうは見えないけどな」

「でも、お父さんがいつも言ってるし」

そう言った途端、絵里は大きなくしゃみをした。ほぼ同時に大輔もくしゃみをした。ふたりは顔を見合わせて、なんとなく笑った。そのときドアが開き、痩せた中年女性が大声を上げた。

「絵里！　絵里よ！　あんた、絵里が帰ってきたわ」

「なんだと」

奥からどたどたと足音がして、小太りでごま塩頭の初老の男性が現れた。肩と胸の筋肉が盛り上がり、手足は太くて短い、重量挙げの選手のようなその男は、いきなり大輔の胸倉をつかみ、

「貴様か！　貴様が絵里を……」

反論しようにも、喉を絞められて息ができず、言葉が発せない。

「ちがうのよ、お父さん。そのひとはちがうの」

「なにがちがうんだ。こいつがおまえをそそのかして家出をさせたんだろう」

「だからちがうって。そのひとはさっきそこの木の下で会ったばかりなの。土砂崩れに巻き込まれて死ぬところだった私を掘り出して助けてくれたの！」

「——なに？　それを早く言わんか」

絵里の父親は、極太マジックペンで描いたような太い眉毛を逆八の字にすると、大輔の首から手を放し、

「あんたもあんただ。関係ないならすぐにそう言ってくれればいい。とんだ赤恥だ」

ぼくが悪いのか？　大輔は呆《あき》れたが、今は風呂と宿のことがあるので黙っていた。

「絵里。あんた、あんな手紙を置いて……なんということをしよるんじゃ！」

今度は母親が金切り声で怒鳴りはじめたが、絵里はけろりとした顔で、

「出ていくつもりだったけど、しばらく延期します。でも、婚約だけは絶対しないから。するぐらいなら自殺する」

「あんたって子はもう……親に心配ばかりかけて、この不孝者！」

「それで、このひと、道に迷ったんだって。一晩泊めてあげて」

大輔はぺこりと頭を下げ、

「よろしくお願いします。大学の研究のためにこのあたりにあるはずの神社を訪ねてきたんですが、暴風で行き暮れて……」

母親はじろじろと不躾《ぶしつけ》な視線で大輔をなめまわし、

「台風の進路が急に変わったそうで、今ちょうど、このあたりを直撃しとるんです。——あんた、どないしよ」

父親は顔をしかめると、

「うーん……今夜はまずい。あれが……そろそろ……な？」

「そうじゃな」

絵里の両親は意味ありげに目配せをし合っている。

「あの……なにか問題があるなら、ガレージでも牛舎でも飼料置き場でもどこでもかまいません。一晩、この雨をしのげればそれでいいんです」

「いや、その……今夜は、ちょっと都合が悪い。余所《よそ》もんにはおってもらいとうないんじゃ」

「お父さんもお母さんもひどすぎるよ。私の命の恩人なのよ。このひとが通りかからなかったら、今頃私、土砂に埋まって死んでるわ。それなのに余所者がどうのこうのって……そんなだから田舎は排他的だって言われるのよ！　こんな大雨のなか出ていけっていうなら、私も一緒に出ていく」

母親がもてあましたように、

「あんた……離れならええじゃろ。あそこならなにも見えんし、なにも聞こえん」

「そうじゃな……」

父親は大輔に向き直り、

「すまんが、今夜はちぃと事情があって県の畜産振興課の偉いかたがたくさん来とってな、いろいろややこしい話をせにゃならんので、悪う思わんでくれ。母屋の向こうに離れがある。あそこなら自由に使うてもろてええ。ただ……朝まで、部屋から出んようにしてくれ。それだけは守ってもらいたい。トイレは部屋のなかにあるし、食事はこちらから運ばせてもらう」

「わかりました。見ず知らずの人間を泊めていただき感謝します」

「いや……そんなに頭を下げられるとかえって恐縮じゃ。すまんな、商売のことは、なんだかんだとひとには聞かせられん話もある。——わかってください」

父親は大輔の肩を強く叩いた。

「じゃあ、私、お風呂に入ってくるから」

絵里はどこかに行ってしまった。大輔は、彼女の母親に渡されたタオルで濡れた髪の毛と衣服をざっと拭いたが、下着まで濡れてしまっているのでその程度では乾かない。そのあと、母親に案内され、母屋の端にある木戸をくぐり、長い廊下を渡って離れへと向かった。一部屋しかないが一戸建てで、六角形をした建物だった。

「あとで夕食をお持ちします。山家じゃけ粗末なもんで口には合わんと思いますが……」

「ありがとうございます」

「絵里を助けていただいて感謝しとります。あの子は親の言うことをまるで聞かんはねっ返りじゃが、うちにとっては大事な一人娘で……」

「いい娘さんだと思います」

そう言うしかないではないか。

「では、のちほど。――くれぐれもここからは出んように」

わかってるよ！　と叫びたいほどだったが、大輔は愛想良くうなずいた。行こうとする母親に大輔は、

「家のまえに車が停まってましたよね。牛の首にMって書いてあるやつです」

母親の顔色が変わった。

「ああ、あれは……そう、岡山県の畜産振興課の車なんじゃ。今晩、牛のお産があるで、来てもろとる」

娘と同じ説明だったが、牛の出産ぐらいでわざわざ県の畜産振興課が出張するだろうか。

「Mというのは、なんの頭文字なんでしょうか」

「さ、さあ……私は詳しくないんで……」

早口でそう言うと母親は、ふたたび長い渡り廊下を引き返していった。

裸電球がひとつ、染みだらけの天井からぶら下がっている。ずっと使われていないらしく、よじれて汚らしい紐になった蜘蛛の巣があちこちからぶら下がっている。部

屋のなかには、脚の短い机があるだけで、調度はなにもない。テレビも本棚もタンスもない。押し入れがあったので開けてみると、布団が一組と結婚式の引き出物らしき皿が数枚入っているだけだった。台風情報を知りたかったのだが、携帯電話のアンテナマークが立っていない。

（なるほど……田舎だな……）

絵里が言っていた言葉が実感される。

（妙なことになったもんだな……）

野外で感じていた悪寒は治まった。旅先で病気になるほどつらいことはない。外の風雨はどんどん激しさを増しているようで、窓や壁がひっきりなしにがたがた震動している。ときおりバーン！　という音とともに大きく揺れるのでぎょっとする。リュックを失《な》くしたのは痛いが、リュックで済んでよかったのかもしれない。彼自身が土砂崩れに巻き込まれていたら、大怪我《おおけが》をしているか死んでいたかもしれない。

（一言主神宮がないなら、この村に来たのは本当に無駄足だったということだな。まあ、そのおかげで絵里さんを助けられたんだけど……）

彼が卒論のテーマにしようとしている「一言主の神」というのは、古事記や日本書紀に登場する古い現人神《あらひとがみ》、つまり、ひとの姿をした神である。

『古事記』下つ巻によると、雄略天皇四年（西暦四六〇年）、雄略天皇が奈良の葛城山に登ったとき、しものもの全員に紅色の紐を付けさせ、青摺の衣を着させていた。一行が山の中腹に差し掛かったとき、紅紐を付け青摺の衣を着た、天皇たちとまったく同じ姿の一行と出会った。身なりだけでなく、顔かたちまで瓜二《うりふた》つなのだ。そして、彼らの先頭には雄略天皇とそっくりの人物がいた。

雄略天皇は彼に向かい、

「この国に、私のほかに天皇はいないはずだが、同じ格好で行くのはだれだろう」

そう言うと、その人物も天皇とまったく同じ声の調子で、

「この国に、私のほかに天皇はいないはずだが、同じ格好で行くのはだれだろう」

と応えた。天皇は怒って弓に矢をつがえ、供のものたちにも矢をつがえさせた。すると、相手の一行も同じように矢をつがえた。天皇はその様子を見て、

「名前を名乗れ。私も名乗ろう。そのあとで互いに矢を放とう」

そう言うと、相手が言った。

「おまえが先に問うたので、吾が先に名乗ろう。吾は、悪事も一言、善事も一言、言い放つ神。葛城の一言主の大神なり」

雄略天皇は畏《おそ》み怖れ、弓矢としもべたちの着ている服を一言主に捧《ささ》げた。一言主神はその贈り物を受け取ると、雄略の一行を見送った。

これが一言主神が日本の文献に現れる最初である。「日本書紀」でもだいたい同様の記述になっている。

「古事記」の約百年後に書かれた「日本霊異記」によると、修験道の祖として有名な役行者《えんのぎょうじゃ》が、葛城山と金峰山《きんぷさん》のあいだに橋を架けるため、多くの鬼神を使役してその作業をさせたが、一言主の神は容貌が醜く、昼は働くことを拒んだので、役行者は怒って葛城山の谷底に幽閉したという。つまり、一言主は鬼神の頭領のような存在であり、異形の姿をしていると考えられている。

その後、一言主神の信仰は全国に広がり、現在に至るが、もともとは大和葛城山での雄略天皇との邂逅が発端なのである。地元では、「いちごんさん」と呼ばれて親しまれ、一言での願いごとならば叶《かな》えてくれる神とされているが、本来は天皇家と同等の勢力を誇っていた大和の豪族葛城氏の氏神であり、葛城氏が加茂（鴨《かも》）氏、蘇我《そが》氏、巨勢《こせ》氏などに分かれて広がっていくにつれて、一言主の信仰も拡散していったのだろう。

大輔が、この一言主神と雄略天皇について調べようと思ったのは、研究室の高原教授との会話がきっかけだった。

「美波くん、きみは雄略天皇を知っているかね」

「えーと……えーと……たしか『倭《わ》の五王《ごおう》』ですよね」

　倭の五王というのは、「宋書《そうしょ》」「梁書《りょうしょ》」といった中国の歴史書に記述がある、五世紀ごろの日本の国王のことである。讃《さん》、珍、済《せい》、興、武という名前で記載されているが、それは中国風に一文字での表記にしたためだ。五人のうち、讃と珍については諸説があるが、済は允恭《いんぎょう》天皇、興は安康《あんこう》天皇、そして武は雄略天皇というのが定説になっている。しかし、それ以上の知識はなかった。

「雄略天皇は、兄たちを生き埋めにしたり焼き殺したり、従兄弟《いとこ》を射殺したりして、邪魔者をことごとく粛清してから即位した。天皇になってからも、すぐにカッとして家来を斬り殺したり、恋が叶わないと相手を火あぶりにしたりとめちゃくちゃな行動が多かった。『日本書紀』では『大悪天皇』とまで称されたほどの誹《そし》りを受けた人物だったが、あるときを境に、突然、そういった暴虐ぶりが影をひそめ、国内を平定して大和朝廷の勢力を広げ、外交にも手腕を発揮するようになった。——どうしてだかわかるかね」

「いえ……」

「私には、その変化が、葛城山で一言主神と出会ったのがきっかけのように思えるんだ。一言主神は知っているね」

　高原教授の研究室は、各地の神社の調査を通じて古代の神々について調べることを主題としていた。当然、大輔もそれなりの知識はあったが、一言主が出会った相手はナントカ天皇、ぐらいにしか記憶していなかった。

「一言主は、『吾は、悪事も一言、善事も一言、言い放つ神。葛城の一言主の大神なり』と言ったそうだが、一言主は雄略天皇になにを一言で言い放ったのだろうね」

教授とのその会話が、大輔に卒論のテーマを決定させたのだ。

(一言主神は、雄略天皇になにを言ったのか……)

それを調べるために、大輔は各地の一言主神社を歴訪していた。一言主神が雄略天皇に会ったのは、奈良の一言主神社だからその一ヵ所だけでいいのでは……という意見もあったが、

「調査は徹底的に、ただし気楽に」

というのが高原教授のモットーなので、大輔もそれに従うことにしたのだ。

葛城坐一言主神社を調べたときに、奈良県内にある一言主神に関連があると思われるほかの五社、金剛山にある葛木《かつらぎ》神社、生駒山《いこまやま》にある一言主神社などについても調査を済ませた。東京に帰って、調査結果をまとめたあと、茨城県の一言主神社、一言神社、埼玉の葛城《かつらぎ》神社、一言神社など関東を中心に取材した。一ヵ月まえには、静岡、岐阜、三重、大阪、和歌山なども回った。とくに和歌山には一言主神を祀った神社が多く、なかにはあの徳川吉宗《とくがわよしむね》が信仰していたというものもあって興味深かった。

できれば続けて調査をしたいところだが、貧乏学生なので旅費や宿泊費の捻出もままならない。金が尽きると、バイトをするために帰京しなければならない。今回は、引っ越し屋の短期バイトで手にした資金をもとに、中国地方を回るつもりだった。岡山には、浅口《あさくち》市金光《こんこう》町に「戸《と》神社」、笠岡《かさおか》市に「葛城神社」がある。その二ヵ所を訪れたあと、山口県に向かうつもりだったが、インターネットで検索していると、

「新見市太郎牛村に牛臥山という山があって、その麓に『牛臥坐一言主神宮』という神社がある。小さな神社のくせに神宮を名乗っているのは珍しいが、由来などは一切不明。ただし、ここが全国の一言主神社の祖であるという説あり。祭神は一言主大神と大泊瀬《おおはつせ》幼武尊《わかたけるのみこと》(雄略天皇)だが、現在、宮司もおらず、廃社になっているはずなのに、いつ行っても境内はきれいに掃き清められているのは不思議だ」

という神社マニアのホームページが見つかった。どうせ岡山に行くなら、ここから……と思ったのが間違いのもとだった。

岡山には、興味深い伝説が多い。桃太郎の鬼退治伝説など、その代表だろう。鬼《き》ノ城《じょう》、鬼ノ岩屋、鬼ノ墓、鬼ノ釜……といった遺跡が数多く残っている。温羅《うら》と呼ばれる巨大な鬼神を、吉備《きび》津彦命《つひこのみこと》が退治したという神話をもとにして、桃太郎の言い伝えが生まれたのだろう。古代、岡山は吉備国と呼ばれ、また、桃の産地でもあるからだ。ほかにも、牛鬼伝説など、大輔にとって魅力的なネタの宝庫であり、調査が早く

片付いたら、そちらも回ってみたい、などと腹積もりをしていたが、とんでもない皮算用だった。

びょおおおっ……という風音とともに、窓ガラスが激しく揺れた。今にも割れそうだ。大輔は、窓に顔を近づけたが、暗くてなにも見えない。ただ、雨風の音に混じって、どこからか、牛の鳴き声らしきものが聞こえたように思えた。気のせいかもしれないが、あれだけ大きな牛舎があるのだから、夜中に牛が何頭か鳴いたとしてもおかしくはない。さらに耳を澄ましていると、

「なにをなさっとるんじゃ」

まったく気が付かなかったが、絵里の母親がお盆を持って立っていた。大輔はびくっとして窓から離れ、

「台風の様子はどうかなと思って、見てたんです」

「なにも見んほうがええよ」

その言葉は、なぜか意味深に響いた。

「都会のかたの口には合わんと思いますが、まあ、おあがりください」

膳のうえには、海老《えび》フライ、ビーフステーキ、サラダ、味噌汁、漬けものなど、かなりの御馳走《ごちそう》が並べられていた。県の職員が来ている、というのは本当らしい、と大輔は思った。たまたま現れた見ず知らずの旅行者にこんな料理が出るというのは、だ

れかのおこぼれとしか考えられない。大輔はありがたくちょうだいすることにした。飼牛農家だけあって、ステーキは極上品だった。空腹だったこともあって、大輔はむさぼるように食べた。食べているうちに眠気が襲ってきた。まだ、半分しか食べていない。いくら疲労困憊《ひろうこんぱい》しているとはいえ、こんなに眠いというのは……ちょっと……おかし……。

…………………。

………………。

…………。

……。

「ねえ……」

「ねえって」

頭が痛い。

身体が揺れる。

「ねえってば、ねえ」

なんでこんなに揺れるんだ。大輔は目を開けた。

「うわっ！」

目のまえにあったのは絵里の顔だった。大輔は反射的に身体を反らした。

「いつからここに……」

「きちんとお礼を言おうと思って来てみたら、ご飯食べながら寝てるから起こしてあげたんです」

「——え……？」

大輔は自分を見た。床に横になっているが、右手には箸《はし》を持ったままだ。膳には、食べかけの料理が載っている。状況がよくわからず、大輔はあわてて座り直し、箸を置いた。

「——寝てたのかな……」

「ぐうぐう寝てましたよ。よほど疲れてたんですね」

頭痛がする。どうもおかしい。大輔は、眠気覚ましに茶を飲もうとして、ふと湯呑《ゆの》みをのぞきこんだ。まさか……料理や茶に睡眠薬……。

「どうかしましたか……？」

「いや、なんでもない」

風呂上がりの絵里は、タオル地のもこもこした部屋着を着ている。身体全体の血色も良く、いい匂いも立ち込めている。長い脚が剝き出《むきだ》しで、大輔は目のやり場に困った。

「なにしに来たと思ったんです？　コクリに来た、とか？」

「耳、赤いですよー。美波さんは、恋人いるんですか？」

「いないけど」

「じゃあ、私がここにいても彼女に罪悪感を感じることもないわけですね。彼女いない歴何ヵ月？」

「どうしてきみに言わなきゃならないの」

「いいじゃないですか。こうなった以上、おたがいなんでも打ち明けましょう」

「こうなった以上って、どうもなってないよ」

「東京のひとってすごく進んでるってイメージあるけど、美波さん見てたらそうでもないかと……」

「馬鹿にするなよ」

絵里は視線を床に落とし、急に真面目な顔つきになって、

「東京に行きたい。連れてってください」

「ぼくが？　それは無理だよ」

「実家暮らし？　それとも下宿？」

「母親はぼくが子供のころに死んだ。父は今、イタリアの日本大使館に勤めてる。ぼくは大学のそばのアパートに住んでる」

「ま、まさか……」

「だったらノープロブレム……」

「そういう問題じゃない」

「当分家出は延期するつもりだったけど、やっぱり美波さんが帰るときにくっついて行こうかな。何ヵ月か置いてくれませんか」

「ダメだって。高校だってあるし、だいいち、きみの両親が許さないだろう」

「親が許したらOKっていうことですか？　だったら説得します」

「説得できないから家出したんだろ」

「行き先がはっきりしてれば、もしかしたら……」

「勝手に決めるなよ！」

「やっぱり彼女がいるんだ。変な女子高生が転がりこんだら迷惑ですよね」

「ちがう！　彼女なんかもう三年もいない」

どうしてこんな告白をしなきゃならないのか。

「とにかく、今日会ったばかりのきみを連れていけるわけがないだろう。それに、東京なんか面白くもなんともない。ほんとだよ」

絵里は胡坐《あぐら》をかき、ため息をついた。

「冗談です。ちょっと言ってみたかっただけ。――あーあ、つまんない」

「田舎には田舎の良さがある。このあたりは伝説や神話もいっぱいあるし……」

「田舎がつまんないって言ったんじゃないの。美波さんがつまんないんです」

「え……？」

「ノリが悪いっていうか、意気地がないっていうか……。都会の大学生ってもっとこう……」

「知らないよ、そんなこと」

「なんの研究してるんでしたっけ」

「一言主だ。この村に一言主を祀る神社があるはずなんだ」

「言ったでしょ、そんなのないって。この村で生まれた私が言ってるんだからまちがいないですよ」

「うーん……そんなはずないんだけどな」

「せっかく来たのに残念でした」

「でも、岡山には鬼とか桃太郎とか興味深い伝説が多いから、いろいろ見て回りたいな」

「鬼の伝説ならこの村にもありますよ。地名も残ってるし」

「え？　ほんとか」

「鬼ノ産屋《うぶや》とか鬼育みとか鬼遊びとか子鬼ノ涙池とか……」

「へえ……！」

大輔は食いついた。岡山の鬼伝説は、他国から来た温羅という巨鬼を吉備津彦が退治したことに端を発する。だから現在残っている鬼ノ城、鬼ノ岩屋、鬼ノ墓、鬼ノ釜、鬼の差し上げ岩……といった「鬼」のつく遺跡や地名はどれも、温羅が棲《す》み処《か》としていたこと、吉備津彦と戦い、破れて死んだことに由来する。矢喰宮《やぐいのみや》、血吸川《ちすいがわ》、赤浜、鯉喰《こいくい》神社、首村《こうべむら》なども同様である。しかし、温羅が生まれた場所、育った場所に関する伝承はない。温羅については、出雲《いずも》や九州からやってきたという説や、韓国から渡来したという説があるが、岡山が生誕の地という言い伝えは初耳だ。この村に、温羅の生まれたときの伝説があるとしたら、もしかするとだれもが見逃していた大発見なのでは……。

「もう少しくわしく教えてくれないか」

大輔は意気込んで言った。

「温羅と吉備津彦の伝説が地名や遺跡名として残っているのは、岡山市や総社市のような瀬戸内海に近いところばかりだ。こんな山のなかにあるのは珍しい。場所はここから近いのかい」

「ほらね」

「なにが、ほらねなんだ？」

「私にはまったく興味ないけど、伝説だとか神社だとか古臭い話には興味あるってわけですね。今、目のまえにいるのは鬼でも桃太郎でも猿でもなくて、初対面の女子高生なんですけど。私のことで知りたいことないんですか？」

「え……？　えっ……そうだなあ……」

大輔は閉口して、

「あの……その……きみの趣味はなに？」

「趣味？　そんなものありません。こんな田舎で、なにをしろっていうんですか？」

「でも、学校ではクラブかなにかしてるんだろ」

「ヨウキュウ」

「は？」

「洋弓部。アーチェリーのこと。一応、今年の県大会で優勝しましたけど……」

「すごいじゃないか」

「すごくなんかないです。アーチェリーなんかほんとつまんない。ほかにやることないから嫌々やってるだけです」

吐き捨てるように言う絵里に大輔はため息をつき、話題を変えようとした。

「きみんちは、牛を育ててるんだね」

「そう、肉牛」

「今夜、仔牛が生まれるらしいけど、そのためにいちいち県の畜産振興課が来るなんて、すごいね」

「うーん……これは特別なんです。岡山は、千屋《ちや》牛っていって、ここより北のほうで飼育されてるブランド牛があるんです。神戸牛や近江《おうみ》牛、松阪牛の先祖みたいな牛らしくて、人気もあるんだけど、五年ほどまえに、岡山県の畜産振興課のひとが、千屋牛よりもずっと古い、日本の肉牛の先祖みたいな牛の死骸を洞窟のなかで見つけたんです。『太郎牛』っていって、昔、この新見のあたりだけで飼育されてた牛なんですけど、残ってた骨からDNAを調べてみたら、古代の牛なんですって」

「ふーん……」

さすがに牧畜農家のこどもだけあって詳しい。絵里によると、千屋牛というのは岡山県の新見市千屋地区で育てられているブランド牛で、江戸時代末期に改良されて生み出された肉牛だという。

「今の和牛はほぼ全部、明治以降に外国産の牛と交配して品種改良されたものなんです。西洋種と交配していない、純粋な血統の在来牛は、山口県の見島《みしま》牛とか鹿児島のトカラ列島の口之島《くちのしま》牛の二種類だけ」

そういえば、上野動物園でトカラ牛というのを観《み》たような記憶がある。

「で、どうやるのか知らないけど、その『太郎牛』っていう古代の牛を復元して、岡山の新しいブランド牛として売り出そうっていうことになったらしくて、ずいぶんまえから研究してたのが、やっとその復元に成功して、うちの牧場が繁殖の委託を受けたわけなんです」

「たぶん、骨から完全な状態でのＤＮＡが採取できたんだろう。太郎牛の骨から体細胞を取り出して、核を抜いた千屋牛の卵細胞にはめ込むんだ。そうすれば、太郎牛のＤＮＡを持つ胚《はい》ができる。それを千屋牛の子宮に移せばいい」

「なに言ってるのかわかんないです。頭がいいのを自慢してるつもりなの？」

「ち、ちがうさ。これはクローン技術の初歩の話だよ。えーと、たしか……」

体細胞クローン牛は、技術的には完成しているものの、農林水産省から出荷の自粛が要請されているため、一般には流通していない。ただ、食品安全委員会は、「従来の繁殖技術による牛および豚に由来する食品と比較して、同等の安全性を有すると考えられる」と評価している。

「うまくいったら、厚生労働省や農林水産省に働きかけるつもりなんだろうけど……それにしても、警戒がものものしいね」

「県の新規事業なんで、まだ秘密にしてるってことなんだと思います。今夜、その一頭目が生まれるんで、県のひととかも見に来てるんじゃないかな」

それならわからないでもない。今は、ブランドは新しく作り出す時代なのだそうだ。各地で、似たような試みが行われている。ナントカ牛、カントカ牛……どんな地方にもご当地ブランドの牛がいる。日本中だと、おそらく何百種類だろう。それが一発当たれば、その地方にたいへんな経済効果をもたらすことになるのだろうが……。

「太郎牛には特別な育て方があるのかな」

「うーん……」

絵里はすこしためらったあと、

「育て方はとにかく極秘なんですって。私にもぜったいに教えてくれないんです。でもね……」

絵里はトップシークレットを打ち明けるような口調で、

「一度だけこっそり飼育棟に入ったことあるんだけど、気持ちの悪い赤いものを飼料に混ぜて食べさせてました」

「赤いもの？」

「なんだかわかんないけど、ゼリーみたいに見えました。あれが秘密なのかなあ」

「…………」

しばらく会話が途切れたあと、絵里が大輔の袖をひっぱった。

「ねえ、見に行ってみます？　牛のお産ってけっこう感動的ですよ」

「聞いたことはあるな。獣医学科の友だちは、わんわん泣いたって言ってたけど……」

「わかるー。私、もう、何十回も立ち会ったけど、そのたびに泣く。仔牛が立ち上がるとき、胸がいっぱいになって、がんばれって思うんですよね」

「でも、きみの両親からは、ぜったいに離れから出るなって言われてる」

「そんなの大丈夫。黙っていればわからないって。私が、みんなに見つからずによく見える場所教えてあげます」

「うーん……」

「行きましょうよ。これ、見逃したら一生後悔しますよ」

「そ、そうかなあ……」

そこまで言われると、行く気になった。

ふたりは渡り廊下を音を立てないようにそっと歩き、木戸を開けて、まずは母屋に入った。静まり返っていて、ひとの気配はない。

「みんな、お産の手伝いに行ってるみたい」

ふたりは裏口から表に出た。風も雨も、かなり衰えている。これなら傘なしでも移動できそうだ。

「台風は行ってしまったのかな」

「天気予報によると、ちょうどこの上を通過してるところみたい。たぶん今、目に入ってるのかも」

なるほど。ということはまたすぐに土砂降りになるわけだ。

真っ暗がりのなかを、絵里は慣れた様子で進む。大輔にはどこを通っているのかまるでわからなかった。

「敷地、広いよね」

「うちは代々の牧場じゃなくて、うちの父が若いときにはじめたんだけど、ここらは土地がめちゃくちゃ安かったらしいの」

「どうして？」

「この辺はナメラスジっていってね……ナメラスジ、わかる？」

大輔はうなずいた。縄筋といって、魔物や妖怪が通るとされている道が存在する。香川県坂出《さかいで》市や兵庫県佐用《さよう》町などで知られており、その道のうえに家を建てたり、夜間に歩いたりすると祟《たた》りがあるという。岡山では、その縄筋のことをナメラスジという。かつては裏祭の夜に神が神社から出て通る神聖な道として侵してはならないものだったと考えられるが、神の没落とともに「侵すと祟りがある道」「怪事が起こる道」という情報だけが残ったのだろう。西洋におけるレイライン、つまり、ドルメンなどの遺跡を直線でつなぎ合わせた道との関連も考えられるという。

「お父さんが買うときも、まわりから、『岡山のもんでナメラスジの土地買う馬鹿たれはおらん』とさんざん止められたらしいんだけど、お父さんはそんな迷信関係ないって、気にしなかったんだって。それで、こんな広い場所に牧場が建てられたってわけ」

ふたりは小声でそんなことを言い合いながら、牛舎のひとつへと向かう。風雨の音にかき消されるので、会話するには顔と顔を、身体と身体をくっつけあわねばならない。大輔は、絵里の体温を感じた。

牛舎の入り口は開放されていた。その一部が分娩室《ぶんべん》になっていて、大輔と絵里は、その扉の外に身を潜め、内部の様子をうかがった。分娩室には十人ほどが集まっている。全員が大輔たちに背中を向けて立っているが、絵里の両親はすぐにわかった。ほかには、おそらく県の職員と思われる背広姿の男性が二人、牧場の従業員であろう三人、そして、白いマスクをつけ、白衣を着た職業のわからない男四人と、狩衣《かりぎぬ》に袴《はかま》を着け、烏帽子《えぼし》をかぶったひとりの男がいる。烏帽子の男は、顔に木製の黒い仮面をつけているので、年齢はわからない。仮面といっても「顔」の形をしておらず、上下に長い、ただの板のようなものなのでよけいに薄気味が悪かった。

（神主……？）

大輔は、その烏帽子の人物を指差して、絵里を肘でつついた。絵里は「わからない」という表情を作った。新しいブランド牛の最初の誕生を成功させるための神頼みなのだろうか。地鎮祭に神主を呼ぶようなもので、そういう習慣があるのか。しか

し、なぜ仮面をつけているのか。民俗学的な興味から大輔がそんなことを考えていると、絵里がそっと、

「これまであんなひと見たことない」

とささやいた。

柵囲いの内側に藁《わら》が敷き詰められており、そこに牛がいる。すでに破水が起きているらしく、赤い液体が外陰部から大量にこぼれ落ちている。足の先端とおぼしきものが突き出しており、母牛が必死でいきんでいるのがわかる。全員の視線が外陰部に集中しており、異常な熱気が感じられる。生まれて初めて目撃する生命の誕生の瞬間に、大輔はひきつけられた。たしかに、これは泣くかも……そう思ったとき、

「ああ、いや、いいや、ういの、おおお……」

神主がいきなり榊《さかき》を打ち振りながら祝詞《のりと》のようなものを唱えはじめた。その胸の部分には、例の牛の首にMのマークのついたデザインが刺繍《ししゅう》されている。

「いい……いいっぽ……ん……しょおお……りょう……きびい……つのおおみ……や……」

激しく榊を振り、ちぎれた紙が分娩室を舞う。居合わせた全員が一斉に手を叩きだした。柏手《かしわで》なのだろうが、どこか不自然で、聴いているとなぜかいらいらしてくる。

(あ、そうか……)

大輔は気づいた。七拍子なのだ。二・三・二のリズムで、プログレの変拍子のような快感はなく、気持ち悪いだけだ。しかも、よほど練習したのか、全員がぴったりと合っている。その拍手に導かれたかのように、またしても外の天候が荒れ出した。風が咆哮《ほうこう》し、雨が泣き叫んでいる。それらの轟音《ごうおん》に負けじと、神主が声を張り上げた。

「しん……んん……ぐほんぐ……うちのお……みい……やああ……はやあ……とおお……ざき……」

母牛がぶるぶると身じろぎを繰り返す。仔牛の身体が少しずつ、外気に触れていく。とうとう顔の部分が見えた。その瞬間、大輔は名状しがたいおぞましさを感じた。大輔が思っている牛の顔とは微妙に違っていて、山羊《やぎ》のように細く、目玉がぎょろりとしている。感動とはほど遠い、この世ならぬものを見てしまったような嫌な気持ちである。しかも、魚が腐ったような生臭い匂いが漂ってきた。

「きたやあ……あああ……ああ……みなみい……」

皆は一心に祈りを捧げ、神主は榊を振り回し、牛は怒ったような叫び声を上げながら太い胴体を大きく揺すっている。分娩室のなかは、異空間のようだった。大輔はかつて、離島で行われている神事を見学したことがある。本来は島の人間以外は参加できない秘祭で、大輔は半ば強引に列席したのだが、その緊張感、おどろおどろしさ、入ってはいけない場所に紛れ込んだ感は半端なかった。今、目のまえで行われているのは、ただの牛の出産のはずだが、あのときを上回るような禁忌を感じる。

「のおお……おお……おおお……かみ……まろうど……」

神主はなにかが乗り移ったかのように甲高い声で絶叫しながら、どろどろの粘液にまみれた仔牛の顔のまえで榊を大仰に振り、感極まったように、

「うし……とら……みさきは……おそろしや……！」

その瞬間、仔牛がどっと藁のうえに落ちた。だが、だれも動こうとしない。こういうときには、大勢がそれぞれの役割をもって、ロープを掛けたり、がんばれと声援を送ったり、タオルで仔牛の身体を拭いたり、消毒したりするものかと思っていたが、皆、まだ柏手を打っている。変拍子の柏手のリズムが次第に高まっていき、風雨の音とあいまって、大輔がアフリカの小村で儀式に参加しているような錯覚を覚えたそのとき、

「やめ……！」

神主が小さく叫び、全員が柏手をやめた。仔牛が顔を上げ、立ち上がろうとしていた。何度ももがき、一生懸命に四肢を踏んばろうとする。感動的な光景のはずなのだが、大輔にはなぜか異様に思えてしかたなかった。隣の絵里をちらと見ると、彼女も蒼白《そうはく》な表情をしている。もう一度、その仔牛を見る。顔が細長くて山羊のようだ、というだけではない。なぜ異様さを感じたのかがわかった。仔牛の口に、遠目にもはっ

きりとわかる「牙」が上下から生えているのだ。赤褐色の粘液を、噛みあわせた牙のあいだから、ぶしゅっ、ぶしゅっと噴き出しながら、仔牛はようやく自分だけの力で立ち上がった。そして、しばらく頭《こうべ》を巡らせたあと、大輔のいる場所を向いて、くわっと口を開け、

「シ……バノ……」

という声を発した。まちがいない。人語だ。

「お、お告げじゃ」

絵里の父親がそうつぶやき、白マスクの男に「しっ！」と黙らされた。

「シバ……ノ……コウ……ザ……ブロウ……ハ……」

芝野孝三郎《こうざぶろう》……。大輔は自分の耳を疑った。芝野孝三郎って、たしか……えーと……。

「ロクジュ……ウ……ニ……デ……」

仔牛の口から、ごぼごぼという音とともに、大量の粘液と血が噴き出した。

「シ……ヌ……」

その言葉と同時に、仔牛の身体はぱたりと横倒しになった。仔牛は目を閉じ、二度と開かなかった。白衣のひとりが駆け寄り、仔牛に触れたあと、

「亡くなられました」

神主はうなずき、お義理のように二、三度榊を振った。

大輔は呆然として立ちすくんでいた。膝ががくがくして、力が入らない。


芝野孝三郎は六十二で死ぬ……


そう聞こえた。絵里が、外に出ましょう、という合図をしている。うなずいて、その場をそっと立ち去ろうとしたとき。

カツン……という音がした。大輔の靴先が地面に設置されていた細い水道管を蹴ってしまったのだ。

仔牛のまわりにいた全員が大輔たちのほうを向いた。

「だれだ！」

神主が叫んだ。絵里は大輔の手を摑《つか》み、

「逃げるよ」

そう言うと、畜舎の出口目指して走り出したが、白いマスクの男たちにすぐに追いつかれてしまった。羽交い絞めにされ、ふたりは神主たちのところに引きずるように連れていかれた。

「痛い痛い……痛いってば。逃げないから放してよ」

絵里が文句を言ったが、男たちは締め付ける手を緩めなかった。絵里の父親はおろおろしながら、

「来るなと言ったのに……」

とつぶやいた。

「そこでなにをしておった」

神主が大輔の顔に榊を突きつけた。

「牛の出産を一度見てみたくて……それで……」

「私が誘ったの。私が悪いのよ」

絵里がそう言っても、神主の仮面は大輔に真っ直《ます》ぐ向けられたままだ。

「なにを見た。なにを聞いた」

仮面を通して聴く声は変なエコーがかかっていた。

「わ、わかりません。遠かったし、暗かったから……でも、生まれたばかりの仔牛が死んだのかなって……」

神主の声が、やや和らいだ。

「それだけか」

「はい」

神主は絵里に顔を向け、

「おまえはどうじゃ」

「私もよ。手を叩く音とか、おじさんのお経みたいなやつがうるさくて、なにも聞こえなかったし……」

絵里の父親が怯《おび》えた表情で、

「あの……あの……このものは私の娘です。あとで私がちゃんと言い聞かせておきます。ですから、ご安心を……」

「うるさい！　おまえの出る幕ではない」

神主が父親を怒鳴りつけたあと、県の職員たちに向かって、

「いかがなすべきか決めねばならぬ」

「ことを荒立てて、公安に目をつけられてもつまらんでしょう。あの連中に良《い》い口実を与えることは避けるべきです。説諭したうえで放免すべきじゃないですかね」

八の字眉毛の中年の職員が言うと、髪の毛を短く刈り込んだ初老の職員がかぶりを振り、

「この国の将来を担う若人をいたずらに傷つけるのは本意ではないが、もしも情報が漏れるようなことがあったら取り返しがつくまい」

「見ていないし聞いていないと言っています」

「信用ならぬ」

ふたりの男は大輔たちに背を向けてなにやら話し込んだあと、こちらに向き直ると、

「教祖さまにご一任いたします。よろしくお取り計らいを……」

「わかった」

神主はうなずき、腰に差してあった短刀を抜きはらった。

「な、なによ。どうする気？　まさか……」

絵里が身をよじったが、彼女を羽交い絞めにしている男は微動だにしない。

「お父さん……お母さん！　私、殺されるの？　そんなのめちゃくちゃよ。仔牛が生まれるのをちら見しただけじゃない。ねえ、お父さん、なんとかしてよ！　私、死にたくないっ」

絵里の父親は顔を伏せ、

「すまん……絵里……わしにはどうしようもないんじゃ……」

「いやあっ！」

絵里が悲鳴のような声を上げたとき、

「待て。男は余所者だから無理だが、娘のほうは助かる道があるぞ」

だれかが言った。絵里の父親は顔を輝かせて、

「そ、それはいったい……」

今しかない、と大輔は思った。心臓はばくばくしているが、やらねば死ぬのだ。大輔は彼を押さえつけている男の足を思い切り踏みつけ、同時に鳩尾《みぞおち》に肘を叩きつけた。男が、げっと呻《うめ》いて締め付けが緩んだ瞬間、大輔はスクワットの要領で身体を沈め羽交い絞めを抜けた。そして、そのままあとを振り返ることもなく出口を目指して走り出した。

「追えっ」

「逃がすな」

複数の叫ぶ声と足音に混じって、

「助けてっ！」

絵里の絶叫が背後から聞こえてきたが、無視してひたすら駆けた。ふたたびはじまった豪雨と暴風が幸いした。暗闇のなかをジグザグに走る。そのうちに声も足音も聞こえなくなった。気が付いたら、農道らしき道路に出ていた。タイミング良く、向こうからヘッドライトが近づいてくる。大輔は無我夢中で道路に飛び出した。急ブレーキ。雨のせいでスリップし、その軽トラが停まったのは大輔の身体に触れる手前ぎりぎりだった。

「死にたいのか！」

激昂《げきこう》した運転手が飛び出してきたが、大輔はその男にむしゃぶりつき、

「乗せてください、お願いします！」

「な、なんだ、ヒッチハイクか。どこに行きたいんだ」

「どこでも……とにかくここから少しでも遠くに……」

言いながらも背後の闇を何度も振り返っている様子に、

「なにかあるみたいだな。わかった。乗りな」

助手席に乗り込み、あわててドアを閉める。ずぶ濡れなのでシートから水が滴《したた》り落ちる。運転手はいきなり車を発進させた。大輔は目を大きく見開いてずっと後方を見つめていた。怖くて怖くて……怖くてたまらなかった。

農道から細い国道に入り、二時間半ほどすると岡山の市街地に出た。そのあいだ、大輔は一言も口を利かなかった。運転手は二度ほど声をかけたが、大輔が応えなかったので、あきらめたのかまっすぐ前を向いて運転に専念した。

「ここらでもういいだろう」

運転手はJR岡山駅の正面で軽トラを停めた。

「ありがとうございます」

大輔は絞り出すようにそれだけ言うと、最敬礼した。

「風邪引くなよ」

運転手はそう言い残して去っていった。大輔は駅の構内にあるベンチに座り、朝まで一睡もせず始発を待った。乗り込んでからも、だれかに見られているような気がして、落ち着けなかった。途中、数回うとうとしたがそのたびに、あの血みどろの仔牛や、神主の祝詞、鈍く光る短刀などが脳裏に蘇《よみがえ》り、悲鳴を上げそうになるのに必死で耐えた。

パソコンの入ったリュックは泥に埋まってしまったし、部屋にはなにも置いてこなかった。大輔の身元がわかるようなものはなにもないはずだ……。

車内にひとが増え、昨日見たお笑い番組の話、会社での不倫の噂《うわさ》、学校の先生の悪口など呑《のん》気《き》な話題が飛び交いはじめても、大輔はきょときょとと周囲を見回し続けた。

(だれかに見張られている……)

そんな気持ちが収まらなかったのだ。

◇

東京に帰り着き、アパートに戻ったあと、大輔は熱を出した。おそらく風邪なのだろうが医者にも行かず、部屋のなかでじっとしていた。外に出るのが怖かったのだ。やがて熱は下がった。食べ物は買い置きのインスタント食品を食べていたが、すぐに底をついたので、それからは水だけで我慢した。携帯電話にときどき高原教授から着信があったが、出なかった。眠ろうとすると、絵里の「助けてっ！」という声が頭のなかで響き渡り、毎日ほとんど眠れなかった。一週間もすると、大輔はげっそりと痩せた。目は落ちくぼみ、頬もこけ、立ち上がるのもやっとというほど体力が落ちた。微熱もあるようだ。口のなかがぱさぱさで、嫌な味がする。七日間歯磨きをしていないので、雑菌が繁殖しているのだろう。いつ開けたかわからないペットボトルのお茶を口に含み、ぐぶぐぶぐぶとうがいをする。

ようやく、あれはなんだったのだろう……と振り返る気持ちになれた。あれ、とはつまり、太郎牛村での一連の出来事のことだ。夢だったのかもしれない。大雨と暴風のせいで幻覚を見たのだろうか。絵里という女子高生が土砂に埋まっているのを助けた、という発端からしてそもそもフィクションっぽいではないか。そうだ、あれは悪い夢だったのだ。大輔はそう思い込もうとした。絵里なんて子はもともと存在しないのだ。あんな彼女が欲しいと思っていた大輔の心が作り出した幻影なのだ。岡山に行ったことも妄想なのだろうか。

現実、というやつを確かめたくてテレビをつけた。画面の右上に出た時刻表示で、今が昼の一時過ぎだということを知った。できるだけくだらないバラエティ番組を観たかったのだが、チャンネルを合わせた途端、臨時ニュースが始まった。黒縁眼鏡をかけた、七三分けのアナウンサーがしゃべりだした。

「番組の途中ですが、ここで臨時ニュースを申し上げます。内閣総理大臣芝野孝三郎さんが逝去されました。芝野首相は、昨夜遅く突然体調を崩し、港区の虎の門病院に入院中でしたが、ついさきほど心不全のため亡くなりました。六十二歳でした。これについて政府は緊急の……」

大輔は口をぽかんと開けながらテレビに映る芝野首相の顔を見つめた。

(芝野孝三郎は……六十二で死ぬ……)

生まれたばかりの仔牛が発した言葉が、その声とともに頭のなかで再生された。頭のなかで、キンキンキンキンキン……という金属音がした。

(妄想じゃなかった。あのとき、ぼくは本当に岡山の太郎牛村に行って、仔牛がしゃべるのを聞いたんだ……)

大雨と暴風、神主の祝詞、仔牛の誕生と死、殺されそうになって、そして……そして、絵里。

「助けてっ!」

絵里……そうだ、ぼくはあの子を見捨てて、ひとりで……。

携帯が鳴った。反射的に受話ボタンを押して、耳に当てた。

「ああ、美波か。はははは……よかった。死んでるのかと思ったぞ。どうして連絡してこないんだ」

ゼミの高原教授の声だった。反射的に大輔は言った。

「パソコン……すいません」

「え？　なんのことだ」

「先生……ぼく……ぼくは……」

大輔の目からぼろぼろ涙がこぼれ落ちた。

「どうした、なにかあったのか」

教授の声からは強い心配が感じられ、それがまた涙のもととなった。

「すいません、先生。ぼく……岡山で……」

しゃくりあげながらそこまで言ったとき、涙がぴたりと止まった。大輔の目は、テレビ画面上の一点に引きつけられていた。虎の門病院の正面玄関からレポートする記者の横に停まっているトラック……その横腹には、牛の首のデザインと「M」という文字があった。

「おい、美波くん……おい、聞こえてるのか！」

教授の声も耳に入らず、大輔は取り憑かれたようにその「M」という文字を見つめていた。

第二章　みさき

一品聖《いつぽんしやうりやう》　吉備津宮《きびつみや》　新宮《しんぐう》・本宮《ほんぐう》・内《うち》の宮《みや》　隼人前《はやとざき》　北や南の神客人《かみまらうど》　丑寅御前《うしとらみさき》は恐ろしや

『梁塵秘抄《りようじんひしよう》』より

「どうぞ」

宇多野礼子《うたのれいこ》は、栗木亮《くりきりよう》が差し出したあんパンと牛乳を見て、コートの襟を掻き合わせた。寒いのは北風のせいばかりかと思っていたが、案外こいつが原因なのかも……。

「なにこれ」

「なにって……差し入れです。張り込みにはあんパンと牛乳が定番でしょう」

「あんた、馬鹿？　政治記者がどうして刑事の真似《まね》しなきゃならないの？　だいいちこんなところの電柱の陰でパンと牛乳持ってるやつがいたらどう見ても怪しいわ。ちょっとは考えな」

「は、はい……よかれと思って……」

「それに、私は仕事のときは空腹のほうが集中できるの。それぐらいそろそろわかってほしいんだけどね」

「す、すいません」

栗木が、あんパンと牛乳をひっこめるのを、礼子は苦々しく見つめた。二十六歳の栗木は、朝経新聞の政治部に配属されてまだ半年だが、先輩のやり方や好みを学ぶのに半年は長すぎるだろう、と礼子は思った。自分が新人のときは、二十四時間ぴりぴりしながら教育担当の先輩の一挙一動を見逃さないよう注意を払ったものだ。

ほんとに最近の若いやつは……と思いかけて、礼子は踏みとどまった。三十五歳はまだまだ若手だ。年寄りくさい考え方になるのは百年早い。

「で、いかがですか。動きはありましたか」

「ないから、こうして寒いなか突っ立ってるんでしょ」

「そりゃそうですね。あははは……」

笑い出した栗木の脇腹を肘でひと打ちして黙らせた。

「ほんとにこんなところにいるんですかね、連中」

それは礼子にもわからない。党本部にいないことはわかりきっている。あとは勘だけが頼りなのだが……その勘なるものがまるで信用できないしろものなのだ。

今は夜の十一時過ぎだ。三軒茶屋《さんげんぢゃや》の駅からはかなり離れているので、人通りは皆無といっていい。こんなところに政界の大物たちが会合する「料亭」があるというのは、マスコミにもほとんど知られていない。赤坂や神楽坂での料亭政治が終焉《しゅうえん》を迎え、いわゆる根回しなどの密談の場はゴルフ場やホテルに移ったが、そこも記者たちの望遠レンズの的になっている。礼子が、この料亭「みかど」のことを知ったのはほんの偶然からだが、先輩や同僚にも教えていない。彼女だけの「穴場」なのだ。

「もし、『外れ』だったらどうします。ヤケ酒にちょうどいい立ち飲み屋、さっき駅前本通りに……」

「しっ……来たかも」

細い路地にハイヤーが並んで入ってきた。専用車だと目につきやすいという配慮だろう。そして、数分後、料亭の玄関扉が開き、七、八人の男たちが現れた。女将《おかみ》らしい和服の女性に見送られながら、門までの石段を歩いてくる彼らの表情は、一様に厳しい。

「どう、大当たりだったでしょ」

興奮を抑えてそうささやくと、

「うわあ、いますいます。阿藤《あとう》、須賀《すが》、池谷《いけたに》……あ、鵜川《うかわ》もいる。自綸党の幹部が勢ぞろいですね」

栗木がはしゃいだ声を出したので、頬を軽くひっぱたいて黙らせた。

先日、芝野総理が誕生日直前に急逝して以来、自綸党の幹部たちはそれぞれの派閥で会合を重ね、また、互いの事務所や自宅を訪ねて、次期総裁・首相選びのための意見交換を重ねていた。なにしろ突然降ってわいたような事態なので、幹部たちもとまどいながらも着地点を探して真剣な話し合いを行ったようだが、各自の思惑や派閥の利益、面子《メンツ》などがからみあい、結論は容易に出なかった。いつまでも総理大臣不在というわけにはいかない。対外的にも、国民に対しても信頼がガタ落ちとなる。しかし、これは自綸党幹部たちにとっては千載一遇の機会である。トップたちがお互い牽制しあっているため、次期総裁の有力候補ではなかった政治家にも、突如、その可能性が芽生えることになったのだ。

(もしかしたら自分が総理に……)

という思いのあるものは誰もこのチャンスをむざとは手放そうとしない。マスコミは彼らの一挙手一投足を注視し、新総理はだれなのかを推測しあった。

ところが、数日まえから幹部連の公の会合がぴたりとやんだ。おかしい、なにかある……おそらくどこかで秘密裡《ひみつり》の重要会議を行おうとしているのだろう。そうせざるをえないほどややこしい状況ということなのだ。

今頃、各紙・各局の政治記者たちはここぞと当たりをつけた東京中のホテルや料亭に散らばって、いないなあ、どこにいるんだろう、と右往左往しているにちがいない。ラッキーカードを引いたのは礼子ひとりなのだ。これをモノにしなければ、政治記者の看板は下ろさねばならない。

「どうします。すぐにハイヤーに乗ってしまいますよ」

「こうなったら突撃ね。行こう！」

礼子は電柱の陰から飛び出し、ジャケットにしのばせたレコーダーのスイッチを押し、首相代行で官房長官の阿藤茂一《しげかず》に向かって、

「首相人事はどうなりましたか。首相代行……コメントをお願いします！」

内閣総理大臣が急死したときは、あらかじめ指定されている順位どおりにほかの閣僚が「内閣総理大臣臨時代理」となり、総理大臣としての職務を行う決まりになっている。阿藤は、芝野孝三郎の急死に伴って臨時代理となったのである。

「無礼だな、きみは。せめて社名を名乗りたまえ」

「朝経新聞政治部の宇多野です。首相代行、総理大臣は決定したのですか」

阿藤は苦虫を嚙み潰したような顔で、

「うるさい。明日、記者会見する。それまで待つんだな」

「阿藤さんで決定という話も流れていますが、本当ですか」

阿藤茂一は、芝野孝三郎から内々に「私の後継者は阿藤くん」と期待を寄せられており、その政治的手腕や派閥の大きさ、人脈などからいって、当然そうなるだろう、とだれもが思っていたが、つい先日、大きなスキャンダルが発覚した。彼の娘婿が代表取締役を務め、みずからも役員に名を連ねる会社が、北朝鮮への不正輸出を行っている、ということが暴露されたのだ。娘婿は、自分の会社が北朝鮮への禁輸制裁に違反していた事実を認め、輸出は当該部署の長が独断で行ったもので、自分も義父も一切関知していなかったと釈明し、阿藤もただちに役員を辞任して、役員報酬も返納したが、もちろんそれで許されるはずもなく、マスコミは連日派手に報道した。そのせいで阿藤の評価は急落した。そこへ、狙いすましたように芝野が亡くなったのだ。本来ならば次期総裁最有力候補だったはずの阿藤の立場は微妙になってしまった。

「言えるわけがない。少しは常識というものをわきまえて……」

「明日会見するなら、ここでおっしゃっても同じでしょう。お願いします!」

阿藤はなにか言おうとしたが、一旦口をつぐむと、しばらく考えたあげくに、

「よかろう。よくぞこの場所をつきとめた。その褒美として教えてやる。——私の線はないよ」

阿藤はぽつりと言った。ほかの閣僚たちがざわついたが、阿藤は言葉を続けた。

「タイミングが最悪だった。スキャンダルできみたちマスコミが盛大に私の悪口を書き立てている最中に、まさか芝野さんが亡くなるとはな。天に見放された、という感じだ」

そう言いながら、阿藤は後ろにいた文部科学大臣の鵜川陽介《ようすけ》をちらりと見た。すぐにもとどおりに向き直ったが、憎しみのこもった視線だったように礼子には思えた。

「では、どなたが首相に……」

「わからん。わからんが……」

阿藤は喉にひっかかった痰《たん》を押し出すようなしゃべり方で、

「ふたりに絞られた、と言っておこう」

「そのふたりとは？」

礼子が勢い込んできくと、阿藤はにやりと笑い、

「それはまだ言えんよ。それと、決着がつくには当分時間がかかりそうだ。しばらくはきみたちもゆっくりしたまえ」

そこまで言うと、止めてあったハイヤーに身体を滑り込ませた。ほかの閣僚たちもそれぞれの車に乗って、解散となった。

「いやー、特ダネゲットですね！」

興奮している栗木の頭をはたき、

「なに言ってんの。勝負は今からよ」

「――へ？」

栗木を急《せ》かして、ふたりは近くに路駐してあった軽自動車に乗り込んだ。普段は社用のハイヤーを使うのだが、今日は夜通しの張り付きになるかもしれない、と思い、栗木の私有車を使うことにしたのだ。

「なにをするんです」

「尾行するに決まってるでしょ」

「だれを？」

礼子は一瞬考えたあと、

「鵜川にするわ。彼のハイヤーをつけて。絶対気づかれちゃだめよ」

「任せてください」

栗木は車を発進させた。車内で礼子は本社政治部のデスクに電話を入れ、朝刊の一面を差し替えるように言った。デスクの師岡《もろおか》は大喜びで、

「わかった。『総裁候補、ふたりに絞られる』という見出しにしよう。明日の記者会見を待たずによく取れたもんだな」

師岡健一郎《けんいちろう》は政治部一筋のベテランで、五十四歳になる。礼子は政治部に来て以来、彼にさんざん鍛えられた。今の自分があるのは、師岡のおかげだと思っている。

「中身はだれかに適当に書かせてください」

「おまえは書かないのか」

「まだ、仕事が残ってます」

電話を切る。栗木は、思わぬ追跡に気持ちが高ぶっているらしく、

「政治記者って探偵みたいですねえ。——でも、阿藤はよく話してくれましたね」

「自分が候補から外れたから、どうでもいいって気持ちなのよ」

「どのふたりに絞られたんでしょう」

「私の考えでは、池谷と鵜川ね」

「えっ？　池谷はわかりますが、鵜川ですか」

池谷芳蔵《よしぞう》は、官房長官、財務大臣、外務大臣などの要職を歴任し、芝野が死んだ現在は阿藤に続く党のナンバー2である。人望もあり、派閥の力関係からいっても、阿藤を除けば、次期総裁候補としては真っ先に名前の挙がる人物である。ただし、問題がひとつある。それは高齢かつ病気がちなことで、すでに七十八歳。しかも、心筋梗塞で二度倒れており、サミット出席をキャンセルしている。

それに対して鵜川陽介はまだ六十二歳と若い。芝野が死に、阿藤をスキャンダルが襲うまでは、総裁候補に一度も名を挙げられたことはないが、若いがゆえに派閥間の争いをも超越できている。人脈も人望も足りず、手腕も未知数だが、各派閥が互いに

睨《にら》み合《あ》い、抜け駆けをけん制し合っているあいだに、

「わが派閥の利益にはならないが、他派の益にもならない」

という理由で、鵜川が漁夫の利を得る可能性がにわかに浮上したのだ、と礼子は栗木に説明した。

「じゃあ、鵜川にとっては青天《せいてん》の霹靂《へきれき》というか、降ってわいたような僥倖《ぎょうこう》ということですね」

「そうとも言えないかも」

「どうしてです」

「政治記者のあいだで、ちょっとした噂があってね……阿藤のスキャンダルをマスコミにリークしたのは、鵜川じゃないかっていうのよ」

「ま、マジっすか。証拠はあるんですか」

「ないわ。ただの噂。まあ……ありえないかな」

鵜川を乗せた車は、どんどん都心から遠ざかり、多摩川を越えて川崎市に入っていた。道路もしだいに細くなり、いつのまにか田舎道になっていた。走っている車の台数も減り、相当距離を離してテールランプを目印に走らないと、尾行を感づかれそうだが、栗木はなかなかうまくこなしている。

「あのスキャンダルが一年まえに出ていたとしたら、今頃は沈静化してて、阿藤が首

相になったでしょうし、一年後に出ていたとしてもそうなったはず。芝野が急死する直前、というどんぴしゃりのタイミングでスキャンダルが公になったからこそ、鵜川が候補になれたってわけ。芝野の死因は虚血性心疾患で、突然死みたいなものでしょ。前日までぴんぴんしてたんだから、だれにも死ぬなんて予測できなかったはず。まあ偶然でしょうね」

「そりゃそうですね。鵜川が、芝野の死ぬ日を知っていたはずもないし……あれっ？」

鵜川の車は細い山道を上っていく。

「ここ、潰れたゴルフ場の跡地ですよ。さっき看板があって、ガムテープで目張りがしてありました。――なんの用かな」

「さあ……」

山を上りきったところで、栗木が車を停めた。

「ランプが消えました。停車したみたいです」

街灯はなく、月明かりだけが頼りだ。左右に雑木林があり、そのあいだに道は続いている。その向こうに、コンクリート造りの鳥居が建っていた。

「神社ですかね」

「みたいね」

鳥居の先に、三階建ての建物が一軒、ぽつんと立っている。こんな場所にふさわしくない、尖塔《せんとう》を持つ教会風の外観で、礼子は田舎のファッションホテルを連想した。その二階の窓から灯火が漏れている。

「あそこに入ったんでしょうか」

「でも、車はないわね」

ふたりはそろそろとその建物に近づいた。駐車スペースにはトラック、ライトバン、乗用車など数台の車が停まっており、いずれもその側面に「M」のマークがある。建物の入り口にも同じマークが掲げられ、その下に「みさき教関東支部教会」という看板がある。

（みさき教……？）

どこかで聞いたことのある名前だが、なんだったか思い出せない。

「どうします。なんだか気味が悪いですね」

「このまま帰るわけにはいかないわ」

礼子は入り口まで進んだが、どこにもインターホンらしきものはない。一階には窓らしきものもなく、なかをのぞくことができない。礼子は思い切って木製の扉をノックした。それと同時に二階の窓から漏れていた明かりが消えた。扉が開き、なかから作務衣《さむえ》を着た老人が顔を出した。

「ひっ……」

栗木が失礼にも悲鳴に近い声を上げて一歩下がったが、無理もなかった。老人の顔には一面にミミズのようにくねくねした細かく深い皺《しわ》がよっており、鼻も唇も皺に埋没してどこにあるのかわからない。ただ、目だけが皺のあいだから猛禽類のそれのように爛々《らんらん》と輝いている。

「どなたです？」

老人は、どことなく合成音声を思わせる声でそう言った。

「朝経新聞の宇多野と申します。こちらに、文部科学大臣の鵜川陽介さんがいらっしゃるはずですが」

礼子の言葉を聞いても、老人は表情を変えず、

「そのまえに、ここは私有地です。部外者の進入は禁止しております」

「あ……鳥居のところからが敷地だったんですか。それは失礼……」

「いえ、この山はすべてうちの土地です。山にかかるところに進入禁止の立て札とバリケードがあったはずですが」

「そんなもんあったかなあ。たぶんつけるのに夢中で……」

そう言いかけた栗木は、なぜか途中で口をつぐんだ。

「暗くて見落とされたのかもしれませんな。そういうわけで、お引き取りください」

「鵜川さんとお話ししたいのですが」

老人は無言でかぶりを振った。礼子は玄関のあちこちに目を配りながら、

「では、鵜川大臣がおられるかどうかだけでも教えていただけませんか」

「不躾な方ですな。政治記者らしいといえばそれまでですが、うちの敷地内のことはなにひとつ申し上げられません。早くお帰りください」

「先輩、帰りましょう」

栗木が耳もとでささやく。その熱い息をうっとうしく思いながら、

「私は、国民の知る権利を代表して、ここにいるのです」

「申し上げたとおり、ここは私有地です。不法侵入は罰せられます。ただちにお帰りなさい」

「ねえ、先輩、向こうに理があります。言うとおりにしましょ……ぎゃっ！」

やけにしつこい栗木の足を踏みつけて黙らせると、

「そちらはひとり、こちらはふたりです。無理矢理奥を見せていただくこともできるのですが」

そう言った直後、建物の裏側あたりで車のエンジン音がして、そのあと車が遠ざかっていく音が聞こえてきた。しまった、と思ったがもう遅い。

「わかりました。でも、ひとつだけ教えてください。ここは宗教団体の施設かなにか

ですか」

「みさき教の関東支部教会です」

老人は、看板にあった文言を繰り返した。

「みさき教とはなんですか」

「申し上げられません」

これでは堂々巡りだ。これ以上はなにをきいても無駄だ、と思った礼子はため息をつき、突然の訪問を詫《わ》びると、建物を出た。栗木がなぜか蒼白な顔で先を急ぎ、礼子にも急ぐようにうながす。途中からはほとんど走るような足取りで車まで戻った。

「どうしたのよ」

「気づきませんでした？　右手に青いカーテンがあったでしょう」

「湯沸かし室かなにかだと思うけど……それがどうかした？」

「カーテンの隙間から一瞬ちらりと銃口がのぞいてたような……」

そう言うと、栗木は車を急発進させた。

「——マジ？」

礼子の言葉にも答えず、栗木はそのあと終始無言のまま引きつった顔で運転を続けた。

◇

翌日の朝刊の第一面には「総裁候補、二名に絞られる」という大見出しが躍り、そのしたに「阿藤氏脱落。池谷氏と鵜川氏の一騎打ちか」という中見出しが目を引いた。もちろん掲載しているのは朝経新聞だけだ。デスクには褒められたものの、礼子の気持ちは晴れなかった。

（銃口がのぞいてた……って都市伝説じゃあるまいし……）

栗木の言葉はいまだに信じられない。恐怖感からくる見間違いではないだろうか。あれから栗木は猛スピードでもと来た道を引き返した。私有地に入り込んだ、という老人の言葉は正しかったようで、国道から農業用道路に曲がったところに鉄条網を巻きつけたバリケードと「ここから先私有地に付進入禁止。土地所有者」という看板がいくつも立っていた。おそらく尾行に集中していたのと、暗かったせいで見落としたのだろう。銃の件を警察に通報することも考えたが、私有地に侵入したのはこちらだし、もしなにも見つからなかったら厄介なことになる。今が取材の正念場だと思い、なにもしないことにした。

（みさき教……）

およそ古今東西のデータが集積されているはずの会社の資料室には、該当するような情報はひとつもない。インターネットで検索をかけてみる。あれこれ検索ワードを変えて長時間かけて調べたが、やっと見つかったのはニフティサーブの宗教フォーラムの過去ログにあったやりとりだけだった。

25　新興宗教好き！

みさき教っていうの知ってる？　岡山だか広島だか高松だかの島にあるらしいけど。

26　エンジェル

知らない。

27　教祖さま

みさきって艮ミサキと関係あり？

28　エンジェル

だから知らない。それよかミツルギ教っていう和歌山の御坊にある教団が面白いんだ。

それだけだった。ほかにはなにもヒットしないし、しかたなく礼子は、デスクの師岡にたずねた。

「みさき教だと？」

師岡の顔色が一瞬変わったのがわかった。

「はい。小さな教会みたいな建物がありまして、応対したかたが、みさき教の関東支部だと……」

「そこに鵜川が入っていったんだな」

「おそらくは。——みさき教ってなんですか。鳥居があったから神社かと思ったんですが、新興宗教みたいなものでしょうか」

かつては長髪で痩せ形だったが、今は髪の毛も薄くなり、顎にも肉のついた師岡はしばらく黙ったままボールペンの尻を噛みながらうつむいていたが、

「礼子……」

「はい？」

「鵜川の取材はやめろ」

聞き間違いかと思った。

「どうしてです。次期総裁候補ですよ」

「普通の取材はいい。私人としての行動を深追いするな」

「デスクのお言葉とも思えません。私はデスクに、政治家に公私の別はない。どんなときでも取材すべきだし、どんなときも取材に応じるべきだ。その覚悟がなければ政治家にはならないし、政治記者にもなれない。新人のころ、そう教えていただきました」

「たしかにそう言った」

「でしたら、やらせてください。これ、きっと鉱脈ですよ。すごいの掘り当てた感じがしま……」

「いいから、やめろと言ってるんだ！」

師岡の大声とともにボールペンがへし折られた。礼子は驚いた。ふだんの師岡は温厚で、声を荒らげたことなど一度もない。師岡は破片を片付けながら、

「すまん……とにかくその、この件に深入りしてほしくないんだ」

「なぜです。深入りしなければ深いネタがつかめません。もしかしたらたいへんな特ダネかも……」

「禁忌《タブー》なんだよ、これは」

「師岡さんには、政治記者に禁忌はないとも教わりました。これまでだれも手を触れなかったものを白日のもとにさらけ出すことが我々の使命だと……」

「おまえ、死んでもいいのか！」

予想もしなかった言葉が師岡の口から発せられた。師弟は無言でじっと見つめ合った。数分ののち、礼子は言った。

「死んでもいいです。デスクがそうおっしゃるからには、やりがいのあるヤマだということですよね。私はそういう仕事をするために政治記者になりました」

「おまえにはほかの件を担当してもらう。今日から、民心党の本部に張り付け」

「お断りします。——では」

「お、おい……」

礼子は呼びとめる上司を振り返ろうともせず、部屋を出た。その背中に、

「おまえだけじゃないんだ。俺も、役員も……うちの会社の全員が死ぬことになる！」

そんな言葉が聞こえてきた。

◇

「みさき教……？　知らんなあ」

「聞いたことないね。すまんな、力になれなくて」

ほとんどは木で鼻をくったような返事ばかりだった。本当に知らない場合もあるだろうし、知っていてとぼけている場合もあるだろうが、とにかくなにも手がかりは得られない。政治記者と政治家はギブアンドテイクなので、恩を売るために、わかっていても記事にしないこともある。礼子が話をきこうとしたのは皆、彼女にそういった義理のある、かならず協力してくれるはずの相手ばかりだった。もし知っているなら、

「いくらあんたでも、この件についてはちょっと話せないねえ」

ぐらい対応はしてくれるはずだが、それすらなかった。

十八人目まではハズレだったが、十九人目でようやく手応えがあった。相手は、キングメーカーとあだ名された昭和の宰相中田《なかた》貫太郎《かんたろう》だ。すでに九十歳を越えており、とうに政界は引退しているが、旧知の元秘書を通じて連絡を取り、ダメモトでみさき教の件だと申し入れると、取材のOKが出た。高齢で、少しボケが来ているからかも

しれない。

ボードに「外出」マークを標示して、外に出ようとすると、廊下で師岡とばったり会ってしまった。

「どこへ行く」

「民心党本部です」

「嘘をつけ。中田のところだろう」

どうしてそれを……。

「悪いことは言わん。俺の言うとおりにしてくれ」

「ですから、民心党に行くだけで……」

師岡は、その場に土下座した。

「お願いだ、この件をほじくり返すな。——頼む」

悲痛な声だった。礼子は周囲を見渡した。社員たちが好奇の目を向けながら通り過ぎていく。

「あの……ひとが見ていますから……」

「そんなことはどうでもいい。これはおまえのためを思ってのことだ。俺も、できるなら取材させてやりたい。でも……この世にはジャーナリズムではどうしようもないものがあるんだ」

「みさき教がそれだと……」

師岡は顔を上げた。その目に涙がたまっていた。

「そうだ」

「でも、私は……」

礼子は、廊下にうずくまったままの上司の横を通り過ぎながら、

「ジャーナリズムの力を信じていますから」

◇

タクシーを拾って目黒の中田邸に向かっているとき、後ろから一台の車がつけてくるのに気づいた。

「ねえ、あの車……」

運転手に声をかけると、

「ああ、ずっとくっついてきてるね」

「撒《ま》けるかな」

「さあねえ……」

「やってみてよ」

「あんた、なにか後ろ暗いところあるんでしょ。追われてるってわけだ。だったら、いくらか出してもらえれば協力してもいいよ」

足もとを見るというやつだ。ムカついたが、ここは大事のまえの小事だと思い、

「わかったわ」

礼子は一万円札を財布から出した。運転手は喜色満面になり、アクセルを踏み込んだ。タクシーがぐいと加速したとき、前方左の路地からライトバンが飛び出してきた。スピードが出ていたタクシーはブレーキが間に合わず、左側に激突された。タクシーは衝撃で四十五度ほど回転した。礼子は額を座席にぶつけ、しばらく目のまえに黄色い幕が下りたようになった。運転手は真っ青になり、しばらく息を整えていたが、客の礼子に大丈夫かとも言わず、

「この野郎、一旦停止しやがれ、馬鹿！」

そう怒鳴りながら車から降りようとした。相手も当然降りてくるだろうと思ってのことだが、ライトバンは急発進し、運転手の横ぎりぎりをすり抜けて行ってしまった。

「あっ、ちくしょう。当て逃げだ！」

礼子は、ライトバンを運転していたサングラスの男が、こちらを見てにやりと笑ったのをたしかに見た。あれはまちがいなく、礼子に笑いかけたのだ。背筋が寒くなった。露骨に尾行に気づかせてスピードを上げさせ、横合いから飛び出してわざとぶつ

ける。

（警告……？）

「あーあ、べっこべこだよ。こりゃあどうしようもねえな」

礼子はそっとタクシーから降り、運転手に気づかれないように路地に入ると先を急いだ。そういえば、ライトバンのドアにはMというマークがあった。あの教会の玄関にあったのと同じだ。歩きながら携帯を取り出し、中田邸にかける。

「すいません、十一時に中田先生とお会いする約束をしておりました朝経の宇多野と申しますが、道路事情で少し遅れると思います。先生をお待たせすることになりますが、申し訳ありませんとお伝え願えますか」

「中田は、急に体調を崩しまして入院いたしました。今日はお目にかかれません」

若い男の声がした。

「え？　どうなさったんですか」

「医者によると、睡眠薬の誤飲だそうです。先生は最近少しボケておられたので、用量をまちがったのでしょう」

「どちらの病院に入院……」

きこうとしたが、電話は切れた。急に額の痛みがきつくなり、指を当ててみると血がついていた。

◇

中田貫太郎の病状は思わしくなく、昏睡《こんすい》状態が続いているらしい。私のせいだ……と礼子は思ったが、ここで引き下がるわけにはいかない。みさき教という名称の団体は宗教法人として登録されていない。ゴルフ場の跡地の所有者も個人名義で、何重にも又貸しされており、そこからたぐるのは無理のようだった。

「栗木くん、ちょっと……」

礼子は、後輩の栗木を呼び止め、

「こないだ鵜川が行ったあの教会だけど、もう一度行ってみたいのよ。つきあってくれる？」

「いやあ、それが……」

栗木は自分の頭を撫でた。

「あんた、道覚えてるでしょ。お願い、乗せてって」

「デスクから、宇多野さんにかかわるなって言われてるんです」

「内緒にしとけばわかんないわよ。ほら、非番の日なら……」

「俺、ちゃんとした記者になりたいんです。だから……すいません！」

栗木は頭を下げて走り去った。礼子は、ちゃんとした記者ってどういうことよ、とつぶやいた。

しかたなくひとりで行くことにしたが、社用ハイヤーの使用を禁止されてしまったので、多額の出費を覚悟のうえでタクシーに乗った。川崎市の農道から山道に入ったところにある旧ゴルフ場、と説明したが、カーナビに掲載がないらしく、さんざん迷ったすえにようやく見覚えのある「ここから先私有地に付進入禁止」という看板のところにたどりついたときには日が暮れていた。

しかし、前回は簡易なこしらえだったバリケードが、コンクリートの塀とそのうえに高く作られた頑丈なフェンスに替わっており、大量の鉄条網がそこにからめてあって内部がのぞけない。しかも、入り口がどこにも見当たらない。山道自体がフェンスで塞がれているのだ。

「こらあこっから先は無理だわ」

タクシーの運転手は言った。

「なんとかなかに入りたいのよ。たぶんフェンスのどこかに切れ目があるとか、隠し扉があるとかしてるはずなんだけど……」

「こんなとこ、許可なく入り込んだらあとで大問題になる。私はご免こうむります」

「高いタクシー代使わせて、こんなところで放り出す気?　なんとかしなさいよ」

「だって私有地なんでしょ？　不法侵入じゃないですか。犯罪の片棒担いだりしたらクビになりますから」

「ねえ……お願いだから……」

「すいませんが、ここで降りてもらえます？　迷惑なんですよねえ、そういうのって」

押し問答のすえ、礼子はタクシーを降りた。しかし、道具もなしに高いフェンスを乗り越えることは不可能だった。しばらくフェンスのまえをうろうろしてみたものの、あきらめるしかないという結論が出た。落胆した礼子は一時間以上かけてＪＲの駅までたどりついた。ベンチに座り一時間に一本しかない電車を待っていると、涙が出そうになってきた。

（会社の方針に逆らってむりやり取材を続けたとしても、その成果を発表することができないんじゃなんにもならない。ネットかなにかで発信？　そんなことしたら会社をクビになるだろうな……）

心が折れかけていたとき、携帯電話が鳴った。発信人を見ると「村口」となっていた。

（え……？）

村口毅郎は、礼子の高校時代の同級生であり、元カレでもある。彼は高校を卒業してすぐに警察官採用試験を受けた。礼子は東京の大学に入ったので、自然に関係は解消された。その後、村口は奈良県警に勤務するようになった。礼子が一年半ほど奈良の支局に配属になったとき、偶然に再会してよりが戻ったが、彼女が東京本社に転勤になったことでふたたび別れた。現在はたしか、県警本部の刑事部にいると聞いているが、

(今頃、なに……?)

互いに独身ではあるが、恋愛話だったらお断りである。今はそれどころではないのだ。着信を無視しようかとも思ったが、電車が来るにはまだまだ時間がありそうだ。思い切って、出た。

「はい……」

「礼子、政治部だったよな」

久しぶり、も元気か、もなく、いきなりだ。

「そうだけど」

口調がつっけんどんになるのは、じつは「浮いた話」を期待していたからかもしれない。

「みさき教って知ってるか」

一瞬、呆然とした。どうして村口がその名前を知っているのだ……。

「どういうこと？　あなた、なにを調べてるの？」

「電話じゃ話しづらいな。東京にいるんだけど、会えないか」

「いいけど……」

二時間後、ふたりは有楽町の駅前ビルにある喫茶店で久々の対面をしていた。村口は、礼子の記憶よりも痩せていた。頰もこけ、無精ひげも生えており、精悍《せいかん》さは増したが、憔悴《しょうすい》しているようにも見えた。アイスカフェオレを飲みながら、礼子は言った。

「心臓が止まりそうになったわ。まさか毅ちゃんの口から、みさき教の名前が出るなんて……」

「おい、毅ちゃんってその呼び方やめろよ。俺はこわもてで売ってるんだ。恥ずかしいだろ」

「こわもて？　趣味はプラモデルのくせに。いいじゃない、毅ちゃんは毅ちゃんで。──で、その毅ちゃんの身になにがあったの？」

少しはしゃいでいることはわかっていたが、自制が利かなかった。

「二ヵ月半ほどまえに、うちの所轄内で死亡者があった。にわかハイカーのカップルが葛城山に登って遭難したんだ。男は崖から落ちたが命は助かった。女のほうは、翌日、死体で発見されたんだが……その死体には内臓がほとんどなかった。動物に食い荒らされた痕跡があったんだ」

礼子は顔をしかめ、

「熊かもしれないわね。山犬化した野犬の群れが繁殖してるのかも。狐も雑食性だっていうし、猛禽類やカラスに襲われた可能性も……」

「それが、生き残った男は、『牛に襲われた』って言ってるんだ。崖から落ちる直前に、その牛が犬を食ってたって……」

「そんな馬鹿な。牛って……あの牛でしょ」

村口はうなずき、

「乳牛だったそうだ」

「なにかの見間違いか、ごまかそうとしてでたらめを言ってるのよ」

「俺もそう思った。でも、つぎの日、観光客からの通報があって駆けつけてみたら、一言主神社の境内で乳牛が死んでたんだ。近くの牧場から逃げ出したやつで、俺がこの目で確認した。ところが俺が警官に報《しら》せに行ってるほんの数分のあいだに牛の死体は消えていた。すぐ近くにいた権禰宜も、牛の死骸なんかなかった、と言うし、通報者の観光客とはいまだに連絡がつかない」

「…………」

「境内には若い学生がいた。卒論のために日本中の一言主神社を巡ってる、とかいうやつで、そいつにきいてみると、牛は見なかったけど、牛の首のなかにMという字が……」

「えーっ！」

礼子は思わず、椅子から腰を浮かした。村口は周囲を見回して、唇に人差し指を立てた。

「どうしたんだよ」

「いいから……続けて」

「牛の首のなかにMという字がデザインされたマークのついたトラックが二台、境内から出ていったというんだ。俺は釈然としなかったが、牛が人間を襲って食った、なんてよた話をいつまでも追いかけてるわけにはいかない。崖から落ちた男は結局事情取収を受けただけで釈放され、事件は『事故』で片付いた。俺も正直ホッとして、通常の捜査に戻ったよ」

とはいうものの、その件は村口の頭のどこかにつねに引っかかっていた。牛がひとを食うわけがない。それはわかっている。では、女はなぜ死んだのだ。牛の死体はなぜ消えた。権禰宜はなぜ嘘をついた。なぜ、なぜ、なぜ。だが、日々の仕事は忙しいし、ここで村口ひとりがむしかえしてもなんの得にもならない。それどころか出世に響く可能性もある。忘れよう忘れるべきだ忘れるしかない。そう思っていた。

ただ、女の両親は「事故」扱いに承服できず、恋人だった男相手に訴訟を起こしたうえ、警察の再捜査を希望して何度も村口のもとにやってきた。ふたりともかなり感情的になっており、応接室に罵声が響き渡ることも多かった。一人娘が惨殺されて、死体が「食われた」のだから無理もないが、正直辟易《へきえき》した。

葛城山の事件から三週間ほど経《た》ったある日、コンビニの駐車場に車を止め、買い物をしたあとふたたび車に乗ろうとしたとき、目のまえを一台のトラックが通過していった。その横腹にはあのMのマークがついていた。村口は急いで車を出し、そのトラックを追った。ナンバープレートに目を凝らし、岡山ナンバーであることを確認した。赤信号で向こうが停止したとき、村口は車から降りてトラックの運転席を外からノックした。痩せこけた、坊主頭の若者が澱《よど》んだ目で見下ろしたので、村口は警察手帳をかざした。途端、若者はトラックを急発進させ、赤信号の交差点に突っ込んだ。村口もあわてて車に戻り、あとを追った。トラックは数台の車にぶつかりながら直進した。クラクションと怒号と悲鳴がこだまするなか、村口も必死でアクセルを踏んだ。自家用車なのでサイレンが鳴らせないのだ。しばらくカーチェイスの真似事《まねごと》をしたあげく、これは始末書ものだな、と思いながら、中央分離帯に乗り上げたトラックの運転席のドアを開けた。若者がぶすっとした顔で、

「なんなんだよ、俺がなにしたってんだよ、なんにもしてねーよ、馬鹿」

「交差点内で接触事故。道路交通法違反だ」

「おまえが追いかけたから逃げただけだ」

「やましいところがないなら、なぜ逃げた」

村口は若者の腕をつかんで引きずり下ろした。

「暴力警官！」

若者は怒鳴ったが、かまわずトラックに乗り込み、座席のしたやトランクやサンバイザーの裏など、いろいろなところを探った。なにを見つけようとしているのか、という具体的な目的はなかった。助手席の足もとに、折れ曲がった冊子が一部落ちていた。金色の紙を使ったぜいたくな作りだが、表紙にはただ「M」とのみ型押しされていた。村口はそれを二つ折りにして尻ポケットに突っ込んだ。

「あ、返せよ！」

若者は摑みかかってきたが、村口に腕力で勝てるはずがない。運転席から飛び降りざま、背後に回って締め上げると、

「痛《い》ててて……放せよっ」

「積み荷を見せろ」

「令状あるのかよ」

答えずになおも締め付ける。

「痛いってば……牛を運んでるんだ」

「牛……だと？」

「ちゃんと許可も取ってあるぜ。──ほら」

若者は、尻ポケットから「家畜運搬車使用許可」と書かれた紙を取り出した。

「鍵をよこせ」

「だから言っただろ、牛を輸送してるだけなんだ」

「家畜の運搬車はたいがい、通気性のために側面がケージやカーテンになってたりして、内側が見えるもんだが……」

「知るかよ」

若者は村口を振り払おうと腕を振ったが、そのとき鍵の束がじゃらんと音を立てた。村口は彼の上着のポケットから鍵をつまみ出し、トラックの後ろに向かった。

「やめろ！　ただの牛なんだ！」

そう叫びながら若者はポケットナイフで斬りかかってきた。村口は間一髪で避けると、手首を摑んで脈をぐりぐりと押した。若者は悲鳴をあげてナイフを取り落とした。村口はトラックの後ろに回り、なおも追いすがってくる若者の顎を革靴の先で蹴り上げた。若者が転倒した隙に鍵を差し込み、リヤドアを開けた。激しい異臭がした。腐った飼料と糞や尿の臭いが入り混じったものか……いや、それだけではないようだ。なにか……生臭い……。

荷台に手をかけて飛び乗り、なかをのぞく。真っ暗でよく見えないが、奥のほうから、くちゃ、くちゃ、くちゃ……という音がする。大きなものが蠢《うごめ》いているのがわかる。目が闇に慣れてきた。くちゃ、くちゃ、くちゃ……ずる、ずるっ、ずるずる……。

「うわっ」

思わず声が出た。そこにいたのは一頭の白い牛だった。若者の言葉は嘘ではなかったのだ。牛は、ケージから顔を突き出して、なにかを食べていた。それは……もう一頭の牛だった。死んでいるらしく、蠅がたかっている。乳牛は、横たわった茶色い牛の死骸の腹部に口先を密着させて内臓をくわえると、顔を左右に振って長い腸を引きちぎり、麺類を啜《すす》るようにして飲み込んでいく。はぐっ、はぐっと咀嚼するたびに、唾液と血がシャワーのように振り撒かれている。

牛が牛を食う。これは悪い夢なのか……村口はそう思った。ケージのすぐ横には汚らしいバケツが置いてあり、なかにはどろりとした、大きな赤いナマコのような物体がいくつも入っていた。ケージの内側にも赤い物体の断片が散らばっており、牛の口のまわりにもそれがこびりついている。バケツには、「イ　取扱い注意」と油性ペンで書かれていた。村口は刑事の勘でとっさにそれを手ですくい、ポケットに直《じか》に入れた。深津という青年が谷底に落ちたときに目にしたという「血みたいに赤い塊」「クラゲっていうかゼリーっていうか、ぶよぶよした気味の悪いもの」のことを思い出したのだ。手が真っ赤に染まって気持ち悪かったので、ズボンになすりつけようとしたそのとき、トラックがいきなり発進した。村口は反動で荷台から地面に転がり落ちた。

トラックは中央分離帯をなぎ倒すと、猛スピードで反対車線へ飛び出し、向こうから来た軽自動車と正面衝突した。凄《すさ》まじい音とともに地面が揺れ、ガラスが散乱した。地面にガソリンが流れ、黒い川を作った。村口が駆け寄ると、トラックの運転席側のドアが半開きになっていて、坊主頭の若者の上半身がそこから逆さまに垂れ下がっている。軽自動車の運転席には、中年女性が血を流してハンドルに突っ伏している。村口は携帯電話で県警に連絡し、救急車を大至急と依頼したあと、軽自動車のドアを開けようとしたが、ぐちゃぐちゃに歪んでいて動かない。

すぐにパトカー二台と救急車がほぼ同時に到着した。救命士が軽自動車の運転席から女性を救い出し、続いてトラックに向かうのを村口ははらはらしながら見守った。

所轄の警官が敬礼し、

「村口係長が第一通報者ですか」

「そうだ。不審車両の取り調べ中に運転者が急発進して、対向車線に飛び出した」

「こちらで話をうかがわせてください」

村口がパトカーの後部座席に乗り込み、警官に事情を説明していると、顔見知りの交通部事故捜査担当の巡査長がやってきて、

「軽自動車を運転していた女性は、救急車内で心肺停止が確認されました」

「そうか……」

暗澹《あんたん》たる気分になった村口は、

「トラックの運転手のほうはどうだ」

「それが……見当たりません」

「――なに？」

「運転席にはだれも乗っていません。周辺を捜しましたが発見できませんでした。逃亡したものと考えられます」

「そんなはずはない。俺が見たときは、運転席から上半身を垂らしていた。あんな状態ではどこにも行けるものか。トラックの下とかもちゃんと捜したのか」

巡査長は不服そうに、

「では、ご自分の目でご確認なさったらどうです」

言葉に詰まった村口は、

「牛はどうだった」

「——はあ?」

巡査長は面食らったような顔をした。

「牛……とは、なんのことです」

「トラックに積んであっただろう。えーと……乳牛が一頭だ」

牛が牛を食べていたことについては、あえて口にしなかった。

「牛の肉ですか?　それとも生きた牛?」

「生きた牛だ」

「ははは……なかは空っぽでした。積み荷なんてありませんでしたよ」

「嘘をつけ!」

村口が大声を出したので相手は顔をしかめ、

「こんなときにどうして嘘をつく必要がありますか。なかから牛が逃げ出したとしたら、目撃者が大勢いるはずですが、そんな報告はありません」

「死骸はなかったのか。その……食い荒らされたような……」

「牛の死骸、ですか?」

「そうだ」

村口がいらいらと言うと、

「ありません。とにかく積み荷はゼロです」

巡査長もいらいらと答えた。

「ケージもか」

「ケージもです。――そういえば村口さんは以前、一言主神社に牛が死んでいたとおっしゃったとか……」

「もういい！」

村口は話を打ち切った。

（わけがわからない……）

俺はどうかしてしまったのか。牛が肉を食べる、それも「共食い」をする、という光景をたしかに見たと思ったが、あれは一言主神社での出来事同様、俺の錯覚だったというのか。いや、錯覚などという生易しいものではない。錯乱していると言うべきではないか……。頭を抱えた村口は、ふと尻ポケットに手をやった。そこには、折り畳まれた金色のパンフレットがあった。

◇

「それが……これだ」

村口は、茶封筒から一通のパンフレットを出して、礼子に渡した。たしかに黄金色の分厚い表紙だ。高級感を出そうとしたのだろうが、いかがわしさも満点で、しかもふたつに折られた跡が皺になり、かえって安っぽく見える。牛の頭部をデザイン化したもののうえにMという文字が型押しされている。まちがいなく、あの教会の入り口にあったものと同じだ。礼子はページをめくった。


選ばれたかたにだけこの小冊子をお渡ししています。

あなたは、未来を知りたくありませんか。

これは占いではありません。

あなたがもし、未来を確実に知りたいと思うなら、みさき教に入信しましょう。

きっとあなたの役に立つはずです。

詳しいことは、この小冊子をあなたに渡したものにおききください。

(当教団の定める基準に合致しないかたは入会をお断りします。あらかじめご了承ください)


つぎのページには「過去の著名入信者」として、大勢の名前が列記されていた。それを見て、礼子は思わず噴き出した。

「なに、これ？　嘘でしょ」

そこには、明治以降の大物政治家や総理経験者、有名軍人、財界の大物などの名が並んでいた。全員が故人だったが、本当のこととは思えない。鈴本善功《すずもとぜんこう》や森芳郎《もりよしろう》といった、ごく最近の人物も掲載されている。そして、いちばん最後にサインペンによる手書き文字で、

鵜川陽介

の名が記されていた。おそらく新規会員ということなのだろう。

「やっぱり鵜川はみさき教の信者だったのね……」

「こいつ、次期総裁の最有力候補だそうだな。新聞で読んだよ」

「あれ、私がスクープしたのよ」

最後のページには、牛の胴体に人間の頭部がついた生き物の、ちょっとディズニーアニメを思わせるイラストが掲載されていた。

「これで終わり？」

「ページのあいだにこの紙が挟まっていた」

村口は、和紙のような紙を茶封筒から出して礼子に示した。

入会金　弐千萬円
年会費　壱千五百萬円
祀典料《してんりょう》　参千五百萬円

「なにこれ？　めちゃくちゃな値段ね。こんなもの、入信するひといるわけないじゃない」

「そうかな……」

村口は眉間に皺を作り、

「未来がわかるとしたら、政治家にとってはとんでもない利益になる。選挙でどの党が勝つか、とか、景気がいつ悪化するか、とか、だれがつぎの首相になるか、とか……」

礼子ははっとした。つぎの首相は、阿藤になるはずだった。それが……。

「で、でも、毅ちゃん、本気で信じてるんじゃないでしょうね。未来がわかるわけないでしょ」

「俺、台湾行ったときに占い師に、一週間以内に水難に遭う相が出ているって言われて、つぎの日に川に落ちたぞ」

「これは占いではありません、そう書いてあるわよ」

「占いじゃないとしても、俺もよく知らないけど、ほら、予言者っているだろう。聖《しょう》徳太子《とくたいし》とかヨハネとかノストラダムスとか出口《でぐち》王仁三郎《おにさぶろう》とかいった連中は、未来のことを当てたそうじゃないか」

「それって、新興宗教の手口じゃない？　ああいうやつらって、世の終わりが来るとかハルマゲドンが来るとか言って信者を集めるのよ。ほら、最近でも地震とか津波があると、変な教団の教祖さまが、私は半年まえにこのことを予言していた、とか言い出すでしょ」

「あと、予知能力っていうのがあるだろう。超心理学とかいう本をこのまえ読んだら、未来予知能力はプレコグニションといって、訓練を積んだ超能力者なら可能なんだそうだ。人間の脳には、使われていない領域が八〇パーセントもあって……」

「毅ちゃん、大丈夫？　そういうのにかぶれるとヤバいよ」

「かぶれてないよ。ただ、ネズミが難破を覚《さと》って船から降りるとか、ナマズが地震を告知するとか……動物ってそういう感覚が鋭いという話、聞いたことあるだろ。牛にもそういう能力があるのかも……」

「だーかーらー、頭を冷やしなさいよ。警察官でしょ？」

「まあな……」

そう言って村口はブラックコーヒーの残りを飲み干すと、小さなガラスの瓶を取り出し、

「赤いぶよぶよしたやつがこれなんだ」

「胃腸薬の瓶じゃないの。もっといい容《い》れもの、なかったの」

「なかった」

「それに、ぶよぶよしてないじゃない。ぱさぱさしてるみたい」

「乾燥するとこうなっちまったんだ。もともとはクラゲっていうかナマコっていうか……」

「これを牛が食べてたわけ？」

「そう思うね。口のまわりに付着していた」

「じゃあ、その牛はこの赤いやつを食べ、死んだ牛も食べてたのね」

「だから、この赤いやつは、あのとき牛がたしかに車にいたっていう唯一の証拠なんだ」

「証拠にはならないわよ」

「証拠、というか、名残だ。俺も、あれは全部夢か妄想だったんじゃないかと思うこともある。でも、こいつを見ると、いや、そうじゃない、と確認できる」

「それで……それからどうなったの」

「うん……部長が、交通事故の責任の一端が俺にある、と言い出したんだ」

村口の口が急に重くなった。令状もなしに、なんのやましいこともしていない一般人の車輛《しゃりょう》を公道で追跡し、その結果事故を引き起こして、市民を死に至らしめた……ということで地元マスコミの非難を浴びたのだという。県警本部長は、

「捜査に必要な、適切な追跡だった、と現段階では考えている」

と会見で説明したが、肝心の加害者が姿をくらましてしまったのだから、だれも納得しない。村口は、犯人を取り逃がしたという失態に加えて、牛についての錯乱したような発言も問題ありとみなされ、しばらく休養するように、と強い口調で刑事部長に勧められた。マスコミの標的になりそうなので、これ以上揚げ足を取られないように雲隠れさせてしまおうという腹なのである。村口はよほど、赤い物質を突きつけてやろうかと思ったのだが、取り上げられると困るのでやめた。

休養せよとの申し出を断り、村口は自分なりのやり方で事故について調べはじめた。しかし、あの坊主頭の若者の行方は杳《よう》として知れず、付近の病院にも立ち寄った形跡はなかった。また、トラックの車検を調べてみると、所有者は岡山県庁となっており、念のため岡山県庁総務部に照会したが、そんな事実はない、との回答だった。おそらくなにものかが岡山県庁の名を騙《かた》って勝手に所有者登録したのだろう、と村口は思った。

部長によって村口は交通事故の捜査からは外されてしまったが、それを幸いに勝手に「みさき教」について調べ始めた。ネット上の情報はほぼ絶無に等しい。おそらく巧妙に削除されているのだろう。また、図書館や神社関係の資料を所蔵している施設にも通ったが、なにひとつ手がかりを得ることはできなかった。

ほぼあきらめかけていたある日、たまたま入った桜井市の古書店で「全国神社名総覧」というぼろぼろの本を見つけた。表紙に「外部持出厳禁」という判が押されてお り、明治三十年に内務省社寺局によって非公式に編纂《へんさん》されたものらしい。積もった埃《ほこり》を息で吹いてから開いてみると、ページはごわごわにかたまっている。目次によると、国家神道、教派神道、その他と三章に分かれており、もちろんほとんどのスペースは国家神道系の神社に割かれている。なにげなく巻末に近い「その他」の章を開くと、ふと目にとまった項があった。

艮《うしとら》神社(艮御崎《みさき》社)……岡山県牛臥郡新見郷太郎牛村

主祭神　一言主大神

　　　　御崎神

　　　　温羅神

そして、神社名が朱筆のバツ印によって消されており、「明治二十九年勅命により廃社。社殿は破却」という文字が黒インクで書きこまれている。艮御崎は「うしとらみさき」と読むようだ。

（これのことかもしれない……）

あのトラックが岡山ナンバーだったことも思い返された。今度は、みさき教ではなく艮神社でネット検索してみると、江戸時代後期の「寺社奉行文書《もんじょ》」というのがあって、そのなかに天明〜寛政年間に寺社奉行を十年間務めた備中《びっちゅう》松山六万石の板倉勝政《かつまさ》が書いた「当代社祀神名書留拾遺」という手書き本があり、そこに艮神社に関する記述があるらしい……ということだけがわかった。寺社奉行文書は、新政府の内務省によって受け継がれたあと関東大震災でその多くが焼失したが、一部は国会図書館と国立公文書館に現存している。

デジタルコンテンツになっている寺社奉行関係の文書でそれらしいものをネットで閲覧してみたが、崩し字なので村口には読めなかった。知り合いの郷土史家に頼んで読んでもらったのだが、どうやら村口の求めている「当代社祀神名……」はデジタル化されていないらしい。

（東京に行くしかないか……）

そう思っているとき、葛城山で死んだ女性の両親が訪ねてきた。恋人だった男への訴訟を取り下げるというのだ。

「どういうことです」

「もう、いいんです。どうせ勝ち目はなさそうだし、訴訟の過程で身も心も消耗してしまいそうで……諦めました」

「あの子が天国から、お父さんお母さんもうやめてよ、あとは私の分も人生を楽しんで生きて、と言ってるような気がしましてねえ」

「でも……あれほど怒っておられたのに……」

「怒るのもエネルギーがいるんですね。もう疲れました。それに、訴訟で勝ったとしてもあの子が戻ってくるわけじゃなし……」

なにかがおかしい。話し方に覇気がなく、どことなく後ろめたさも感じられる。ぴんと来たので思い切って口にしてみた。

「金をもらいましたね」

両親の顔色が変わった。

「そ、そんなことは……」

「もしかしたら……みさき教じゃないですか」

「なんの話かな。私たちにはまるで……」

「金で口封じされたら手のひらを返すわけですか。娘さんの魂が浮かばれないとは思いませんか」

そう言うと、ふたりは村口から顔をそむけ、席を立った。村口は、死亡した自動車事故の被害者女性についても調べてみた。案の定、はじめのうちはかならず犯人を捕まえてほしいと言っていた家族が、昨日急に、犯人が見つかっても民事訴訟はしない、そっとしておいてほしい……と言い出したそうだ。こちらもかなりの金額が動いたのだろう。

たとえ家族がそう言ったとしても、ひとがひとり死に、加害者が行方をくらましている事件なのだ。警察は犯人をつきとめ、逮捕しなければならない。しかし、村口には、だれも真面目に調べていないように思えた。おざなりの、形ばかりの捜査をだらだらと行っているだけだ。我慢できず、部長に直談判《じかだんぱん》した。

「自分に捜査を担当させてください」

「それはできんね」

「どうしてです」

「きみはあの交通事故の関係者だ。関係者が捜査するとお手盛りになる可能性がある」

「だったら、あの連中にもっと真剣にやるよう言ってください。あれでは犯人は挙がりませんよ」

部長は、机に両肘を突き、手の甲に顎を乗せて、

「私がそう命じたのだ。彼らは指示どおり、うまくやっておるよ」

「——どういうことです」

「これは、私などよりずっとずっとうえのほうからの指示なのだ。逆らうことは許されない」

「うえ、とはどこです。本部長ですか」

「ちがう。もっとうえだ」

県警本部長のうえというと、公安委員会か県知事ということになる。もしくは近畿管区警察局の局長か……。村口がそう言うと、部長はかぶりを振り、それ以上は答えなかった。

どうやら政治がらみだな、と村口は見当をつけた。

「いいか、絶対に勝手な真似はするなよ。クビにするぞ」

「脅しですか」

「脅しじゃない。この件は、下手をすると地方警察の警官なんか百人ぐらいまとめてお払い箱になるぐらいの案件なんだ。私のクビも危ない。頼むからじっとしてろ。家で寝てろ。外に出るな。口をつぐんでいろ。いいな」

部長はほとんど懇願に近い口調でそう言った……。

「それで、俄然《がぜん》やる気になった。金で被害者を黙らせたり、政治家を動かしたりするような宗教団体は許せないと思って、本腰を入れて調べることにした。でも、それほどの力と資金のある団体のわりに、露出がまるでないのはおかしい」

「そうよね。じつは私も……」

今度は礼子の番だった。自綸党の次期総裁争いにからんで、みさき教の教会に行き当たったことを話した。取材を続けようとすると、デスクから業務命令で止められた、という話もした。

「礼子もか……」

村口は心底驚いた顔をした。

「礼子なら政治家について詳しいと思って電話してみたんだが、詳しいどころか俺と同じ当事者だったとはな……」

「で、どうするの？」

「俺は手を引くつもりはない。どうせ独身だ。クビになろうがなんだろうがやってやるさ」

「私もよ。近頃こんなに血が騒いだことないわ。こうなったらとことんやってやる」

ふたりはしばらく見つめ合った。村口は急に目を逸らし、咳払《せきばら》いをして、

「まずは国会図書館からだ」

「それで上京したわけね」

「ああ。――あのパンフレットを見るかぎりでは、みさき教というのは政界に太いパイプがありそうだ。それで礼子のことを思い出した」

「ありがとう。――あなたの図書館行きに付き合うから、そのあと私にも付き合ってよ」

「どこへだ」

「関東支部教会。バリケードがあるからひとりじゃ無理なの。刑事なら楽勝でしょ」

「たぶん、な」

うなずく村口の顔が頼もしく見えた。

◇

レンタカーを借り、国会図書館に向かった。調べものにはかなり時間がかかった。ふたりとも、古文や崩し字を読むのはほぼはじめてなのだ。

「まるで外国語だな」

村口は何度も放り出しそうになったが、礼子の励ましでなんとか作業を続けた。

「当代社祀神名書留拾遺」はすぐに見つかったものの、館内での閲覧は可能だが、史料自体が脆《もろ》くなっているため電子コピーは禁止ということで、少しずつチェックしていくしかない。「当代……」は彼らが思っていたような、神社名とその祭神を箇条書きに列記してあるものではなく、一種の日記というか随筆のようなものだったので、休憩を幾度か取りながら交替でひたすら全文を調べていく。ミミズがのたくったような手書き文字を、崩し字辞典を参照しながら読んでいると、頭が痛くなってくる。ときどき食堂に行き、コーヒーをがぶ飲みする。十数杯のコーヒーで胃がおかしくなってきた閉館時間間際、

「これかも……」

礼子がある箇所を指差した。そこには「艮御崎」という文字があった。ふたりは手を取り合わんばかりにして喜んだ。礼子は崩し字を普通の文字に置き直してノートに筆記していき、村口はべつのノートに崩し字のまま書いていく。閉館時間までになんとか写し終え、その後はファミリーレストランに行って解読を続けた。たった一ページほどの文章だが、ようやくほぼ全貌がつかめたころには夜が明けかけていた。

そこに書かれていたのはつぎのような文章だった。

備中国牛臥の小村に艮御崎社有り。

葛城一言主神を祀り又吉備津彦命に滅ぼされし鬼神温羅を祀るといふが、其《そ》の本体

は艮御崎なる神也《なり》。

延喜式神名帳にも見えず。

神道の一を名乗るも、余　慮《おもんぱか》るに是淫祀《いんし》邪教の類也。

此《この》神社の宮司、牛舎に神牛を飼ひ、御崎神の神託を受けたる仔牛が人語を喋《しゃべ》り未来を予見するなどと、多くの善男善女を誑《たぶら》かす。

物言ふ牛、是即《すなわ》ち件《くだん》なる妖怪也。牛馬鳥虫草木が口をききて、流行《はや》り病の療治の法又財宝の在処《ありか》を告げしなどといふ妄言・流言の類也しか。

豪農、大商人、身分有る武家に信徒数多《あまた》有り、余聞きし説には其の影大奥まで及ぶとぞ。

度度禁令を発せども改まらず。

新見関家家老　某《なにがし》、先年つひに社殿の取り毀《こわ》しを命じ、宮司を捕へて獄門に処し、牛舎にて飼ひたる牛三十頭余を薬殺す。

その折、宮司曰《いわ》く、本日我死罪になること牛の予見にて既に知りたり、ゆゑに一毛も驚かずと。

後日、家老某、役宅にて殺害されたるも下手人不明也。

余鑑みるに是宮司の意を受けし禰宜或《ある》ひは伶人等《れいじんなど》の仕業ならずや。

その後、この教の流布するを聞かず。

絶えたるものか。

ふたりは明け方のファミリーレストランでその文章を見つめ、

「これだな」

「これね」

その声は震えていた。江戸時代にまでさかのぼるような、根の深い話であることがわかったのだ。板倉勝政は寺社奉行として江戸にいたわけだが、その領地は備中松山なので、新見はすぐ隣の藩である。伝聞であっても、事実と考えるべきだろう。

「『絶えたるものか』とか書いてあるけど、現代にまでしぶとく生き残ってやがるんだ」

「一朝一夕で片付くことじゃないようね……」

ふたりは一睡もせずにその足で、例の旧ゴルフ場へと向かった。まだ、空には星が残っている時間なので対向車は一台もない。農道から山道に入りしばらく登ると、フェンスがあった。

「これか」

村口は、フェンスの上部を見上げた。

「どう？」

「チョロい。いちばんうえに忍び返しがついてるだろう」

指差すと、村口は幅広のベルト状の黒いロープを取り出した。ロープの先端には二つ爪の鉄鉤《てつかぎ》がついている。それを十分に振り回したあと、手を放すと、たった一回で鉤は忍び返しに引っかかった。

「あれがあると、かえって好都合なんだ」

村口は自慢げにロープをくいくいと引いた。

「どこで覚えたの？」

「警察学校」

そう言うと村口は地面を蹴り、あっという間にフェンスを上っていった。大量に巻きつけられている鉄条網も、タイミングよく革靴の先で蹴り付けて身体を浮かせながら、簡単に回避していく。礼子があっけにとられているうちに村口はフェンスの頂上に到達していた。村口は笑顔でおいでおいでをしている。不安を感じつつも礼子はロープを握りしめた。

◇

やはり村口のようにはいかず、全身傷だらけになりつつもフェンスを越した礼子だったが、記憶をたどって雑木林のあいだの道を行ってみたが、あの鳥居が見当たらない。台石だけはかろうじて残っているのだが、それだけだ。嫌な予感がして、先を急ぐ。

案の定だった。教会があったはずの場所にはなにも建っていなかった。ユンボかなにかで大急ぎで解体したらしく、めちゃくちゃに引きちぎられたような瓦礫《がれき》がピラミッド状に積み上げられている。礼子は棒のように突っ立ったまま、廃墟《はいきょ》のようなそのさまを見つめていたが、村口に向かって一言、

「やるわね」

と言った。村口が近づいてきて肩をすくめ、

「じゃあ、俺は一旦奈良に戻るよ。東京に来てよかった。いろいろ確信が持てた」

「ねえ……このパンフレットと赤いゼリーみたいなやつ、私に貸してくれない？　追及の切り札になると思うのよ」

最初、村口は難色を示した。今のところ唯一の証拠品だというのだ。しかし、最後には根負けして、

「いいよ。記者が持ってるほうがいいかもしれない」

村口はパンフレットと、赤い物質の入った封筒を礼子に渡した。

「大事に使うわ。――これからどうするの」

「わからんが……とりあえず課長と談判するよ。おまえは？」

「私……」

礼子は一分ほど考えたあと、

「私は政治記者だから、記者として政治家を取材するわ。——鵜川陽介をね」

「またなにかわかったら教えてくれ。俺も連絡するよ」

「よろしくね」

法を犯し、苦労して侵入したもののすべてが撤去されていた衝撃からか、ふたりはよそよそしい会話を交わした。

ふたたびフェンスを越えて、車に戻ったものの、車中ではほとんど会話はなかった。正直、これからどうしてよいのかわからなかったのだ。品川駅で礼子を降ろすと、村口はぎこちなく微笑《ほほえ》んで去っていった。

礼子が、自宅近くの路地で、後ろから来たなにものかに後頭部を鈍器で殴打されたのは、その翌日の夜のことだった。

第三章　鬼

　ウラ
温羅。岡山県総社市鬼城山にいたという鬼。吉備津彦に退治され、首をはねられたが、その首は一三年間もうなり声を発し続けた。後に吉備津神社の釜殿に祀られ、釜鳴りの神事によって人々に託宣を下す神となった。丑寅ミサキともいう。「吉備津神社」藤井駿

『妖怪事典』村上健司編著より

　美波大輔は、ふたたび「太郎牛」のバス停に降り立った。彼を乗せてきた路線バスが黒い排気ガスを撒きながら行ってしまったあとは、見渡す限り、ひとの姿がない。ひとだけではなく、車もバイクも自転車も……およそ動いているものが見当たらないのだ。どこかでカラスが濁った声で鳴いているが姿は確認できない。

「田舎だな……」

大輔は独りごちた。「田舎はもううんざり」という絵里の言葉を唐突に思い出し、胸が痛んだ。そうだ……大輔は絵里に会いに来たのだ。あれから二十日が経った。絵里は大丈夫だろうか。「助けてっ！」という叫び声が今でも耳の奥に残っている。あいつらに傷つけられていないだろうか。というか……その……いや……まさか……。それ以上の悪い想像を大輔は振り払った。だれかが言った「娘のほうは助かる道がある」という言葉を信じるしかない。危険を冒してまで大輔がここに戻ってきたのは、絵里の無事を確かめたいのと彼女に謝りたいからだった。「助けてっ！」というあの声が頭に蘇るたびに、苦い唾が湧いてくる。

(ぼくは卑怯《ひきょう》ものだ……)

絵里とは、あの日たまたま出会っただけの関係だ。だが、一度は彼女の命を救ったのに、その直後、大輔は絵里を見殺しにしてしまった……。あの体験のショックから、いや、あの体験から目を背けるために東京のアパートに一週間も引き籠もって、現実逃避していたことを大輔は悔やんでいた。高原教授に相談すると、

「きみの言ってることが本当の話かどうか、私にはわからない。本当だとすると、きみは件の誕生とその予言を体験したことになる」

「件ってなんですか」

「予言獣……一種の妖怪だ。だが、そんなものは現実に存在しない。そもそも予言というもの自体が科学的にありえないのだ」

黒縁眼鏡をかけた高原は、すっかり白くなった髪を長く伸ばし、後ろでくくっている。

「嘘じゃありません。あれは……現実でした。生まれたばかりの仔牛が、芝野孝三郎は六十二で死ぬ、と言ったんです」

「ひとつの可能性としては、きみは岡山のその村で大雨のなかを歩いて風邪を引き、高熱を出した。そのため幻覚を見たんだ」

「いや、そんなことは……」

「まあ、聞きたまえ。朦朧《もうろう》とした状態でこちらに戻ってきたきみは、テレビで芝野首相の急死のニュースを見る。その瞬間、岡山の牛舎での体験を脳が捏造《ねつぞう》してしまう。妄想を実体験と思い込んでしまう……」

「ちがいます。あれは妄想なんかじゃなく……」

教授は強い語調で大輔の言葉をさえぎった。

「だと、きみが信じているなら、ここで私とぐずぐず議論している場合ではないだろう！　きみはその村に行って、その絵里という子の安否を確かめるべきだ。きみが最後に見たときその娘は、男たちに羽交い絞めにされていたんだろう。すぐに引き返すことができなくても、警察に報せるとか、なにか方法はあったはずじゃないかね」

ふだんは温厚な高原教授が大輔を睨《にら》み据えている。

「警察はぼくの言うことを信じてくれないかと思ったんです」

「だったらなおさら、きみが行くしかないだろう」

「でも……あいつらはぼくを殺そうと……」

「その娘も殺そうとしていたんだよね。きみは逃げたが、その子は逃げられなかった」

「娘のほうは助かる道がある、というのを聞いたんで……」

「ならば、そうなったかどうか確認したくないかね」

「………」

「いろいろ理屈をつけているが、きみは単に臆病なだけだ。研究者は既存の知識に満足せず、勇気を持ってその先に踏み出さねばならない。どんな学問でも同じだ」

「ぼくは、戻るべきでしょうか」

「知らんね」

高原は冷たく言い放った。

「そう……そうですよね……」

うなだれた大輔が研究室を出ようとしたとき、教授は彼を呼び止め、

「行くなら、連絡はこまめに入れなさい」

「わかりました」

「私は、すべてが熱に浮かされての幻覚であることを祈っているが……そうでなかった場合は十分に気を付けて行動したまえ」

大輔はその足でアウトドア用品を扱う大型店舗に行って頑丈なリュックと寝袋などを買い直し、翌朝新幹線に乗って岡山へと向かった。新幹線のなかで「件」に関する資料を読む。

件とは、牛から生まれる生き物である。人面獣身とも獣面人身ともただの仔牛だともいう。「くだべ」とも呼ばれ、人間の言葉をしゃべる。生まれてもすぐに死ぬのだが、そのあいだに予言をする。凶作、飢饉《ききん》、疫病、戦、日照りをはじめ大災害の予言だと言われているが、それはかならず当たるという。また、件の絵姿を家に貼っておけば吉事が起こるとも信じられていた。証文などの最後に記される「よって件のごとし」という言葉は、「件の予言に外れがないように、ここに記された内容は真実である」という意味だという説もある。

岡山、鳥取、長崎、熊本など中国・九州で目撃例が多い。民俗学者の柳田國男《やなぎたくにお》は、件の伝承は備中において生まれたのではないかと考え、新見などの調査を行った。江戸時代の文政年間から幕末にかけて多く広まり、昭和のころまでは一部で信じられていたようだ。たとえば、慶応三年の瓦版には、出雲の田舎で生まれた件が、「今年は豊作だが秋から疫病が蔓延《まんえん》する」と予言して三日後に死んだという記事がある。小泉八雲も「日本瞥見記《べっけんき》」のなかで、明治二十五年に鳥取から隠岐《おき》に向かう船で聞いたこととして、先週、興行師が件の剝製を持って隠岐へやってきたところ突風が吹いて海が荒れたので、その興行師は下船を許されなかったという話を書いている。また、明治四十二年の新聞記事によると、十年まえに五島《ごとう》列島で人面牛身の仔牛が生まれ、日露戦争を予言して死んだという。昭和五年には、香川県で件が「もうすぐ大きな戦が起こる」と予言した。第二次大戦中も戦争の先行きや終戦に関する予言を行っていて、憲兵隊の資料にも掲載されているらしい。

（なるほどなあ……）

こうして考えると、あの牧場で見たものは「件」だったとしか思えなくなってくる。だが、教授が言ったように、そんなものが現実に存在するはずがない……。

そして。

JR岡山の駅に着いた途端、それははじまった。だれかに見られているような気配……それも露骨でこれ見よがしな視線を感じるのだ。周囲を見渡しても、こちらを見ているものはいない。だからよけいに気になる。気のせいだ……と思おうとしてもその感覚は消えない。歩いていても、立ち止まっても、トイレに入っても、視線が大輔の首筋や耳の後ろに突き刺さってくる。

（過敏になりすぎてるのかな……）

在来線に乗り換え、新見駅からバス。まえと同じコースだ。「太郎牛」の停留所から見る風景は、二十日しか経っていないのに、なぜか懐かしく、郷愁すら感じられた。見渡す限り、ひとの姿がない。ひとだけではなく、車もバイクも自転車も……およそ動いているものが見当たらない。それなのに……だれかに監視されているという感覚はますます強くなる。

「田舎だな……」

そのだれかに聞かそうというかのように大輔は声に出して言うと、浦賀牧場があるはずの方角に向かって歩き出した。すぐに足が重くなる。怖いのだ。安全で安心な現実からあのとき体感した狂気のような世界に入っていくのが怖いのだ。気おくれしはじめた自分を叱咤《しった》しながら二十分ほど進むと、あのクスノキが見えてきた。もう少しだ。彼は三角屋根の建物を探した。

（あれ……？）

おかしい。たしか四つほど畜舎と家屋が固まっていたように思ったが、どこにも見当たらない。そのかわりに、十メートルほどもある黒い金属塀が巡らされている。どうやら牧場の周囲をその塀で囲んでしまったらしい。たった二十日のあいだにすっかり様相が変わってしまっている。少なくとも畜舎や住居棟のそばまでは近づけるだろうと踏んでいた大輔は、予想外のことにとまどった。彼の位置からは入り口らしきものは見えない。しかし……このまま外から見ているだけではなにもはじまらない。黒光りするその塀際までおそるおそる近づき、カーブに沿ってしばらく進んだところで大輔は足を止めた。車二台が通れる幅の入り口があり、その左右に警備員風の制服を着た男がふたり立っている。入り口の横には「浦賀牧場」という看板が掲げられており、やはりここで間違いないようだ。内部からはときおり、牛の鳴き声が聞こえてくる。

(牧場の入り口に警備員を置くなんて、ずいぶん厳重だな……)

そう思った大輔は、ふたりの腰にふと目をやって驚いた。ホルスターに拳銃が入っており、警棒も下がっている。このふたりは警官なのだ。

(私営の牧場をどうして岡山県警が警備してるんだ……?)

よくわからないが、高原教授が言った「警察に報せる」という選択肢はなくなったようだ。もちろん、頼み込んで入れてもらうわけにもいかない。牧場のやつらは、大輔の行方を捜しているだろうから、そこへのこのこ姿を見せるのは愚の骨頂だ。

(車の出入りでもあればなあ……)

そういうときなら、警官たちも油断するだろうし、車の陰に隠れて入り込むこともできるかもしれない。しかし、二時間待ってもなにごとも起きなかった。大輔は長期戦を覚悟した。研究室のフィールドワークでは、寝袋を使って野宿することもたびたびだ。大輔は、この近くに泊まり込むことにした。例のクスノキのしたあたりがちょうどいいだろう。何日かかるかわからないがチャンスを待つしかない。空を見上げる。どんよりと曇っている。雨が降るとつらい。

(――よし)

ここへはあとで戻ってくればいい。岡山に来たもうひとつの目的を先にかたづけよう。大輔は、前回訪れるつもりで果たせなかった「牛臥坐一言主神宮」に向かうことにした。遠目には巨大な牛がうずくまっているように見えることからその名がついた「牛臥山」の山腹にその神社はあるはずだ。

(絵里は、この村に神社なんかない、と言ってたけど)

大輔は黒い塀を離れると、畑のなかの農道を山に向かってまっすぐに歩いた。そのあいだも、あの「視線」はずっと彼の首筋にまとわりついている。気になってしかたがなく、大輔は歩きながら何度も首を掻いた。

三十分ほどかかって、やっと山のふもとに着いた。ススキが覆う広い野原だが、木製の杭《くい》とビニールテープによって簡単な囲いが作られており、そのまえで五、六人の男女が言い争っているのが視界に入った。大輔はそっとススキのなかに身体を低めた。

「だから、何度言ったらわかるんだね。ここは岡山県が所有している土地なんだ。ただちに作業を中止しなさい」

やたらとでかい声で怒鳴っている背広の男の後ろには、坊主頭にサングラス、アロハシャツに白いズボンという、ヤクザめいた格好のふたりの男が腕組みをして立っている。

「ここは縄文から弥生時代の遺跡である可能性があります。もともとはどこかの神社が所有していた土地だったみたいですが、戦後、その神社の後継者が絶えたために一旦岡山県の所有になり、そのあと民間に払い下げになりました」

「それをまた、県が買い取ったんですよ」

「知ってます。地均《じなら》し中に土器の破片が見つかり、岡山県教育委員会が我々R大学に調査を依頼してきたので、まず試掘を行いました。その結果を教育委員会に報告したところ、本発掘調査を実施するようにとの指示を受けたので、今から確認調査を行おうとしているところです。その結果いかんによっては、埋蔵文化財包蔵地として認定し、文化財保護法によって守られることになります。調査が終了するまでは勝手なことをされては困ります」

六十歳は越えているだろう、ぼさぼさの白髪頭の女性が、噛みつきそうな顔つきでそう言った。ふさふさの眉毛も白髪である。背が低く、職員を見上げるようにしている。腕章には、R大学考古学研究室とあるからおそらく大学教授だろう。その横には、作業服を着た若い男女がスコップを持って立ち、県の職員を喧嘩腰《けんかごし》でにらみつけている。

「勝手なことをしてるのはどっちなんだ。その指示を出した教育委員会の前教育長は知事によってすでに解任され、現教育長は指示を取り消すと言っている。ここら一帯は開発計画の対象区域だ。すぐに工事をはじめることになっている。場所を明け渡せ」

「現教育長の決定には拘束力はありません。本発掘を中止すべきであるというしかるべき客観的資料を教育委員会に提出して、認可を受けてください。我々もできるだけ揉《も》めごとは避けたい。妥協できるものならしたいところですが、あんまり強引なことをおっしゃるのであれば、こちらとしても態度を強硬にせざるをえませんね」

「どうするというんです」

「マスコミに、岡山県がこの貴重な遺跡をリゾート開発のために破壊しようとしている、と訴えます。一度なくしたら二度と取り返せない文化財を壊そうとするのはタリバンと同じだ、許せない。そういう論調で行きましょうかね」

するとと県の職員はがらりと態度を変えた。ポケットに手を突っ込み、背中を丸め、

下からぐいと顔を突き出して大学教授をねめつけると、

「おい、いい加減にしろよ、ババア。おとなしくしてたらつけあがりやがって……なにがR大だ。こんなところ掘り返したってゴミしか出てこねえよ。逮捕されたくなかったら、とっとと帰ったほうが身のためだぜ」

「逮捕？　岡山県警が我々を捕まえるわけですか。なんの罪でです？　そもそも私の調べたところでは、このあたりの土地にリゾート計画は存在しない。なぜ岡山県がそこまでこの『鬼ノ産屋』に執着するのかわかりませんね」

大輔は耳をそばだてた。「鬼ノ産屋」といえば、鬼育みとか鬼遊びとか子鬼ノ涙池などとともに絵里が挙げていた名前ではないか。

（そうか……ここが「鬼ノ産屋」か……）

産屋とは出産のために建てた家のことだから、鬼ノ産屋といえば「鬼が生まれた場所」という意味だろう。鬼ノ城、鬼ノ岩屋、鬼ノ墓、鬼ノ釜……など岡山には鬼のつく地名が多いことで知られているが、それらはすべて温羅という鬼の伝説に関係がある。

そもそも温羅と吉備津彦の話は、桃太郎の鬼退治の原型になったと考えられており、さまざまなバリエーションがあるが、その一例を示すと、古代、岡山に渡来した温羅という巨大な鬼が、鬼ノ城を本拠としてあたりを治めていた。同地のひとびととの嘆願を受けて、四道将軍のひとり吉備津彦が、智将《ちしよう》の楽々森舎人《ささもりとねり》ら屈強な家来たちとともに温羅を倒すべくやってきた。

吉備津彦は矢を放ったが、鬼は岩を投げつけ、矢は岩に当たって地に落ちてしまった。そこで一計を案じた吉備津彦は二本の矢を同時に射た。一本は今度も岩に当たったが、もう一本は見事に鬼の目を貫いた。温羅はキジに変身して逃げ、吉備津彦は鷹《たか》に化して追った。鬼は鯉《こい》になって川に逃れ、吉備津彦は鵜《う》に変じてとうとうそれを捕え、首を刎《は》ねた。しかし、鬼の首は胴体から離れてもまだ生きており、長い年月、目を見張り、吠え声を立てたので、吉備津彦は配下の犬飼武命《いぬかいたけるのみこと》に命じてその首の肉を犬に食わせ、頭蓋骨だけとしたが、骨になっても温羅は鳴動し、叫び、吠える。吉備津彦はその頭蓋骨をおのれの食べる飯を炊く釜の下深くに埋めたが、その後、鬼の頭骨は十年以上にわたって唸り、その声は四方に轟《とどろ》いた。吉備津彦が温羅の妻であった阿曾媛《あそひめ》にその釜で神に捧げる神饌《しんせん》を炊かせると、唸りは治まった……。

岡山の鬼伝説のあらましはこのようなものだ。今では、吉備津彦が本陣を置いていた場所は吉備津神社となり、そこに置かれた釜で湯を焚《た》き、そのうえに載せた蒸籠《せいろ》に玄米を入れて禍福吉凶を占う「鳴釜神事《なるかましんじ》」が行われている。吉のときは牛が吠えるような音がして、凶のときは無音だという。

温羅の魂は、吉備津神社本殿外陣の東北に祀られ、「艮《うしとらみ》御崎神《さきがみ》」と呼ばれている。十二支方位で、丑《うし》と寅《とら》の間は東北、すなわち鬼門に当たるからである。また、平安末期、後白河法皇が編纂した「梁塵秘抄」には、「丑寅御前《うしとらみさき》は恐ろしや」という今様が掲載されている。

また、桃は、伊邪那岐命《いざなぎのみこと》が黄泉国《よみ》で黄泉醜女《よもつしこめ》という鬼に追われたとき、投げつけて撃退したという逸話でもわかるとおり、鬼に強い果物なのである。

なぜ大輔が鬼について知識があるかというと、一言主の神は「鬼神の主」すなわち鬼の王であると言われているところから、鬼に関してもいろいろリサーチしたからだ。

「とにかく発掘はやめろや。ああだこうだって理屈はいらねえんだよ。このまま帰れ。それがおまえらの唯一の選択肢だ。俺たちも手荒な真似はしたくねえ」

ヤクザっぽい男たちがまえに出てきた。いや、ヤクザそのものかもしれない。アロハの首のところから刺青らしきものがちらりと見えている。

「それはできませんね。ヤー公の脅しにビビッて発掘をやめたとわかったら、これから先、考古学の世界で大手を振って生きていけない」

「なんだと、ババア。痛い目にあってもいいのか」

「しかたありませんね。――横田《よこた》くん、このかたがたの写真を撮っておきなさい」

言われた作業服の男子学生がデジカメで三人を撮影した。

「このガキ！　なに勝手に撮ってんだよ」

ヤクザのひとりが手を伸ばしてデジカメを奪おうとしたが、教授はそのまえに立ちはだかり、

「器物損壊は罪になりますよ。いいんですかね、岡山県の職員が大学の研究チームのカメラを壊したと世界に発信しましょうか。パソコンのこのボタンを押せば、あなたたちの写真がブログにアップされます。岡山県職員とヤクザが仲良く並んで写っている写真がね」

県職員は舌打ちして、

「わかった。今日のところは帰るが、教育委員会を動かすぐらいわけないんだ。すぐにおまえらが受けた認可を取り消してやる」

「やれるものならやってみなさい。学者をなめるなよ！」

教授の啖呵《たんか》に押し切られた形で、三人の男たちは近くにとめてあった車に乗り込んで去っていった。大輔はそっとR大学の一行に近づき、

「あの……すいません」

彼は自己紹介し、この鬼ノ産屋がどういうものなのかをたずねた。

「ふーん、T大の高原さんとこの学生。それならいいでしょう」

女性は、R大学考古学研究室の山根《やまね》フミ教授だった。あとのふたりは、ゼミの学生

だそうだ。

「きちんと掘ってみないとわからないけど、おそらくここは古代の鉱石採掘場かなにかだろうと思う。岡山で地名に『鬼』のつく場所はたいがい鉄鉱石の採掘場だったり、製鉄遺跡だったりと、鉄に関連していることが多いですね」

「鉄分で赤く染まった川を『血吸川』と呼んだりしていますね。あと、赤浜というのもそうじゃないかと思います」

「そのとおりです。よくわかっていますね。——どう、あなたも時間があれば、発掘を手伝わない？」

「いや、ぼくは卒論の取材がありまして……」

「そう。では、無理にとは言いません。高原先生によろしく伝えてください」

「はい。——さっきの連中、また来るでしょうか」

「ここはもともと私有地で、持ち主が畑にしようとして掘ってみたら土器や土偶の破片みたいなものが出た。そこで、岡山県のほうからわれわれに調査を依頼してきたのよ。OKを出して、いざ調査をしようとしたら、この土地は岡山県が買い上げた、発掘調査は必要ないからやめてくれと急に言いだしてね」

「おかしいですね」

「でも、ああそうですかとやめるわけにはいきません」

山根は毅然《きぜん》とした態度でそう言った。大輔はその場を離れると、山道に入った。

(たぶんこのあたりで迷ったんだろうな……)

前回は、突然の大雨のせいで道を間違えたのだ。大輔は地図を何度も確認しながら斜面を登った。インターネットの情報では、十分か十五分ほど登れば神社に着くはずだ。しかし、いくら進んでもそれらしいものはない。とうとう山道がなくなってしまった。

(おかしいな……どこかで見落としたかな……)

やっぱり絵里の言うとおり、「牛臥坐一言主神宮」はガセネタだったのだ……。

(ネットなんて当てにならないな……)

結局二時間近く山中をさまようことになった。足の筋肉痛も限界だ。大輔はため息をつき、

(引き返そう……)

脇道があったのに気づかなかったのかもしれない。大輔は今度はゆっくりと左右に注意しながら山を降りていった。するとその途中で、生い茂る草に隠れた細い分岐を見つけた。長いあいだだれも行き来していないことは明らかだった。大輔がその道に折れてしばらく行くと、草ぼうぼうの広場に出た。土台石らしきものがいくつかある。おそらくそのうえに柱を建てていたのだろう。しかし、神社はない。ネットで

は、廃社になっていて宮司もいないが、境内は毎日掃き清められていると書かれていたから、小さくてぼろぼろでも社殿があったことはまちがいないのだ。

（老朽化が進んで、県が解体してしまったのかも……）

あたりをていねいに探すと、茂みに割れた板のようなものが落ちていた。拾い上げてみると、どうやら案内板の一部らしかった。そこにはつぎのような文言が読み取れた。

牛臥坐一言主神宮由来

祭神

主神

一言主大神

温羅鬼大神

大泊瀬幼武尊（雄略天皇）

副神

艮御崎大神

創建の時期などは不明。
奈良の一言主神社との関係も不明だが、岡山における一言主信仰の
ではないかと考えられている。
かつてはこの地域の広大な土地を荘園《しょうえん》として
資料は全てGHQによって破棄され、現在では
一説には風土記にあ
一言主神社の祖ではないかという研究者
副神の艮御崎なる神は温羅の霊
実はこちらこそが主たる
岡山では雄略天皇の足跡については
として今後の研究が待たれる。

そこで文章は終わっていた。結局、なにもわからない。とにかく社殿自体がなくなっているのだからどうにもならない。

（こんなわかりにくい場所だったら、絵里が「神社はない」と言ってたのも無理ないな……）

岩に腰かけてぼんやりしていると、落ち葉を踏みしめるざくざくという足音が聞こ

えてきた。

（山歩きのハイカーか、それとも……）

ここには身を隠す場所もない。身体を固くして身構えていると、ひょいと現れた登山服の男性の顔を見て、大輔は驚愕《きょうがく》した。

「高原先生……！」

「やあ」

バックパックを背負った高原教授は右手を挙げて微笑んだ。

「どうも気になってね、来てしまったよ」

大輔は安堵のあまりその場にしゃがみ込みそうになった。

「きみの話が本当だとすると、ひとりで行かせるのは危険だ、と思うようになってね。ゼミの学生については私にも責任があるからねえ」

あいかわらずフットワークの軽いひとだ、と大輔は思った。思い立ったら講義も研究も放り出してすぐに行動に移す。

「そうか……そういうことか。やっとわかりました」

「なんの話だね」

「岡山に着いてからずっと視線を感じてたんです。先生がぼくを見てたんですね」

高原はかぶりを振り、

「そんなことはしていない。私は一時間ほどまえにここに来たんだが、神社がなくなっているのでね、村役場へ行っていろいろ調べていたんだ。そろそろきみが来るんじゃないかと思って戻ってきたら、ちょうどいいタイミングだったね。きみのほうはどうだった？」

大輔は、牧場が黒い塀で囲まれていることを話した。

「よほど隠したいものがあるということかな。まだ、その絵里という子の無事はたしかめていないのだね」

「はい……」

大輔は鬼ノ産屋の発掘調査に関して、県とR大が揉めていることも話した。

「さっき見かけた囲いはそれだったか。山根先生といえば、古代出雲遺跡の発掘に関しては第一人者だよ。面識はないが、いい機会だ。岡山にいるあいだに挨拶させていただこう。きみも、考古学の発掘の現場を一度体験してみるといい」

大輔はうなずいた。

「じゃあ牧場に行こうか。警察がいるというのがやっかいだな」

高原は先に立って歩き出した。

「どうするおつもりです」

「当たって砕けろ、だ。きみは顔が知れているだろうから、私が警官と話をしよう」

「教えてくれるでしょうか」

「まずは行動だ。理屈はあとからついてくる」

ふたりは早足で山を降りた。

「村役場の担当者に聞いたんだが、ここの神社は管理者がおらず、ずっと放置されていたらしい。ところが境内は雑草ひとつなく、いつもきれいに整備されているので、土地の有志がボランティアで清掃してくれるのだろう、ぐらいに思っていたそうだ」

坂を下りながら教授は大輔に言った。

「ところがつい十日ほどまえ、業者がトラックで乗り付けていきなり社殿の解体をはじめたので、驚いて咎《とが》めたら、県からの依頼だという。県庁に確認の電話を入れたら、たしかに頼んだというので、村としては見守るしかなかったらしい」

「なんの事前連絡もないなんておかしいですよね。県庁ということは、土木部かどこかが、老朽化して危険な建築物と認定して……」

「解体業者によると、依頼してきたのは県の畜産振興課だそうだ」

「——え？」

「それに、岡山県の神社庁にきいてみると、解体じゃなくて移転ということらしい」

「廃社になっているのに移転ですか。移転先は……？」

「丑祀島《うしまつりじま》にある宗教団体の敷地内だそうだ」

「なんという宗教ですか」

「それがなかなか教えてくれない。しつこくたずねて、やっと教えてくれた。みさき教という名前だ」

「みさき教……？」

「私も聞いたことのない名前だった。新興宗教のようだが、調べたところ、宗教法人登録はなされていないね。ざっと調べたが、情報はゼロだ。きわめて規模の小さいものかもしれない。尊師とそれを慕う信者数名だけ……みたいな『自称○○教団』はいっぱいある。どうしてそんな団体が廃社を今ごろになって勧請《かんじよう》したのかはわからんね」

教授によると、日本の宗教法人は十八万以上あるが、登録されていない寺社もたくさんあるという。

「どうやら岡山県には、みさき教についてのタブーのようなものが存在するようだ。県庁のだれもが口を閉ざす。神社庁も口を濁す。二十一世紀になっても日本にはそういう闇があちこちにあるということだ」

「案内板にも、GHQによって資料を破棄されたみたいなことが書いてありましたよね」

「戦後すぐは、神社に対する統制が厳しくてね、GHQは神道指令を出して国家と神社の関係を断った。とくに神社本庁に所属しようとしない神社に対しては、強権を発動して潰しにかかった。資料を全部破棄させた、というのは淫祀邪教とみなしたのかもしれない。日本的な多神教はキリスト教的価値観と相容《あいい》れないからね」

「でも、そのみさき教がどうして一言主神宮を勧請したんでしょうか」

「さあ……わからん。わからんが、みさき教という名前から考えて、艮御崎に関係があると思えるね。さっきの案内板にも、副神に艮御崎の名があった」

「艮御崎というのは、いわゆる祟り神なのでしょうか」

「梁塵秘抄にも『おそろしや』と書いてあるからね。――艮というのは、本来は丑寅の方位、つまり鬼門を表す言葉だが、鬼門というからには鬼がそこにいるわけだ。大本教などでは、艮の金神という強大な力を持つ祟り神がいると考えたが、それは艮御崎と同じものかもしれない。というか、艮、すなわち牛と虎という言葉から、牛の角を持ち、虎の皮のふんどしを穿いたイメージができあがったのだから、艮御崎は古来、ひとびとが思い描いた『鬼』そのものと言えるだろう。鬼とは元来、隠仁、つまり、隠れ潜むものの意で、中国では人間の魂のことを示していたと言われており、角があって虎のふんどしを着けたいわゆる『鬼』の姿は、中世以降にできあがったものだというが、艮御崎は温羅という岡山に出現した古代の鬼が、すでに牛のような姿だったことを示しているのかもしれないね」

ふとした思いつきを、大輔は口にした。

「もしかしたら温羅というのは『うしとら』が縮まって『うら』になったのかもしれませんね」

高原はにっこりと笑い、

「ははは……それだ。美波くん、そういう柔軟な発想が民俗学には必要なんだよ」

そんなことを話しているうちにふもとに着き、ふたりは遠くに見える黒い壁に向かった。壁は陽光を浴びてぎらぎらと輝いている。

「今も、だれかに見られてる気がするのかね」

「――はい。首筋がくすぐったいです。気のせいでしょうか」

教授は立ち止まって周囲を見回し、

「わからんが……用心するにこしたことはないね」

入り口が見える位置に灌木《かんぼく》が生い茂った一角があり、ふたりはそこに身を隠した。

「たしかにあれは警察官だな。堂々と制服を着て警備しているんだから公の任務なわけだ。公共施設でもないのに……」

「どうしますか」

「まず、私が話しかけてみよう。それで向こうがどう出るか……」

そんな会話をしていると、遠くから車の音が近づいてきた。そちらを見ると黒いべンツだ。ベンツはまっすぐに入り口を目指している。警官たちが車を止めた。後部座席の窓が開き、顔を出した男を見て、大輔は小さく叫んだ。

「絵里さんのお父さんです」

「つまり、ここの主ということだな。——よし、あそこの岩まで行くぞ」

そう言うと高原はいきなり茂みを飛び出し、身体を低くかがめて小走りに、入り口のすぐそばにある岩の陰まで行くと、腹這《はらば》いになって身を潜めた。その大胆すぎる行動に大輔は舌をまいた。この思い切りのよさが、これまでのフィールドリサーチでもかずかずの成果を生んだのだろう。高原は大輔を手招きしている。心臓が口もとまでせり上がっていたが、大輔も覚悟を決めて教授のもとに走り、岩陰に滑り込んだ。警官は車に気を取られていて、そちらを見なかった。彼らは絵里の父に敬礼し、

「ご苦労さまです」

「まだ、絵里の行方はわからんのか」

大輔は、はっとして聞き耳をたてた。

「はい。今のところは……」

「役立たずどもめ。県警はわしらの税金で飯を食うとるのに、ひとひとり捜すのにどれだけかかっとるんじゃ」

「申し訳ありません」

前回に会ったときはこんなに居丈高ではなかった、と大輔は思った。いつのまにか警察を顎で使うような立場になっている。

「まあまあ浦賀さん、彼らも彼らなりに一生懸命にやっとるんだから……」

顔は見えないが、車に乗っているだれかが言った。

「はあ……ですがどうも心配で……」

「ひとり娘だから無理もないとは思うがのう」

「あとは、みさき教の占いにでも頼るしかありゃしません」

みさき教……！　大輔と教授は顔を見合わせた。

「はははは……うちの神託では、家出娘の居場所まではわかりゃせんよ」

「わしは、絵里は東京におると思うとります。東京から来よったあの学生にそそのかされて連れ出されたにちがいないんです」

「学生が、わざわざ島の教団本部までやってきたというのかね」

「そうでなくても、携帯電話やらなんやらで連絡を取り合ってたんじゃねえですか？　あちらの警察に動いてもらうわけにはいきませんかのう」

「警視庁か。なかなかむずかしいのう。岡山県警や奈良県警には信者もおるが……」

「そうですか……」

「大事なお告げの日に学生を泊めたのが失敗じゃったな」

「娘の命の恩人ちゅうんで仏心が出たんです。すぐに始末しときゃあよかった」

「そうじゃのう。もし、県下でその学生を見つけたら確保する手はずにはなっておるが、写真もないし、名前も大学名もわからんではな……」

「はい、なにも持ち物を置いていかなかったし、娘にも家内にも名乗らなかったらしくってね」

「おまえさんの娘が嘘をついているのかもしれん。——とにかくあれを見られたということは始末するしかない」

「東京の大学を片っ端からあたればわかりよるでしょう。向こうで見つけて殺してしまえば……」

「東京では派手なことはできんよ。今のところはな。——行くぞ」

窓が閉まり、ベンツは塀のなかに消えていった。家出……ということは絵里は無事なのだ。ほっとした大輔が教授に話しかけようとしたとき、大輔は首筋に物理的な冷たい感覚を感じた。

「立て」

いつのまに来ていたのだろう、拳銃を大輔の首に突きつけた若い警官は今にも引き金を引きそうな顔つきだ。

「ここでなにをしている」

警官は低い声で言った。教授は大輔をかばうようにまえに出て、

「警察官が一般人にいきなり拳銃を向けるのかね」

「ここは立ち入り禁止区域だ。無断で侵入したものは逮捕される」

「そんな標識も柵もなかったようだが」

「今設置中だ」

「だからといっていきなり銃を抜くというのはむちゃくちゃだろう」

「なにをしているかときいている」

「なにをって……変な塀があるから気になってね。ここは牧場だろう？　民間の施設をどうして警察が警備してるんだね」

「ここは民間の施設じゃない。今は岡山県畜産振興課の管理下にある」

大輔が、

「え？　浦賀家が経営してるはずだけど……」

「怪しいやつだ。こっちへ来……」

その警官が大輔の腕をつかもうとしたとき、教授は警官に体当たりした。不意を突かれて警官はのけぞった。

「逃げろ！」

大輔は躊躇《ちゅうちょ》したが、教授は警官を押し倒すと拳銃をもぎとろうとしている。

「早く行け！　私もあとで行く！」

大輔は走り出した。背後で数発、ぱん、ぱん、という乾いた発射音がした。短い叫び声が聞こえたような気もしたが、恐怖に駆られた大輔は振り返らず、ひたすら走った。

（まただ……またぼくはひとを見捨てて、こんなふうに逃げている……）

そう思ったが、足は止まらなかった。

◇

深い夜のとばりが黒蜜のように周囲を包んでいる。

瀬戸内海には大小七百以上の島があり、そのうちの約八十が岡山県に属している。丑祀島は面積は六平方キロと大きなほうだが、人口は六百人しかいない。住民のほとんどは漁業に従事しており、その八割は高齢者である。若者はいない。中学までしかないので、高校に行くには島から出ていくほかないのだ。島に残っても仕事がない。コンビニも書店も服屋も居酒屋も工場もない。雑貨屋が一軒あるだけだ。郵便局も役場も病院もない。田畑はあるが、それらは島民が自分たちで食べるための米や野菜を作るためのものだ。また、島には信号もないし、そもそも警察がいない。物資は、日に六回訪れる定期船が運んでくる。

丑祀島という名前は、かつてこの島の淵《ふち》に牛鬼が住んでおり、たびたび島民を食い殺していた、という伝説に由来する。噂を聞いた腕自慢の侍や修験者などが退治しようと試みたが、いずれも殺されて、食われてしまう。そんなとき都から来た高僧が、

「退治するのではなく、神として祀ればよい」

と助言した。その言葉に従って祠《ほこら》を建てて崇《あが》めたところ、以来、牛鬼はおとなしくなり、淵に潜むようになったという。

牛鬼の言い伝えは全国にある。胴体が鬼で頭部が牛という姿のものがポピュラーだが、牛の身体に鬼の頭がついているものもあり、また、身体は巨大な蜘蛛でそこに牛のような鬼のような頭部があるという絵も江戸時代にはたくさん描かれている。その多くに共通しているのは海や川、沼、淵など、水中に棲んでいることで、なぜか牛鬼と水は縁が深い。丑祀島の牛鬼は、蜘蛛の胴体に牛の頭というタイプだったという。

そんな島の住宅地を抜けたところ、山裾を切り開いた広場の一角に、その建造物はあった。半球形で真ん中が盛り上がったそのフォルムは巨大な亀がうずくまっているようである。木造なのだが、ブリキのような金属板をそのうえに打ち付けており、それが亀の甲羅に見える。前後にある入り口が亀の首と尾に似ており、土台から延びる馬鹿でかいパイプが脚のように見えるからなおさらだ。金属板の形は幼児が切ったか

のごとくでたらめで、貼りつけ方もやっつけ仕事のようだ。板と板のあいだから雑草が生えて長く垂れ下がり、なんとも汚らしい。甲羅のうえに立つ十数本の煙突は、高さも太さもまちまちで、ときどき思い出したように黒煙を噴き上げるそうだ。

建物はひとつではなく三つあり、巴《ともえ》状に配置されている。どれも同じような造りだが、ひとつは大きく、ふたつは小さい。島民たちは、親亀と子亀と呼んでいる。昼間は、陽光を浴びた金属板がどぎつい色に輝いているが、今は細い三日月だけが三匹の亀を見下ろしている。

これらの建物がいつ建造されたのかはわからない。大正期にはすでにあったというものもいるし、江戸時代の文献に載っているとか、戦国時代に海賊の本拠地として使われていたという説もあるが、古老のひとりは、戦時中に日本軍がやってきて建築しはじめたのを記憶しているという。

島民は、めったにここへは近づかない。塀や柵こそないものの、私有地なのだ。登記上は「みさき教」という組織が所有していることになっている。「みさき教」は宗教法人ではなく、ただの任意団体だ。

もともと岡山は、黒住《くろずみ》教や金光《こんこう》教など、新興宗教が多く生まれた土地である。黒住教は江戸時代後期、金光教は江戸時代末期に開かれた神道系の新宗教だが、みさき教の起源はさらに古いらしい。信者を見かけることはほとんどないが、建物の内部からときおり騒音が漏れてきたり、祝詞を唱えるような複数の声が聞こえたりする。しかも、パイプから排出される紫色の廃液が周囲の草木を枯らし、土からはつねに饐《す》えたような臭いがする。その瘴気《しょうき》が風向きによっては住宅地まで漂ってくるのだ。このあたりは島民にとって「禁忌の場所」なのだ。

漁民のなかには、廃液が海にまで達し、漁獲に影響を与えていると文句を言うものもいたが、彼らはいずれも不自然な死に方をした。島民たちはしだいに無口になっていった。私有地のなかでなにをやっていようと関係ない……とみさき教の行いは見て見ぬふりをするのが丑祀島住民の長年の慣習となっていた。

そんな私有地のなかに、最近、建物がひとつ増えた。神社だ。といっても鳥居と本殿があるだけの小さな神社だ。毒々しいほどの赤さに塗られた鳥居の額には「牛臥坐一言主神宮」と書かれていた。牛臥というのは岡山の山岳部の地名だから、おそらくはそこにあった神社を勧請したものと思われた。しかし、島民にとってはどうでもいいことである。みさき教がなにか騒ぎを起こしさえしなければそれでよいのだ。

（寒いな……）

大輔は、鳥居が見える岩山のような場所に身を潜めていた。夕方のフェリーでやってきたのだ。

あのあと大輔はヒッチハイクを繰り返してＪＲ岡山駅まで戻り、高原教授を待ったが、教授はやってこなかった。携帯電話にかけてみたがだれも出ない。あの警官に捕まったのだろうか。岡山県警にきいてみようかとも思ったが、藪蛇《やぶへび》になってはいけない。

(私有地に侵入しただけだから、ちょっと叱られて釈放……ということになると思ってたけど……)

どうして高原教授は来ないのだろう。大輔は、高原教授が叫んだ「早く行け！　私もあとで行く！」という言葉の意味を考えてみた。「私もあとで行く」ということは、あれは単に「逃げろ」ということではなかったのではないか。具体的に「ある場所へ行け」という意味だったとしたら……。

その直前に教授とかわした会話を大輔は思い出した。たしか、「一言主神宮」が丑祀島にあるみさき教という宗教団体の敷地内に移転した……そんな話をしていたのではなかったか。そして、絵里の父親が漏らしたみさき教の占い云々《うんぬん》の言葉……。高原教授は、みさき教本部のある場所に行け、と言おうとしたのではないか……大輔はそう思った。

教団施設の場所は、島民にきいてもなかなか答えてくれず、彼らの「隠したい」という強い気持ちが伝わってきた。大輔は島のなかを探しに探してようやくここにたどりついたのだ。自称尊師と信者数人がキャンプで自給自足生活を送っているようなものを想像していたのだが、来てみるとかなり大規模の教団のようだ。

大輔は腹這いになり、なにかが起こるのをじっと待っていた。彼が待っていたのは、おそらく高原教授の到着だ。しかし、やってきたのは違っていた。

深夜四時過ぎ。岩のうえでうとうとしかけていた大輔は身を固くした。車の排気音が聞こえてきたのだ。身体を少し起こすと、大型のバンがこちらにやってくるのが見えた。バンは親亀のまえで止まり、数人の男たちが降りてきた。なかのひとりはグレーの背広を着、首にマフラーを巻いた恰幅《かっぷく》のいい初老の男性で、ほかのものたちは彼を取り巻くようにして建物に近づいていく。やや遠くて顔ははっきりわからないが、その外見からして、こんな夜中にこんな離島を歩いているべき人物でないことは明らかだった。

「寒くありませんか、大臣」

ひとりが初老の男性に話しかけた。

「寒いね。指がかじかんで痛いぐらいだ」

天地が静まり返っているため、声は大輔のところにもよく届いた。

「使い捨てカイロをお使いになられますか」

「そうだな。ふたつもらおうか」

大輔は首をかしげた。

（大臣……？）

一団が目のまえを通り過ぎるとき、大輔は目を凝らしてその男の顔を注視した。

（あっ……！）

思い出した。政治にはうとい大輔だが、その顔には見覚えがあった。近頃、話題のひととしてテレビなどでも取り上げられている文部科学大臣の鵜川陽介ではないか。

大輔は知らなかったが、彼らはフェリーで来たのではない。丑祀島の港とは反対側にある磯《いそ》にひそかにクルーザーを着け、そこで待機していた迎えの車に乗ってここまでやってきたのだ。

（どうして鵜川がこんなところに……）

彼らは大輔のいる岩場から遠ざかっていく。どうやら建物に入るのではなく、まっすぐに神社を目指しているようだ。さすがに声が聞き取りにくくなってきた。

（よし……）

大輔は思い切って隠れ場所を飛び出した。岩場づたいに神社の裏側に先回りするためだ。鵜川たちがちょっと顔を横に向けたら見られてしまうわけだが、ちょうど月が隠れたこともあり、すばやく動けば見つかることはないだろうとふんだのだ。高原教授が浦賀牧場で見せた大胆さを見習ったのである。足もとで小石が音を立てたときはドキッとしたが、速度を緩めず、本殿の裏手へ走り込んだとき、

「あっ！」

思わず声が出た。先客がいたのだ。高原教授かと思ったが、そうではなかった。黒いダウンジャケットを着た女だった。歳《とし》は三十代半ばぐらいか。つばの広い帽子を目深にかぶり、首にはコルセットをはめている。追突でもされたのかな、と大輔は思った。

「だれよ、あんた」

女は射貫《いぬ》くような視線を大輔に向けながら、聞き取れないほどの小さい声で言った。

「学生です。あなたは？」

「記者よ」

「記者？　新聞かなにかの？」

「新聞は辞めたわ。辞表を出したの。でも、記者は記者」

なにを言っているのか大輔にはわからなかった。

「ここでなにをしてるんです」

「それはこっちのセリフよ」

「ぼくは……」

話せば長いことになる。大輔が口ごもっていると、

「とにかく私の邪魔だけはしないでよね」

「なんの邪魔ですか」

「取材の、よ。黙ってみてるなら、ここにいさせてあげる。——あ、来た」

鳥居をくぐった鵜川一行が本殿のまえに立った。鵜川は、

「うしとらみさきさま、うしとらみさきさま……なにとぞ私に良きご託宣をお与えください」

そう言って手を叩き合わせると、恭しく一礼した。

「どうして鵜川大臣がこんなところにいるんでしょうか」

大輔がきくと、

「私が知りたいのはまさにそこ。——あ、ヤバ！」

鵜川たちはきびすを返し、今度は親亀のほうに歩き出した。

「あそこに入られたら手出しできなくなるわ」

女はポケットからICレコーダーを取り出すと、ダウンジャケットを脱ぎ捨て、黒いスーツ姿になった。そして、本殿の裏からいきなり飛び出した。

「大臣！　鵜川大臣！」

鵜川たちは驚いて振り返った。女はレコーダーを鵜川に突きつけると、

「朝経新聞の宇多野です。大臣はみさき教の信者ですか」

鵜川は、夜目にもわかるほどムッとした顔つきになり、一歩下がった。彼の秘書らしき背の低い、ネズミのような顔をした男が、

「貴様、だれの許可を得てここにいる。このあたりは全部私有地だぞ」

「関係ないわ。私は大臣におききしてるんです」

秘書の合図で、がたいの大きいSP風の男たちが鵜川を守るように左右からまえに出た。拳銃を携行していないので、国務大臣を護衛する警視庁のセキュリティポリスではなく、鵜川が個人的に雇っている警備会社のボディガードだと思われた。

「大臣は私用でこちらへ来ておられるのです。お引き取りください」

女はボディガードたちを無視して、レコーダーを彼らの頭上よりも高く挙げ、

「大臣、お答えください。いつからみさき教に入信されたんですか。そのことと今回の総裁選挙は関係ありますか」

鵜川は不機嫌丸出しの声で、

「取材なら正式に党本部へ申請してもらおうか。もっとも今は微妙な時期だから、イレギュラーなものはすべてお断りしているがな」

「微妙な時期だからこそ総裁候補者の動向を国民は知りたがっているんです。たとえばそのさなかに、なぜか瀬戸内海の離島に来て妙な神社を礼拝しているとか」

「答える必要はないし、おまえにここで取材をする権利はない。無礼なやつは出てい

け」

「私は報道の自由に基づいて取材をしています。みさき教という教団との関係をお答えください」

「報道の自由があるなら信教の自由もあるはずだったがね。——こいつを島からつまみだせ」

鵜川の言葉に秘書が、

「それだけでよろしいのですか」

「朝経新聞なら大丈夫だ。書きたくても書けまいよ。——む、待て」

鵜川は目を細めると、

「おまえ……たしか宇多野と言ったな。社員証を見せろ」

「え……？」

「持っていないのか。だろうな。おまえは朝経の記者じゃない。元記者だ」

「…………」

「思い出したぞ。宇多野礼子……『みかど』に張り込んで、総裁候補がふたりに絞られた件を記事にしたやつだ。料亭ではあきたらず、こんな島にまで張り込みに来たか」

「張り込むのが好きなのよ」

「あの特ダネを得たせいで浮かれてしまったのか、上司の指示を聞かずに暴走するようになり、そのあげく、取材活動中、だれかに頭を殴られ、それをきっかけに辞表を出した。ちがったかな」

「どうしてそれを……」

言いかけてハッと口を覆い、

「まさか……あなたがやらせたんじゃ……」

礼子は蒼白になり、帽子を脱いだ。短く刈り込まれた頭には包帯が巻かれている。

「パンフレットを盗んだのもあなたの差し金ね」

「なんのことだね……？」

礼子は携帯を出し、鵜川の写真を何枚も撮影した。

「おい、やめろ！」

秘書が怒鳴ったが、礼子はシャッターボタンを押し続けた。鵜川は鼻で笑い、

「まだ懲りないのか。頭が悪いやつだ」

そして、ボディガードたちを振り返ると、

「この女は、今はただの一般人だ。だから報道の自由もクソもない。――政治の世界には、いや、この世には知ってはならんこと、知らぬほうがいいことがあるというのを、ちょっと骨身に染みるように教えてやれ」

「わかりました」

髭剃《ひげそ》り跡の青いボディガードがレコーダーをもぎ取り、ふたつにへし折った。長髪のボディガードが携帯を奪い、地面に落として靴で踏みにじった。礼子は身を翻して逃げようとしたが、サングラスをかけたボディガードが彼女の両肩を背後からわしづかみにした。礼子はその手を振り払おうとして、

「放しなさいっ！」

髭剃り跡の青い男がにやりと笑ったかと思うと、礼子の顔面を思い切り殴りつけた。礼子は身体をドリルのようにねじると、斜め後ろに倒れた。地面に横たわりながら礼子は、

「あんたたち、こんなことしてただですむと思ってるの？　現職国務大臣のスタッフが一般人に暴行したなんてわかったら、たいへんなニュースに……」

男は礼子を引き起こすと、

「まだ骨身にまで染みてないようだな」

そう言って、その腹部に拳を三発叩き込んだ。礼子は口から黄色い胃液を大量に吐いた。男は顔面にかかった胃液をぬぐおうともせず、

「いい女だ。この顔を台無しにするのは惜しいが……」

ふたたび拳を振り上げ、振り下ろした。

がきっ。

嫌な音が深夜の空にこだました。

大輔は、社殿の裏側から礼子が殴られる様子をじっと見ていた。礼子の顔は紫色に腫れ上がり、唇は切れて血が滲《にじ》んでいる。

(怖い……)

遠目に見つめる大輔の身体は熱く火照り、ガタガタと震えていた。また、激しい尿意があり、がきっ、ごきっ、という音が響くたびに漏れそうになる。

(いつまで逃げ続けるんだ、ぼくは……)

大輔は情けなくて涙が出てきた。

「顔の硬い女だな。ふつうならとうに鼻の軟骨がつぶれて、頬骨が陥没してるはずだ。よし、つぎで決めてやるか」

ボディガードは、礼子の胸倉を左手でつかみ、右の拳を弓を引き絞るようにぐいと後ろに引いた。大輔はあたりに落ちていた石をいくつか拾うと、

「うわあああああっ……！」

と叫びながら神社の裏手から走り出した。皆が大輔のほうを向いた。

「おい、仲間がいたのか」

礼子は、口から血の泡を噴きながら、

「仲間……なんて……いな……い……」

礼子を殴ろうとしている男目がけて石を投げた。運よく、というか、たまたまその石は、男の左目に命中した。投げた大輔も驚くほどまっすぐに飛んだのだ。

「ぎゃ……ああっ」

男は目を押さえながらのけぞった。大輔は走りながらなおも石礫《いしつぶて》を投げた。一部は空を切ったがそのほとんどが男の身体のどこかに的中した。こどものころから野球などの球技は大の苦手だったが、石礫だとなぜかコントロールが定まるということに彼は気づいた。大輔は走り続け、そのままの勢いで男の腰に組みついた。男はバランスを崩して横転した。べつのボディガードが大輔に襲いかかったが、彼は身体を沈めてかわし、鵜川に向かって突進した。

「な、なんだ。来るな！」

鵜川はあわてて退こうとしたが、大輔は遮二無二飛びかかった。鵜川は仰向けに倒れ、後頭部を石に打ちつけて、

「うーん……」

と呻いて気を失った。

「先生……鵜川先生！」

「だれか教団に行って医務の担当者を呼んでこい！」

皆が大臣のまわりに集まったすきに、大輔は血まみれの礼子を助け起こすと、肩を貸し、

「走れますか」

「う、うん……」

ふたりはなんとかその場から逃げようと走り出したが、

「おい、あいつらが逃げるぞ」

「待ちやがれ！」

後ろから複数の足音が聞こえてきた。これではすぐに追いつかれるだろう。

「あんた……だけでも……逃げなさい」

駆けながら礼子が息も絶え絶えに言ったが、

「いや……ぼくも残ります」

「ヒーロー気取りは……やめて」

そんなのじゃない。卑怯ものになりたくないだけだ。そう言いたかったが、説明している暇はない。足音はどんどん近づいてくる。

（もうだめだ……）

大輔が半ばあきらめかけたとき、

「うぎゃあああっ」

凄まじい悲鳴が聞こえ、大輔は思わず振り向いた。先頭にいたサングラスのボディガードの右頬を細い棒のようなものが貫いている。

(矢……?)

大輔の目にはそう見えた。

「気をつけろ。まだ仲間がいるらし……」

そう言いかけた長髪のボディガードの肩に、べつの矢が突き刺さった。

「ひぎいっ」

男は大きな図体《ずうたい》を縮めるようにして、

「痛い……痛い痛い、痛いよおっ」

秘書の小男が顔をひきつらせて、

「どどどこから狙ってるのかわからん。ここ殺される……」

「教団の建物に駆け込みましょう」

「先生を放っておけん」

そう言った途端、ビン……という音がして、三番目の矢が彼の前歯を折った。

「ひいいっ……ひいいいっ……」

暗闇のなかから放たれる矢は彼らの恐怖心をあおったようで、皆は親亀のほうに転がるように逃げていった。なにがどうなっているのかわからず呆然としていた大輔の腕を、いきなりだれかがつかんだ。

「ひいっ」

つい悲鳴を上げると、

「あいかわらず情けないですね。さ、こっちに……」

絵里だった。

「無事だったのか。よかった。今までどこに……」

「あとで」

絵里は大輔とともに礼子を左右から支え、教団施設を背にして走り出した。

「どこへ行くの」

走りながら大輔は言った。

「港」

大輔は、絵里が抱えている三角形に銃身のついたものを見て、

「それは……？」

「クロスボウ」

「クロスボウ……？　ボウガンのこと？」

「それ、今きく？　ボウガンは商標名。正式にはクロスボウ。私のは、フルサイズコンパウンドタイプ、赤外線スコープ付き。——黙って走って」

三人はひたすら走って、ようやく海の見えるところまでたどりついた。大輔は防波堤に礼子を寝かせると、壁にもたれ破裂しそうな心臓をなだめた。

「このひと、だれ？」

絵里がきいた。

「元政治部の新聞記者。鵜川大臣とみさき教の関係を追っかけてるらしい」

「あ、そ。——怪我してるからお医者さんに診せないとね」

夜明けまでにはあと一時間ほどある。寄せては返す暗い波を見ながら、大輔は言った。

「ここからどうする？　あいつらが追ってきたら逃げ場がないぞ」

「もう私有地じゃないから、それほど無茶はできないはずです」

絵里の口調は落ち着いていた。

「でも、フェリーが来るまでかなり時間があるだろ。ここは見つかりやすいし、住宅地のほうに隠れたほうが……」

「七時過ぎには始発が出ます。あと一時間半ほどでしょ。すぐに乗れる場所にいたほうがいいです」

「七時過ぎ？　そうだっけ」

「知らない島に来るのにそんなことも調べてないんですか？」

「…………」

「それに、あいつら今頃はあの大臣を回復させるのに必死のはず。もし、なにかあったらとんでもないスキャンダルですもんね」

たしかに、首相候補者が総裁選直前に離島の宗教施設の敷地で意識を失って倒れたことがわかれば、マスコミの恰好の餌食だろう。健康への不安を理由に対立候補に票を奪われる可能性もある。しかも、すでに朝の早い漁師たちは港に集まり、網を繕ったり、漁船を整備したりしている。これだけひとの目があれば、彼らもうかつに手を出せまい。

「だから、ここで待つのが正解です」

「わかった……」

海鳥の声。しだいに夜が明けていく。朝一の光線が海の向こうから差し始めた。その光に包まれた絵里の横顔を見ていると、大輔はなぜか胸が苦しくなってきた。やがて、始発のフェリーが到着し、三人は乗船した。さいわいボディガードたちは追ってこなかった。礼子を二等の座《ざ》敷《しき》に寝かせると、自分たちは椅子席に座った。早朝の便なのでほかに客はほとんどいない。規則的なエンジン音を聴いているうちにようやく安堵感が広がってきた。

「あのさ……今までどこにいたんだ」

「知りたいですか？」

「ま、まあね……お父さんも捜してたし」

「美波さんが私を置いて逃げたあと……」

「ごめん……でも、こうして戻ってきただろ」

「美波さんが私を冷たく置いて逃げたあと、私はお父さんにみさき教の信者になれ、と言われたんです。私、お父さんとお母さんがみさき教っていう聞いたこともない宗教の信者だって知って死ぬほど驚いて……ショックだったけど、入信しないと殺されるって言われてしかたなく承知したら、この島に連れてこられました。でも、なにか教義とかを教えてもらうわけでも、儀式をさせられるわけでもなくて、ただあの大きな亀みたいな建物のなかで雑用を手伝うだけ。いつもはほとんどひとがいなくて、たまに信者さんがやってくるときにご飯を運んだりする以外は、小さな部屋を与えられてそこで過ごしてました」

「教祖さまみたいなひとがいるのか？」

「さあ……私が会ってたのは、四、五人のおじさんだったけど、教祖とかじゃなくて、ナントカ大師と言ってました。教祖さまは小さいほうの亀にいたのかも」

「…………」

「テレビもパソコンも携帯電話も許可されなかったから、世間の情報ゼロ。ずっとマンガ読んだり音楽聴いていました。あとは、アーチェリーは大きすぎて持ってこられなかったから、クロスボウの練習をしたり……。今は見習い期間で、そのうちに正式に信徒として認められたら、いろいろなことを教えてやる、とは言われてたけど、とにかく毎日死ぬほど暇でした。だいたいなにしてもいいけど、建物から出ることは許されないんです」

「ふーん……」

「でも、三日ほどまえ、ある部屋のまえを通りかかったら、なかから話し声が聞こえてきて、『もし、東京から来たあの学生を見つけたら処分しろ、という指令が……我々は顔を知らないが、浦賀の娘ならわかるだろう……確認させて殺せ』っていう会話の断片だけ聞き取れたんです。ヤバっと思って……」

「なにがヤバっなんだ」

「美波さんが妙な男気を出して、私を助けに岡山に戻ってきたりしたら殺されちゃうわけでしょ。夜中に出口のシャッターをバールでこじあけて、脱走したんです。このクロスボウと財布だけ持ち出して……」

「ぼくに報せようとしたのか？」

「ま、そーゆーことですね。感謝してくださいよ」

「…………」

「その日から昼間は岡山駅で美波さんが降りてこないか見張ってて、夜になったら漫画喫茶でコンビニのパン食べてました。そしたら、ニュースで芝野首相が死んだっていうのを見て……ワヤきょうていじゃと思ったんです」

「ワヤ競艇？」

「あ、岡山弁でものすごく怖いってこと。なんだかわからないけど……とんでもないことが私の知らないところで進行してるような気がして……。そしたら今日、岡山駅で美波さんを見つけて、それからずっと尾行してました」

岡山に着いて以来ずっと感じていた視線の主がだれだかわかった。

「すぐに声をかけてくれればよかったのに」

「だれが見張ってるかわからないでしょ。美波さん、私が行くなと思うほうにばっかり行くから焦りました。うちの牧場とか神社とか……丑祀島に来て、教団に近づいたときは、こいつ馬鹿じゃないのと思ったり……」

「きみを捜してたんだ。みさき教の施設にいるかも、と思って……」

「いちばん行っちゃダメなとこ。あなたを殺すって言って捜してる連中の本拠地ですよ。案の定、でーれー目にあったでしょ。ほんと、美波さんってあんごうよねー」

「アンコウ？」

「アンコウじゃない、あんごう。馬鹿ってこと」

「ああ、ぼくは馬鹿だよ！　でも……きみが無事でほんとによかった」

「あなただけじゃなくて、あの新聞記者も馬鹿ですよね。どうしてみんな、危ないとわかってることに近づくんだろ」

「危なくても、やらなきゃならないことだから、じゃないのかな。使命感というか正義感というか……」

「それで他人に迷惑かけたり、巻き込んだりしても？　さっきだって、私が助けないと死んでたかもしれないわけでしょ。だいたい記者って自己チューが多いような気がする」

そのとき、後ろから声が聞こえた。

「その自己チューの馬鹿からのお願いなんだけど」

絵里が振り返って顔をひきつらせ、

「あ、いや、その……あなたを馬鹿とか自己チューと言ったわけじゃなくて、あくまで一般論というかなんというか……」

「馬鹿の記者でけっこうよ。あなた、みさき教の信者だったんだって。ちょっと話聞かせてもらっていいかな」

顔面をグロテスクに腫れ上がらせた礼子が絵里に微笑みかけていた。

◇

高原は、牛舎にいた。壁際に座り、ぼんやりと牛たちを見ていた。彼は自分の今の状況を把握しきれていなかった。警官に銃を向けられ、教え子の美波大輔を逃がしたあと、自分は捕まってしまった。住居侵入罪だという。敷地に入っただけで、建物には侵入していない。不当逮捕だと抗議すると、いきなり殴られた。なにか言おうとしても言葉が出せないほどタコ殴りにされたあと、牧場内に連れ込まれた。

それ以降のことはよく覚えていない。どれぐらいの時間が経過したのかもわからない。何ヵ月も経ったような気もするし、ほんの数時間なのかもしれない。頭に激痛が走っている。たぶん頭蓋骨にひびが入っているのだと思う。意識が混濁している。いつのまにか牛舎にいた。外から鍵がかけられているので脱出することはできない。排便などはバケツにするといつのまにかきれいになっている。だれかが取り替えてくれているらしい。

牛たちはほとんどが身重で、腹部が大きく膨らんでいる。牛に近づくと危険だと言われているので、彼は柵の外でじっとしていた。

「おまえさん、高原っていうT大の教授だそうじゃな」

顔を覆面に包んだ男が来て、そう言った。高原が答えずにいると、

「持ち物を調べたら、T大の研究室の名刺が出てきた。すぐに殺してやってもいいんじゃが、おまえさんと一緒にいた男というのがどうも気になる。もしかしたら以前この牧場に来た学生じゃないのかね」

「…………」

「じつは、その学生が持っていたらしいリュックが今しがた土砂のなかから見つかってな、なかにT大のおまえさんの研究室の備品シールが貼ってあるパソコンが入っておった。――おまえさん、その学生の居所を知っとろうが」

「知らん」

「あの学生だけは消さなきゃならぬ。あの学生からなにか聞いていないかね」

「誘導尋問か。私はそもそもそんな学生を知らんのだ」

「パソコンには一言主大神についてのデータが入っておったが、それについてもなにか知らんかね」

「知らんと言ったら知らん」

男は高原の頰を平手打ちして、

「そのうち吐かせてやる。おまえさんを生かしておくのは、生かしておけばもしかしたらあの学生が捜しにくるかもしれんからだが、おまえさんが死んだとしても我々に

はなんのデメリットもないのじゃ」

そう言うと立ち去った。高原はふたたび混沌《こんとん》のなかに埋没した。頭が割れるように痛む。

ときどき飼育員が来て、床を清掃したり、藁を整えたり、牛に餌を与えたりするが、高原には一切《いっさい》目もくれないし、話しかけることもない。普通の飼料に、なにやら赤い、ねとねとしたなにかを混ぜ込んでいるのが見える。動物性のものだと思うが、なんであるかはわからない。ただ……嫌な臭いがする。牛は取り憑かれたようにその餌をむさぼり食っている。半ば朦朧とした状態で、高原はじっとその様子を見つめていた。

そのうちに牛が食べている赤いものがなんだか美味《うま》そうに思えてきた。高原は、危険を承知で柵を越えた。牛が餌を食《は》んでいる金属製の容器に這いずるようにして近寄り、牛の頭部をむりやり押しのけると、顔を容器に突っ込んでその赤いものを食べ出した。最初は苦かった。ねっとりとした食感も、アンモニアに似た臭気も吐き気を催させるばかりで、とても人間の食べ物とは思えなかった。だが、空腹を満たさんがためにそれを必死で頬張っていると、なぜか身体が熱くなってきた。

（う……美味い……）

高原はその赤いものをがつがつと口に入れた。彼に顔を押しのけられた牛が、怒りのあまり大きな吠え声を上げた。前脚のひづめで地面を掻くと、高原のうえにのしかかった。

「や、やめろ……やめてくれ！」

高原は叫んだが、牛はよだれを垂らしながら額を彼の顔面に打ちつけた。何度も何度も執拗《しつよう》にそれを繰り返したあと、口を大きくあけて、高原の頬に食いついた。ガリッという鈍い感触とともに肉が裂け、血がほとばしった。

「ひいっ……やめ……ろ……！」

つづいてその牛は高原の顎の肉を噛みちぎり、あぐあぐと咀嚼した。牛が届かぬところまで必死で逃げ戻った高原は、牛が白目を剝《む》き、人間のように恍惚《こうこつ》とした表情を浮かべていることに気づいた。

第四章　骨

また、禁令がたびたび出された背景には、当然ながら殺生、肉食が繰り返されていたことをうかがわせる。松井章は、古代都城の発掘調査にもとづき奈良時代から平安時代にかけての活発な斃牛馬《へいぎゅうば》処理の様子を明らかにしている。たとえば平城京では、現在の大和郡山《やまとこおりやま》市に属する平城京西一坊坊間路東側溝において大量のウシ、ウマの骨が検出された事例を報告している。

『人と動物の日本史1』西本豊弘編に収録「三　肉食の変遷」鵜澤和宏より

「さあ、今日もしっかり働いてよ、みんな！」
山根フミ教授がぱんぱんと両手を叩き合わせた。ここは、鬼ノ産屋の発掘場所である。先日とはちがい、簡素ではあるが鉄製のパネルをつなぎ合わせたもので周囲を囲っている。地面に広げたブルーシートのうえに発掘物が並べられている。土器の破片が多いが、土偶の一部らしきものもある。

「はいーっ！」

若者たちはきびきびと応え、階段状になったところから作業現場へと降りていく。彼らはすぐ横に設置されたテントのなかで寝起きしているのだ。そのなかに大輔もいた。ここは、鬼ノ産屋の発掘場所である。目深にかぶったチューリップハット、真っ黒なサングラス、そしてマスク。服は、Ｒ大学の作業服を貸してもらったので、大勢いるスタッフに溶け込んでいるはずだ、と彼は思っていた。おとといから発掘にたずさわる人数が増えた。Ｒ大の学生が五人と、バイトが二名、それに教授の合計八人の大所帯となった。大輔はそのバイトに紛れていた。山根教授には事情をすべて話したのだが、こころよく受け入れてくれた。

あのとき、大輔と絵里は丑祀島から帰るフェリーのなかで、礼子からこれまでのことを根掘り葉掘りたずねられた。ジャーナリストらしい的確かつ容赦のない質問の連打によって、ふたりはあらゆることをしゃべらされた。大輔は丸裸にされた気分だった。

「なるほど、あなたたちがここにいるわけがよーくわかったわ。じゃあ、つぎは私の話をします」

大輔たちは、礼子と村口という刑事の体験を最初から最後まで聞かされた。大輔に

は、村口が見たという「牛の死骸を食べる牛」の話はとても信じられなかった。絵里も同様で、

「私は畜産農家の娘ですけど、牛というのは草食です。肉を食べる牛なんてありえません」

「私も、自分で見たわけじゃないけどね……」

礼子は、ガラスの小瓶を取り出し、

「毅ちゃんから渡されたこの赤いやつを見ると、本当だと思えるのよ」

それは、村口が牛運搬車で採取したという赤い物質を入れた瓶だった。すでにからからに乾いており、長いあいだ持ち歩いているためか、ほぼ粉末に近い状態になっていた。

「そうだ、あなた、これを預かってくれない？」

礼子は大輔の手にその瓶を押しつけた。

「私、毅ちゃんから強引に借りたみさき教入信のパンフレットを、後ろから殴られて奪られてしまった。ほんと……めちゃくちゃ後悔してるの。またいつそんな目にあわないとも限らない。――これはあなたが持ってて」

大輔が受け取ろうとすると、絵里が横合いから、

「やめてください。迷惑です」

「お、おい……」

　大輔がなにか言おうとすると、絵里はきっと彼をにらみ、

「美波さんがこれを受け取ったら、今度はあなたが殴られることになるんですよ」

「え？　だ、大丈夫だよ。だれもぼくがこれを持ってるって知らないはずだし……」

「みさき教を甘く見ちゃダメです」

　礼子は笑って、

「そうね。じゃあ半分ずつってのはどう？　それならどっちかが殴られてもあとの半分は残るでしょ」

　そう言われると絵里もそれ以上は逆らえなかったようで、礼子と大輔は赤い物質を半分にして、それぞれが所持することになった。

「じゃあ、またすぐ来るから。それまでふたりとも無事でいてね」

　そう言うと礼子は、治療と鵜川追及のために東京に戻っていった。

　高原教授の消息はあれ以来不明である。丑祀島に向かうつもりなのかとフェリー乗り場で聞き込みもしたのだが、それらしい人物が乗船した形跡はなかった。携帯も、しつこいほど鳴らしてみたが応答はないし、東京の研究室にも自宅にも戻っていないようだ。教授の妻は、

「フィールドワークに出かけたら一ヵ月や二ヵ月は帰ってこないことはざらだし、連

絡もくれないのが普通だから心配してないわ」

と言ってけろりとしている。いつもとは状況がちがうのだ、という言葉が口から出そうになったが、かろうじてこらえた。下手に不安を煽ってもなんの意味もない。警察に捜索願を出すことも考えたが、岡山県警を信じることができなかったのでやめた。いろいろ考え合わせると、高原教授はあのまま浦賀牧場に囚《とら》われているように思われた。なんとか警官を振り切って丑祀島に行こうとしたが捕まってしまったのだろう。高原を救出したい一心から、大輔は牧場の間近にある鬼ノ産屋発掘現場に入り込むことにした。ここなら牧場の出入りを見張れるし、こちらが見つかる可能性も少ないだろう……そう思ったのだ。

しかし、絵里の意見はそうではなかった。

「危ないって」

「危なくない」

「ぜったい危ないって」

「ぜったい危なくないって」

大輔と絵里は、新見の駅前にある深夜喫茶でそう言い合った。

「うちのお父さんも、ほかのやつらも、美波さんの顔を知ってるんだから、見られたら終わりです。そんなことするの、馬鹿しかいないわ」

「馬鹿でけっこう。ぼくは、高原先生を助けたいんだ。ぼくは先生を尊敬している。ぼくを心配してわざわざ岡山まで来てくれた。自分が危ないからって、放っておくわけにはいかない」

「あー、そーですか。それで、自分も捕まって殺されておしまいってことですね。あなたの馬鹿さ加減がよーくよーくわかりました。やりたいこととやれることはちがうんですよ」

「高校生のきみになにがわかる」

「大学生ならわかるんですか？」

「捕まっても、殺されないかもしれない。向こうにとっても、そんなことをするのは危険じゃないか」

「わかっていませんね。美波さんは件の誕生を見てしまった。その予言を聞いてしまった。だから殺されるんです。私もヤバい」

「件のこと、知ってるのか」

「知らなかったけど、あのあと調べてみました。予言する妖怪なんですね」

「あれが件だとしたら、きみのお父さんは件を作ってることになる。それを確かめるためにも行かないと……」

「うちの両親は狂ってるんです。ほっとけばいい」

「そうはいかないよ」

三時間ほどの議論のすえ、とうとう大輔は立ち上がった。

「行くよ」

「どうぞご勝手に」

大輔は、そのまま振り返ることなく喫茶店を出た……というのは嘘で、実際はレジのところでちらと振り返ったのだが、絵里は読んでいたマンガ雑誌に目を落としており、一度も顔を上げることはなかった。外に出ると、風がしゅん、と吹いてやけに寒かったのを覚えている。

「こういう作業ははじめてですか」

じわりじわりと湧いてくる記憶に浸っていると、となりで作業を行っていた学生が話しかけてきた。頭にタオルを鉢巻きのように巻き、黒縁眼鏡をかけている。痩せぎすで、昼が上下、同じ太さなので顔を覚えていた。たしか……片桐《かたぎり》だったっけ……。

「ええ、はじめてです。あなたは？」

「ぼくはO文化大学の学生で仏文学が専攻なんですが、こういうのが好きで、バイトがあれば応募して地面を掘ってます。分からないことがあったらきいてください」

「ありがとうございます。けっこう腰が痛いですね」

「発掘調査なんていっても、この段階では土木工事のバイトと同じですよ。もう少しして、大物がいろいろ出てきたら面白くなりますから、それまでは我慢ですね」

片桐の親切に感謝していると、

「そこ！　サボるんじゃない！」

山根教授の怒鳴り声が聞こえ、ふたりは首をすぼめた。大輔が、ジョレンという鍬《くわ》のような道具で土を削ろうとしたとき、

「先生！　先生！」

すぐ近くにいた学生のひとりが甲高い声を上げた。

「見てください、こんなものが……」

山根教授が汚れた上っ張りをはためかせながら飛んできた。大輔ものぞきこんだ。土のなかに白い石のようなものがある。

「先生、これは……？」

学生が声をかけたが山根は無言で周囲の土を手箒《てぼうき》で取り除き、軍手をはめた手でそれを慎重に持ち上げた。逆三角形をした大きな物体の全容が見えると、皆が、うわっ……と言って後ずさりした。

「頭の骨ですね……牛の」

山根はそう言った。大輔にも、それは牛の頭蓋骨に見えた。角があるのが証拠だ。

「どこの牛の骨だ」

だれかが言って、皆がくすくす笑った。大輔が、

「すぐ近くに牧場がありますから、そこの牛の骨では？」

「ははは……そんな新しいものではないよねえ。少なくとも何百年も経った古い骨でしょう」

大輔は頭を掻いた。すると、離れたところからべつの学生が、

「先生ーっ、こっちにもありました！」

「え？　骨なの？」

「はい、たぶん牛じゃないかと……」

結局、その日のうちに約十二頭分の牛の骨が出土した。「約」というのは、頭部は十二個見つかったのだが、胴体の骨はばらばらで何頭分かわからないからだ。写真を撮って専門家にメールで送って鑑定してもらった結果、放射性炭素などの測定をしてみないとたしかなことはわからないが、状態などからみて、やはりよほど古いものだろうとのことだった。板のうえに並べられた骨をまえに山根は座り込んで、

「まだまだ出てきそうね」

学生が相槌を打ち、

「でしょうね。すでに一部が露出している骨が十数個見つかっています。それに、まだ手つかずのところがありますし、もっと下を掘ればいくらでも出てくるような気が

します。これはどういうことでしょうか。古代人は牛を食用にしていたとでも?」

「そうねえ……」

山根は首をひねっていたが、

「牛はもともと日本にはいなかった。中国大陸から渡ってきたのよ。長崎にある弥生時代中期の大浜遺跡から牛や馬の歯が四十個ほど見つかった、とか縄文から弥生にかけての遺跡からは牛や馬の骨が見つかる例も多いけど、これは野生の牛馬でしょうね。大和朝廷のころには農耕用に使われていたみたいだし、奈良時代には牛乳やチーズを採るための牛を飼う牛飼部というひとたちがいたことも知られている。でも、牛の肉を食べていたかどうかはわからない。牛のことをタジシという地方もあって、これはイノシシやカノシシ(鹿)同様、その肉を食用にする動物を表す言葉だから、もしかしたら農耕や運搬用に使っていた牛が死んだとき、肉を食べていたのかもしれない。でも……」

山根教授は発掘された牛の骨を眺め、

「この遺跡に牛がこれだけたくさん埋まっているというのは、祭祀に使っていた、とかなんらかの理由があるはず。それをつきとめなければ……」

そう言うと、スタッフを見渡して、

「よし。発掘を続けましょう。徹底的にやるのよ!」

一同は「はい！」と勢いよく応えた。大輔はそのとき、片桐という学生だけが、なにかに取り憑かれたように牛の頭蓋骨にじっと見入っていることに気づいた。目はうつろで、骨を凝視しているというより、その向こう側にある「なにか」を見ようとしているようでもあった。半開きになった口がカクカク……と小刻みに震え、そこから唾液の泡がこぼれ出している。

「お、おい……！」

大輔が小声で呼びかけ、肩に手をかけると、ハッとしたように我に返った様子で、

「あ……ああ、そうか」

「大丈夫ですか」

「だ、だい……じょぶ……ちょっと風邪引いたかもです」

そう言うと、ふらっとどこかに行ってしまった。大輔は気になったが、今は作業をしなければならない。気持ちを切り替えて、目のまえの土に対峙《たいじ》しようとしたとき、

「先生、これはなんでしょうか」

茶髪の女子学生が地面を指差している。

「ああ、これは木簡ね」

木簡というのは文字を書いた細長い木の板のことで、七、八世紀ごろにおもに用いられた。役所間の連絡や帳面のかわりなど、仕事に使われることが多いが、なかには

呪符を書き記したものもある。山根はていねいに土を払い落とした。そこには墨で、

鬼肉生誕地
要永劫封緘《えいごうふうかん》

と書かれていた。山根はしばらくその文字を見つめていたが、

「なにかの呪詛《じゅそ》かもしれないわね」

そのとき、

「おおい、まだやってんのかい」

「学者ってのは頭がいいって思ってたが、案外阿呆《あほう》なもんだな。そろそろ遊びはやめて帰んなよ」

六人の男たちが現れた。先頭に立っているのは先日のあの県職員だ。二人組のヤクザの姿も見える。手に角材のようなものをぶら下げているのは威嚇のためか実際に使うためなのかわからないが、皆をぎょっとさせたことは間違いない。

「なんですか、発掘の邪魔です。あなたたちこそ帰ってくださいな」

山根教授が進み出て先頭の男に言い放つと、

「そうはいかない。教育委員会からの決定事項を伝えに来たんだ。岡山県教育委員会

は今日の会議で正式にこの現場の発掘中止を決定した。試掘のデータを詳細に検討した結果、遺跡としても価値のあるものではない、と判断されたんだとさ。残念だったな。荷物をまとめてとっとと出ていけ。——おい」

職員が合図をすると、後ろにいたヤクザが進み出て、太い指を組み合わせてばきばき鳴らし、

「今日はカメラだネットだっていう脅しはきかねえぞ。三分以内に出ていきやがれ。テントや道具はあとで大学に送ってやるよ」

「そうはいきません。これを見てください」

山根は牛の頭蓋骨をひとつ、ヤクザに押しつけた。露骨にたじろいだヤクザはあとずさりして、

「な、なんだこれは……骨じゃないか」

「まだまだ大量にあります。古代人がこの遺跡に牛を大量に埋めたことがわかりました」

「ふん、焼き肉屋の跡地なんじゃねえのか」

「はじめ私は、ここが鉱石採取場だったのではないか、と思っていましたが、どうやらもっと重要な遺跡のようです。古代の大規模な祭祀場だった可能性があり、そうだとするとまだまだ貴重なものが埋まっていそうです。私はさきほど文化庁にあらまし

を報告し、文化財保護法に基づく研究対象にすべきである旨を伝えました。たぶん明日にでも県の教育委員会へ文部科学省からのお達しがあるんじゃないでしょうかね」

「なんだと？」

報告云々は現段階ではまだだったが、土器とともにこれだけの骨が出た以上、今から報告すれば実現するだろうから嘘とはいえない。

「御坊《ごぼう》さん、どうします」

そのヤクザは振り返ると、職員に小声で言った。

「ひとまえで名前を呼ぶな」

職員も小声で応えた。山根フミはヤクザをちらと見て、

「あのあと調べたのよ。このひとたち、桃実組の組員さんでしょう？　岡山県と暴力団ってずいぶんと仲が良いのね」

職員は、小柄な山根フミをうえからにらみおろし、

「こいつらはうちが雇っている臨時職員だ。とやかく言われることはない」

「桃実組は、畜産振興課の建物の清掃と植木リースを請け負ってるそうね。癒着ってやつ？　マスコミにも教えてあげようかしら」

「…………」

「それにあなたも、県の職員だっていうから、てっきり県教育庁文化財課のひとかと

思っていたら、畜産振興課だそうじゃない。どうして畜産振興課が遺跡の発掘に口を出すの」

男はしばらく黙っていたが、

「明日また来るからな」

そう言い捨てると、ヤクザたちを引き連れて帰っていった。彼らが車に乗り込み、姿を消すのを見届けてから、スタッフたちは顔を見合わせ、バンザイを三唱した。

「やったやった！」

「権力の横暴に打ち勝った！」

「ざまあみろ」

大輔も、彼らと手を取って喜び合ったが、その最中、ふとだれかの視線を感じた。また絵里がどこかから監視しているのではないか、いや、浦賀牧場のやつに見つかったのかも……そう思ってあたりを見渡してみたが、だれもいない。しばらくしてようやくその視線のもとがわかった。それは、板のうえに並ぶ牛の頭蓋骨だった。ぽっかりと開いた洞窟のような眼窩《がんか》の奥から、突き刺すような視線が大輔に向けられている。大輔の背中を冷たいものが這い上がった。

（あれ……？）

大輔は目をこすった。十二個の頭骨がくにゃり、とゴムでできているかのように歪んで見えたのだ。輪郭がぼやけていき、蠟燭《ろうそく》の蠟のように溶けはじめた。それと同時に、黒い「気」のようなものが周囲に広がっていくのがわかった。その黒い煤《すす》のような気はゆっくりと触手を伸ばしてスタッフや山根教授たちを包み、その身体に染み込んでいく。大輔は恐怖にかられて、数歩下がった。しかし、だれも状況に気づいていない。

（ぼくの目がおかしいのか……）

大輔は自分の頰を叩いた。厭《いや》な「気」は学生たちや教授の肌の毛根や汗腺から彼らの体内に入り込んでいく。心なしか、皆の輪郭も歪み、顔立ちも不気味なものに変貌していくように見える。動きも声もスローモーだ。大輔が大声で叫びそうになったつぎの瞬間、突然、視界は晴れた。黒い靄《もや》はどこにもなかった。牛の頭部もすべてもとに戻っていた。皆は、和気藹々《わきあいあい》と談笑している。しかし、大輔は今にも嘔吐《おうと》しそうなほど気分が悪く、そっとその場を離れた。

◇

その夜、みんなで食べる夕食を断り、大輔はテントを抜け出した。深い闇にまぎれて浦賀牧場へ接近する。さすがに夜間は警官はいないが、出入り口のシャッターはもちろん閉まっている。シャッターのすぐうえに監視カメラがある。大輔は、カメラの撮影範囲に入らないぎりぎりのところまで進んだが、そこからどうしたらよいかわからない。高原教授を救い出したいという気持ち以外、まったくのノープランで来たのだ。絵里の言葉が蘇る。やりたいこととやれることはちがう……そのとおりだ。大輔は自分の無力さを嚙みしめながら、それでもなにかなすすべはないかとその場にとどまっていた。虫の声が、彼を嘲笑《あざわら》うように聞こえてくる。

白々と夜が明けかけるころ、大輔はついにあきらめた。ここで強引に塀を乗り越えたりシャッターを破ったりしようとしても、すぐに見つかってしまい、捕えられるだけだろう。一時の焦りに身を任せてもなんの結果も生まない。正直なところ、このなかに本当に高原教授がいるのかどうかも定かではないのだ。まずはなんとかしてそれを確かめねば……。

(明日も来よう……)

大輔が来た道を戻ろうとしたとき、

「ヘイ！　ここを開けろ！　オープン・ザ・シャッター！」

「日本人はただちにブランド牛の飼育を中止しろ」

「神はそんなおごりを許さないぞ」

そんな叫び声が聞こえた。驚いて出入り口のほうを見ると、いつのまにかやってきたのか十数人の男女がプラカードのようなものを持ってシャッターのまえに立っている。彼らは監視カメラに映るのを気にも留《と》めず、シャッターを叩き、蹴り、むりやり持ち上げようとしている。そのほとんどは外国人のように大輔には見えた。「GREEN CHANNEL」と書かれたプラカードをわざと監視カメラに向けて、彼らは声をそろえて怒鳴る。

「美味く食べるためだけに牛を育てるのは罪！　おまえたちは地獄に堕《お》ちる」

しばらくすると、シャッターが開いた。なかから出てきたのは背広を着たふたりの男で、どちらにも見覚えがあった。件の誕生に立ち会っていた県の畜産振興課の職員たちだ。ひとりは八の字眉毛の男で、もうひとりは髪の毛を短く刈り込んだ初老の男である。八の字眉毛は大きなあくびをしながら、

「また、おまえらか。今何時だと思ってる。迷惑なんだよ」

「夜明けとともに起き、日没とともに眠る。神は人間をそのように作った。だから、我々はその規律を守っているんだ」

「めんどくさい連中だよ。帰れ帰れ。何度来ても無駄だ」

金髪に黒眼鏡、赤い髭を生やした白人男性が進み出て、

「欧米人も牛や豚の肉を食べる。でも、日本人は常軌を逸している。美味《おい》しい牛を作ろうとして、クレイジーになってる。肉にサシを入れるために、特殊な飼料を食べさ

せ、ビールを飲ませ、マッサージする。それだけじゃない。遺伝子のレベルまで操作して、美味い牛を作る。そういうことはなにもかも自然に反してる。美食を求めて遺伝子をいじるなんて、神はけっして許さないだろう！　ジュラシック・パークじゃあるまいし、絶滅した牛を食べるために復活させブランド牛にする、なんてもってのほかだ。岡山県と浦賀牧場が行っている事業は神への冒瀆《ぼうとく》だ。ただちにやめなさい」

年齢は三十歳ぐらいだろうか。黒いダウンジャケットを着て、右手にビデオカメラを持っている。八の字眉毛が舌打ちをして、

「クジラ漁に文句をつけて捕鯨を中止に追い込み、イルカの捕獲方法が残酷だと言い立て、今度はブランド牛の飼育にケチをつけるのか。たしかグライムズとかいったな。おまえだってハンバーガーやフライドチキンを食ってるだろう」

「ぼくはベジタリアンだが、肉食の意義は認めている。でも、日本人は異常だ。これは、フォアグラよりひどい。企業や医療機関が行っている動物実験以上の動物虐待だ。我々は、おまえたちの遺伝子操作によるブランド牛作りを力ずくでもやめさせてみせるぞ」

「他国の文化に口を出すな。これは県議会で決まった事業なんだ。帰らないなら、不法侵入で逮捕させるぞ」

「ぼくは世界中で逮捕歴がある。それを誇りに思ってる。ここで逮捕されたら、賞状

が一枚増えるようなもんさ。馬鹿な岡山県と間抜けな警察め、やれるもんならやってみろ」

「なんだと！」

八の字眉毛が男の胸倉をつかもうとしたとき、隣にいたもうひとりの畜産振興課職員が、

「まあまあ、そうカッカせんと」

そう言いながら肩をポンポンと叩いて同僚をなだめた。

「そんな手ぬるいことでいいんですか、吉峰《よしみね》さん」

「いいからいいから」

彼はビデオカメラを持っていきり立っている男のほうをにこやかに見やると、

「あなたたちにもいろいろお考えやお立場があることは理解できます。ですが、我々も真剣に食文化の向上を追求しようとしているのです。けっして動物虐待でも利益だけを追求したものでもありません。殺した動物の生肉を食い、木の実や草をそのままかじっていた原始時代に比べて、我々の食文化は格段に向上しました。おかげで大勢が食事を楽しめるようになったのです。美食はローマ時代からの人間の文化遺産だと我々は考えています。どうでしょう、おたがいの立場や考え方を理性をもってゆっくり話し合えば、誤解も解けるんじゃないでしょうか」

グライムズと呼ばれた男は一瞬詰まったが、すぐに肩をいからせて、

「我々は先日来五回以上岡山県の畜産振興課を訪れ、代表者と話し合いたいと申し入れたがすべて拒否された。この牧場も、来るのは今日で三度目だが、施設や牛の飼育状況を視察したいと頼んでも相手にされず、警察によって暴力を受けて排斥された。もはや話し合いの段階ではない。我々は力をもって抗議する！」

「穏やかに、穏やかに。まずは少し、和牛についてお調べいただいたほうがよいですな。すき焼き、しゃぶしゃぶ、鉄板焼きなんぞを召し上がっていただいて、それから腹を割って話しませんか？　もちろん我々がごちそうしますよ。郷に入れば郷に従えというじゃないですか。丹精込めて育てた和牛は日本独特の食文化として……」

グライムズは大声でさえぎった。

「ぼくはベジタリアンだと言っただろう。それに、そんな日本のことわざは知らない。——なかに入れろ！」

「英語でも、ローマではローマ人のごとくふるまえと言いますけどねえ。皆さんはイナゴを食べないでしょう？　でも、日本人は食べます。ベトナムでは犬を食べますが、日本では食べません。世界中の国にそれぞれ固有の食文化があります。それを無視して、自分の規準に合わないからといって否定するというのは……」

「うるさい！　みんな、強行突破だ。牧場に雪崩れ込め！」

吉峰という初老の職員は笑みを崩さぬまま肩をすくめて、

「困ったものだ。しかたないなあ。えーと、県警公安課の皆さん、このわからず屋たちを排除してください。ただし、お手柔らかにお願いしますよ」

なかから十数人の警官が現れ、彼らと揉み合いになった。単なる民間施設を多数の警官が泊まり込みで警備しているというのは普通では考えられない。グリーンチャンネルたちも相当荒っぽいやり方で知られてはいるが、やはり「喧嘩慣れ」の差なのか、たちまち彼らは劣勢になった。警官たちに押し倒され、投げ飛ばされた彼らは口々にののしり、毒づきながらもプラカードを拾って撤収をはじめた。大輔はため息をつき、

（やっぱり権力には敵《かな》わないのかな……）

そう思いながらとぼとぼと「鬼ノ産屋」に戻っていった。失望しているせいか、朝日がやけにぎらぎらしているように見える。道がないので、ススキを掻き分けながら進む。鉄製のパネルが見えてきたあたりで大輔は立ち止まった。生臭い、嫌な臭いがするのだ。不潔な便所の臭いに似ている。テントのほうに向かおうとしたとき、なにかにつまずいて倒れそうになった。石か？　ちがう。よく見ようと腰をかがめる。濃厚な異臭が顔を覆った。

「あ……あひゃあっ！」

大輔は、情けない悲鳴をあげた。それは、仰向けに倒れた女子学生だった。口と耳から血が流れ出している。鼻の穴や目から蟻《あり》が出入りしており、あきらかに死んでいる。山根教授のゼミの学生だ。後ずさりした大輔は、またしてもなにかにぶつかった。おそるおそる振り向くと、そこにもだれかが倒れている。顔を見ると横田という男子学生だ。喉がばっくりと割れて気管と骨が飛び出し、大量の血で周囲の地面がじゅくじゅくになっていた。

「あああ……あああ……」

パニックになった大輔はあたりを走りまわった。生い茂っているススキのせいで今まで気づかなかったが、大勢があちこちに倒れていた。皆、死んでいる。さっきから漂っていたのは、彼らが流した血の臭いなのだ。

(なにが……どうなったんだ……)

状況が大輔の理解を超えていた。テントのなかにも死骸が転がっていた。大輔は叫び声を上げながらテントからテントへと生存者を探し続けたが、生きているものはひとりもいなかった。もしかすると発掘にたずさわった全員が死んでいるのかもしれない。食中毒か。伝染病か。いや……横田は喉を掻き切られていた。ということは……。

「………だ……」

びくっとする。声が聞こえたような気がしたのだ。耳を澄ます。

「だ……だれか……」

呻くような声。あたりを見回す。――いた。岩陰に山根教授が仰向けになっていた。白髪が血で赤く染まっている。左胸のあたりの出血がひどい。

「先生……なにがあったんです！」

大輔が近寄ると、山根は弱々しい声で言った。

「夕ご飯を……食べ終えて、各自の……テントで……休んでたの。私も……自分のテントで……資料を……読んでた。そしたらなんだか……身体が……しびれてきた……ような気がして……そのとき外で……叫び声が……聞こえたので……出てみたら……」

山根の口から大量の血がごぶっと溢れ出た。大輔はあわててその背中をさすった。血痰《けったん》の塊のようなものを吐いたあと、山根はまたしゃべりはじめた。

「片桐って子が……口に手を……当てて……叫んでた。近寄った子が……『おまえ、なにやってんだよ』って言うと……『悪い風邪に当たってね』……と言ったの。なんだ、風邪引いただけかと言った途端……片桐が……突然、包丁を……二本持って……『みんな殺す……！』って……。声をかけた子は……いきなりお腹《なか》を……刺されたわ」

大輔は、山根のシャツをめくって左胸の傷口をあらためた。医学知識のない彼にも、それがほぼ致命傷であることがわかった。血は壊れた水道のようにきりもなく噴き出し、大輔にはとめようがなかった。応急処置の方法を学んでいなかったことが悔やまれた。

「同じように……テントから出てきた子たちが……つぎつぎ殺されていった。みんな……逃げようとしたけど……身体が……しびれてたみたい。それを片桐くんは……ものすごい速さで……追いかけて……何度も……何度も刺して……私はたまたま……この岩のところに……隠れることが……できたんだけど……」

思い出した。片桐というのは、頭にタオルを巻き、眼鏡をかけた痩せたやつだ。O文化大学だったっけ……牛の頭蓋骨をずっと見つめていた……。

「今日の……夕食の担当は……片桐くんだったの……カレーに……なにか入れたのね。手足が……動かなくて……頭が重くて……吐いてるところを……襲われた子もいた。あとは……外に出てこない子たちを……テントにひとつずつ入っていって……頭がおかしくなったのかと……思ったけど……確実に喉か心臓を狙ってるし……」

大輔の脳裏に、片桐が両手につかんだ包丁を振りかざしながら、テントに入っていく姿が浮かんだ。みんな、さぞ怖かっただろう……そう思うと泣けてきた。

「あの子……『先生……山根先生、どこですか』って……叫びながら……近づいてきた。私がいないことが……わかったのね。逃げたかったけど……身体が……動かない……とうとう……あの子はここへ来て……」

片桐は、

「先生……やと見つけ、ました。も、おし、まいですよ」

と言った。妙なイントネーションだ。粘っこい涎が大量に山根の顔に落ちてきた。

「わかってる。でも、あんた……なんでこんなことしたの。私たちになんの恨みがあるの」

「これはぼくの、意志ちが、います。ウシト、ラミ、サキが、殺せと……」

「ウシトラミサキ……？」

「そ、です、あなたた、ち、七人ミサキになる、のです」

「あ、あんた、なに言ってるの」

「おおおそ、ろしやあ……おそろ、しやああ、ウシトラミサキは……おそろし、やあああ……」

そこまで言うと、彼は右手の包丁を振り下ろした。瞬間、山根が身体をひねったので、心臓への直撃は避けられた。しかし、刃は十センチ以上、胸に突き刺さった。太い血管が切れる、ぶつぶつ……という感覚があった。

「ぼく……みさ、き教、の信者……な、の、で、す」

そう言って片桐は、ひひ……と笑ったあと、急に真顔になり、左手の包丁で山根の腹をえぐった。

「あははは……ははは……」

片桐は笑いながら二本の包丁を引き抜き、酔っ払いのような千鳥足でふらふらとどこかに行ってしまった。傷口から血がどくどくと流出していく。それとともに身体を維持する活力のようなものも急速に失せていく。身動きもできず、ただ死の訪れを待っているときに、

「あなたが……来てくれた」

「今、救急車を呼びます」

「間に……合わないわ」

「じゃあ、村のひとを呼んできます」

「お願い……ここに……いてちょうだい。死ぬとき……私を……ひとりに……しないで」

そう言われると、この場を離れるわけにはいかない。

「私の……考えでは……この遺跡は……古代の……祭祀場……だったと思う。牛を……殺して神に……捧げていたのか……それとも……牛自体を……神と……みなしていたのか……それはわからないけど……もう少し掘ったら、その証拠が……見つかる……はずなのに……なにが行われていたか……つきとめられるのに……」

「…………」

「岡山県が……ヤクザを使ってまで……この場所に……執着するのは……おかしいよね……きっとなにか……思惑が……あるはず……怖ろしい思惑が……」

そこまで言ったとき、急に山根フミは虚空を掻くような仕草をしたかと思うと、鼻と口から血をあふれさせた。さっきまでのような鮮血ではなく、どす黒く見えた。

「先生……」

声をかけたが、反応はなかった。——死んだのだ。

大輔は呆然としてその場にしゃがみこんでいた。山根の言うとおり、なにか怖ろしい思惑がこの地で進んでいることはまちがいない。しかし、それは個人で阻止できるようなものではないこともたしかだ。周辺に転がる死体の山を見て、大輔は「ぜったいに触れてはいけないなにか」に自分が首を突っ込んでしまったことを実感した。

（まだ引き返せるのか……？）

友だちと冗談を言い合ったり、アイドルのPVを見たり、試験の結果に一喜一憂したり、安い定食屋でマンガを読みながら唐揚げ定食を食べたり……そんな、なにも考えずにすんでいた平和な生活に、今なら戻れるのか。このままそっと東京に帰って、アパートで酒を飲んでこたつで一晩眠ったら、すべてがもとどおりになるかもしれない……。

大輔はすこしまえにテレビで見た、中東の戦場で暮らすひとびとのドキュメントを思い出していた。小さなこどもがふたりいる家族は、毎日、爆撃にさらされている市街地で暮らしている。母親は銃撃戦に巻き込まれ、右脚を失った。父親は、空爆の対象となっているのをわかっていながら、日々、軍需工場で働いている。こどもはもうひとりいたが、テロリストのアジトを狙った連合軍の攻撃の流れ弾に当たって死んだ。悲惨だな、とか、かわいそうだな、とは思ったが、大輔にとってその映像は遠く離れた異世界のものだった。日本は平和でよかったな、とも思った。こうしてこたつに入って、ミカンを食べながら、世界中で起きていることが見られるんだから、と。でも、そうではなかったのだ。日本も戦場だったのだ。爆撃もなく、戦車や戦闘機もなく、自爆テロもなく、家族が銃や爆弾などで武装してもいないが、いつのまにか平和は壊されており、戦争状態になっていたのだ。しかも、それは癌《がん》や肝硬変のようにじわじわと、知らないうちにそうなってしまっていたのだ……。

一時間ほどその場に呆然と佇んでいると、サイレンの音が聞こえてきた。パトカーが数台、こちらに近づいてくる。パトカーの後ろには、大型の救急車が見えた。

(だれも知らせていないはずなのに……)

大輔は反射的にパトカーと反対方向に走り、草むらに身を伏せた。降りてきた警官たちは、横たわる多くの死体に顔色ひとつ変えず、

「報告のとおりだな」

「かたづけるか」

「げっ。臭え」

などと言いながら死体の処理をはじめた。救急隊員たちも、生存者がひとりもいないことをあらかじめ知っているようで、手当てをしようとはせず、ただひたすらそれらを「もの扱い」して運搬するだけだ。大輔はゆっくりと起き上がり、彼らに見つからぬようバス停を目指した。ちょうどバスが来たので、それに乗った。運転士も乗客たちも、大輔のことを不審には思っていないようだった。発車してすぐに、客の年寄りふたりの会話が聞こえてきた。

「家出るとき臨時ニュースでやっとったが、このあたりじゃないか、ほれ、包丁二本で皆殺しにしたとか……」

「ああ、馬鹿な学生じゃろ。よう七人もひとりで殺せたもんじゃの」

「それも、全員の首を掻き落として頭を持ち去るとはのう。たいした根性しとる」

大輔は耳を疑った。彼が見つけたとき、喉を切られた被害者はいたが、頭部のないものはいなかった。いつ、だれが頭を切り落としたというのか……。

（まさか……警察……）

信じられない話だ。

「ちいと同情したいところもあろうが。なんでも、東京のT大学のもんが発掘調査のバイトに雇われとったんじゃが、手を下した学生はそいつに『岡山の田舎もんはクソじゃ。死ね』ちゅうてののしられて、いじめられて、毎日唾吐きかけられたりどつかれたり蹴られたりしたちゅうんじゃわ。とうとう恨みが爆発して、気づいたら賄い用の包丁で刺し殺しとったらしい」

「東京もんはすぐに田舎を馬鹿にするからな。ええきみじゃ」

「後悔して警察に自首したあと、全部を担当の刑事に言うてから、警察署の取調室で首を自分で切って自殺したちゅうから、覚悟もしっかりできとったちゅうことじゃな」

「首を全部切り離してしもうて、頭がごろんと机のうえに落ちたらしいわ」

「自分で自分の首落とすなんて、なかなかできんことじゃ。立派な最期じゃわ」

どうして警察は、彼の持ち物検査をしなかったのだろう。大勢刺し殺してきたと自首した男が刃物を持っていることぐらいわかるだろうに。そんなことを考えながら、大輔はバスに揺られていた。

「まあ、『悪い風』に当たったんじゃろなあ」

そう言ってふたりの年寄りは途中のバス停で下車した。大輔は以前、岡山の伝説について調べたときに知った「七人ミサキ」について考えていた。四国や中国地方に広まっている言い伝えだが、岡山の吉備地方にもある。七人で一組の亡霊がいて、出会ったものを取り殺す。殺されたものは七人ミサキの仲間になり、そのかわりひとりが成仏できる。だから、亡霊の数はつねに七人である。また、七人ミサキに出会ったことを「ミサキ風に当たった」あるいは「悪い風にふけた」と表現する地方もあるというが……。ここまで考えて、大輔はあっと思った。片桐が言った「悪い風邪に当たってね」という言葉は、

（「悪い風」だったかも……）

新見の停留所でバスを降りると、そこに絵里がいた。絵里は、信じられないという表情で大輔を見つめると、いきなり飛びついてきた。

「お、おい……」

やめろよ、と言おうとして大輔ははっとした。絵里はぼろぼろ涙を流していた。

「どうして生きてるの！」

「——え？」

「みんな死んだってニュースで言ってたもん」

「あ、そうか……」

おそらく「太郎牛村の発掘作業現場で殺人。全員死亡」みたいな報道のされかただったのだろう。絵里が、大輔も殺されたと思うのがあたりまえだ。

「生きてるなら生きてるって連絡してください。なに考えてるんですか。馬鹿じゃない？　ひとにさんざん心配させて、もう……もうっ、大輔さん！」

美波さんから大輔さんになっている。

「ごめんごめん」

大輔は絵里を少し離れたところに連れていき、一部始終を話した。聞いているうちに絵里は泣きやみ、真剣な表情になった。

「ねえ……」

「え？」

「なにが起こっているんですか」

大輔はかぶりを振った。

「これからどうしたらいいんですか」

大輔はもう一度かぶりを振ったあと、

「でも……大丈夫だ」

「ほんと？」

「ああ……たぶん」

本当は怖くてたまらなかったが、大輔は生まれてはじめて虚勢を張った。

◇

冷え冷えとした夜気のなか、丑祀島の磯に大型クルーザーが到着した。船内の明かりをすべて消し、ねっとりとした黒い波を掻き分けながら進むその黒い姿は、巨大な牛鬼のようだった。降りてきたのは文部科学大臣の鵜川陽介である。ボディガードは十人に増えていた。先頭を歩いているのはネズミのような顔をした秘書だ。重そうなアタッシュケースを下げている。待っていた三台の車に分乗すると、彼らはみさき教の本部へと向かった。

「いよいよ今夜ですな」

秘書の言葉に鵜川はうなずくと、

「東京に戻ったら忙しくなる。いよいよ私の時代が来るのだ」

「よい託宣が出ることを祈っております」

「そんなことより、大丈夫だろうな。このまえ参拝に来たときは馬鹿な新聞記者どもに掻きまわされたが、今回はいちばん大事なご神託の日だ。心静かにことを運びたいものだ」

「ご心配なく。あのあとすぐ、みさき教の敷地のまわりに有刺鉄線を張ってもらいました。また、要所要所にうちの事務所のものを十人ほど見張りに立たせ、侵入者を発見したらただちに取り押さえる手はずになっておりますが、今のところそういう報告は来ておりません」

彼らは「一言主神宮」に参ったあと、通称「親亀」と呼ばれる建物へと入っていった。

その様子を二十メートルほど離れたところにある有刺鉄線の手前から見つめている四つの目があった。宇多野礼子と村口毅郎である。村口は、上司の指示を無視してみさき教のことを調べていることが露見し、とうとう休職扱いになってしまった。それをいいことに丑祀島くんだりまでやってきたのだ。ふたりとも迷彩服を着、高性能の夜間用双眼鏡を手にしている。かたわらには見張りのひとりが転がっている。口に猿ぐつわをかまし、手足を縛ってある。もがいているが、もがけばもがくほど手足を縛ったロープが食い込むことになる。刑事である村口にとっては、朝飯前のことだった。

「入っていったわよ」

まだ顔の痣《あざ》が消えていない礼子が言った。

「今からあの建物のなかで祈禱《きとう》かなにかが行われるのか」

「でしょうね」

「秘書が持ってるあのケースに祀典料が入ってるんだろうな。俺が見たパンフレットには三千五百万と書いてあったが……」

「あの秘書が昨日、四ツ橋銀行の鵜川の個人口座から四千万円を引き出したことを確認してあるわ」

「どうやって調べたんだ」

「四ツ橋銀行に知り合いがいるの。内緒で教えてもらった」

「三千五百万払ってまで頼みたい祈禱ってなんだろうな。総理大臣になれるようにお祈りしてくれってのか」

「そんなんじゃないと思うけど……」

「じゃあ、なんだ」

「さあ……」

礼子はしばらく考えていたがもちろん結論は出ない。

「あのね、このまえ中田貫太郎先生が亡くなったでしょう？」

中田は、礼子がみさき教に関して取材を申し入れたなかで唯一ＯＫを出した元政治家だ。礼子が屋敷《やしき》に到着する直前、睡眠薬の誤飲で倒れ、昏睡状態が続いていたのだが、ついに死去したのだ。

「先生から手紙が来たのよ。倒れるまえに元秘書の方に指示していたらしいわ。私にもしなにかあったらこのメモを宇多野という記者に渡してくれ、ってね。そのすぐあとに先生が倒れたんで、元秘書は怖くなってメモをそのままにしていたんだけど、とうとう亡くなったので送る決心がついたんだって」

「なんて書いてあったんだ」

「GHQ」

「——え？」

「それだけ。手帳に走り書きで……」

「なんのことだ」

「さあ……」

ふたりはまたしばらく沈黙した。ふたたび口を開いたのはまた礼子だった。

「でもね、あれから東京でひたすら調べてたんだけど、みさき教って私たちが知らないだけで歴代の政界のトップはみんな知っていたみたいなの」

「政界のトップ？」

「総理もしくは総理メーカーと呼ばれるようなひとたち。みさき教の信者でなくても、その存在は認識してるようね。伊藤博文《いとうひろぶみ》や大隈重信《おおくましげのぶ》の日記にも、伏せ字にしてあるけど明らかにみさき教のことだと思われる記述があるわ。西園寺《さいおんじ》公望《きんもち》や原敬《はらたかし》、吉田《よしだ》茂《しげる》、田中角英《たなかかくえい》の言行録にも『岡山の離島に行く』と書かれているし、あと、鈴木善功や中曾根安弘《なかそねやすひろ》の伝記にも『例の牛の教団』について触れた部分がある」

「ええっ」

「あと、PKO法案の採決で野党が牛歩戦術を使ったとき、自綸党の議員が『牛歩だなんてみさき教でもあるまいし』って野次を飛ばしたらしいんだけど、そのひと、すぐに議員辞職させられたわ。もちろんその野次はなかったことになった……」

「うーん……マジか」

「江戸時代に紀州家に仕えていた家老の小笠原《おがさわら》なにがしというひとの手控えによると、徳川吉宗が紀州にいたころ、牛を祀る宗教の熱心な信者だったと書いてあるわ」

「吉宗というと、暴れん坊将軍だな」

「何度弾圧されても、権力を握りたいという心が人間にあるかぎり、完全には消滅しない。そのたびに地下に隠れて、権力者たちにひそかに庇護《ひご》されながら継続していたのね」

「そんなに広まってるのにどうして俺たちは今まで知らなかったんだ」

「巧妙に隠蔽《いんぺい》されているのよ。新聞や雑誌、書籍なんかは検閲があって、全部、削除されている。テレビやラジオも同じだわ」

「つまり、マスコミのトップも知っていたということだな」

礼子はうなずき、

「それと、警察のトップもね」

村口は、奈良県警の上司のことを思い出した。彼はなにも知るまい。ただ、警察庁の上層部から順番に圧力がかかってきたのだろう。

「でも、インターネットがだんだん普及してきたから、いくら隠そうとしてもどうしても水漏れが出てくる。ぜったいにみさき教の正体を暴いてやるわ」

「礼子はひどい目に遭わされたからな」

「そうよ。あいつらぎったぎたにしてやらないと収まらない。でも……それだけじゃないわ。知ってしまった以上、それを伝えるのが記者の仕事だからよ」

「だな。俺も刑事として……」

「あっ、出てきたわ！」

　ふたりは双眼鏡を建物の出入り口に向けた。両脇からボディガードに支えられて、鵜川がよろめきながら現れた。表に出るなり、彼はその場にしゃがみ込んだ。

「どうしたんだろう。よほど身体にこたえる儀式を行ったのかな」

　村口が言ったとき、すでに礼子は走り出していた。

「お、おい！　危ないって。勝手なことするなよ！」

　しかし、礼子は一直線に鵜川たちのところを目指して駆けていく。

「ちっ、しかたねえな……」

村口は、ちらと手足を縛られた男を見たあと、礼子を追ってダッシュした。

「鵜川さん……鵜川先生！」

礼子が鵜川のまえに立つと、秘書がまくしたてた。

「またおまえか。懲りないやつだな。今度も痛い目に遭いたいのか」

礼子は秘書を無視してＩＣレコーダーを鵜川に突きつけ、

「鵜川さん、みさき教とのご関係について今日こそ答えていただきたいのですが……」

鵜川は蒼白な顔を礼子に向けた。その目はうつろだった。

「ああ……おまえか」

「はい、元朝経新聞の宇多野礼子です」

「熱心だな。よくやるよ」

鵜川の声には力がなかった。秘書がボディガードに、

「こいつを痛めつけろ。怪我をさせてもかまわん」

ようやく追いついた村口が、ボディガードたちと真っ向から向き合う形になったが、鵜川はかぶりを振り、

「もういい。もういいんだ。なにもかも終わったよ」

秘書が唾を飛ばしながら、

「でも先生、あんなご神託なんてあてになりませんよ。私は先生を信じてどこまでも……」

「うるさい！」

鵜川は秘書の顔面を殴りつけた。ネズミ顔の秘書は鼻をおさえてうずくまった。

「おためごかしを言うな！　これまでみさき教の神託が外れたことがあるのか！」

鵜川は秘書の腹を革靴の尖《とが》った先でなんども蹴り上げた。

「ひいっ、せ、先生、やめて……ひいいっ」

ボディガードが鵜川の肩に手をかけて、

「先生、おやめください」

その手を振りほどき、鵜川は秘書を仰向けに寝かせると、体重をかけてその腹を踏みにじった。秘書は口から血を吐いている。

「先生、いいかげんにしないと死にますよ」

ボディガードが蒼白な顔で言うと、鵜川は秘書の顔面に唾を吐きかけ、

「死んでもかまわん。どうせ私はもうおしまいだ。――あああ、池谷さんのことを教えてほしかったのに……くそっ！」

礼子も、唖然《あぜん》として鵜川の凶行を見つめていたが、我に返ってカメラを構え、倒れた秘書に向けてシャッターを切った。ボディガードはカメラを取り上げようとした

が、

「ほっとけ。──行くぞ」

鵜川は酔っ払っているような足取りで、車のほうに歩き出した。

「いいんですか。あの記者、今のことを報道しますよ」

「かまわん」

ボディガードたちは首をかしげながらも鵜川を守るようにその前後左右についた。

「もういいんだ。私のまわりを囲むな」

「え……？　どうしてです」

「どうしてもだ」

鵜川は地面に何度も唾を吐き、しまいには嘔吐しはじめた。

「先生……」

背中をさすろうとするのを、

「いらん！　私にかまうな！」

怒鳴りつけると、鵜川は車に乗り込んだ。ボディガードのひとりが、倒れたままの秘書を立たせると助手席に押し込み、あわただしく去っていった。礼子と村口は顔を見合わせた。

そして翌々日の夕方、鵜川陽介に関するショッキングな臨時ニュースが流れたのだ。

◇

新聞やテレビなどは一斉に、文部科学大臣で自綸党総裁候補の鵜川陽介が、妻を殴って全治三ヵ月の大怪我を負わせたと報じた。

家政婦の通報で警察が駆けつけたが、応対した秘書が「ただの夫婦喧嘩」と追い返したという。鵜川陽介は、若くして入閣を果たし自綸党幹部としての活躍が期待されており、次期総裁の呼び声も高かった。答弁などで野党に追い込まれてもクールな姿勢を崩さないことで知られ、芝野首相が任期中に死去したあと、総裁最有力候補と考えられていた阿藤茂一にスキャンダルが発覚したことで、にわかに総裁候補として取り沙汰されるようになった。ライバルの池谷芳蔵が高齢であり、病気がちであることから、鵜川は「総理大臣の椅子にもっとも近い男」としてクローズアップされた矢先だった。

当時、鵜川はかなり酒に酔っていたらしい。家族の話では、以前はほとんど飲まなかったのに、二日まえに岡山から帰ってきたあと泥酔するようになったという。家庭では穏やかで、政治や仕事の話をすることはなく、優しい夫であり父であり、暴言を吐いたり、家族に手をあげたりすることは一度もなかったそうだ。鵜川の妻は、夫を

ＤＶで訴えることも検討しているという。

そのニュースを、大輔は新見駅前にあるビジネスホテルの一室で、絵里とともに見ていた。

「どうして急に人格が変わっちゃったのかな」

ベッドに寝転がった絵里が言った。

「うーん……」

答えようがない。しかし、大輔はあることを考えていた。

「なに考えてるんです？」

絵里に言われて、

「わかる？」

「わかりますよ。だって、眉間に皺が寄ってる」

大輔はあわてて鏡を見たが、皺など寄っていない。

「それまで穏やかで、しっかりしていた政治家が、突然暴力を振るうようになったわけだろ。――雄略天皇と逆さまだな、と思ってさ」

「ユウリャクテンノウってなんですか？」

「倭の五王のひとりだよ。日本史で習っただろ」

「私の日本史の知識のなさ、なめないでくださいね」

「まあ、ぼくも詳しくは知らなかったけどさ……」

言いながら大輔は、高原教授の言葉を思い出していた。雄略天皇は葛城山で一言主と出会ったことでそれまでの暴虐ぶりが影をひそめ、国内を平定して大和朝廷の勢力を広げ、外交にも手腕を発揮するようになった。

「一言主は、雄略天皇になにを一言で言い放ったのか考えてみろ」

高原は大輔にそう言ったのだ。

「雄略天皇は、宋書倭国伝などに載っている『倭の五王』のうちの武王のことだと言われている。五世紀ごろの大王《おおきみ》でね……」

大輔は、高原教授に指摘を受けてから大急ぎで仕入れた知識を披露した。雄略天皇は、允恭天皇の子である。兄の安康天皇が父のあとを継いで天皇となったが、眉輪《まゆわの》王《おおきみ》が安康天皇を殺害した。だれが安康天皇を殺したのかがわからなかった雄略はほかの兄たちに疑いの目を向けた。甲冑《かっちゅう》を身に着け、刀を帯《は》き、みずから軍勢を率いて、まず八釣白彦《やつりのしろひこ》という兄の屋敷に向かい、彼を問いただした。白彦は黙り込んでしまったので、雄略は彼をただちに斬り殺した。つぎに坂合黒彦《さかいのくろひこ》という兄を詰問すると、彼もなにも答えぬまま、眉輪王とともに葛城氏に属する円大臣《つぶらのおおきみ》のところに逃げ込んだ。葛城円大臣が娘や土地を差し出して謝罪したにもかかわらず、雄略は円大臣の屋敷に火を放ち、黒彦、眉輪王、円大臣らを殺してしまう。つづいて従兄弟の市辺《いちのへの》押磐《おしは》を狩りに誘い、だまし討ちにして殺し、もうひとりの従兄弟市辺御馬《みま》をも無実の罪で捕えて死刑にしてしまう。

こうしてライバルをことごとく殺害することで雄略は天皇の地位に着くことができたのである。彼が殺したのは、眉輪王以外は皆、葛城氏に属するものたちだった。雄略王朝が成立することで、葛城氏は滅びたのである。

即位後も雄略の暴虐は収まらなかった。葛城山に登ったとき、巨大な猪《いのしし》が現れた。雄略は猛《たけ》り狂《くる》ったその猪を踏み殺したが、怯えた舎人が木に登って逃れたのに怒り、その舎人を斬り殺した。その様子を見た后《きさき》が、

「陛下はまるで狼《おおかみ》と同じですね」

と嘆いたという。また、雄略が飼わせていた鳥を宇陀《うだ》郡のひとの犬が食い殺したのを怒り、その地方のひとたちの顔に入れ墨を入れたので、「悪行之主《きみ》」と呼ばれたという。ほかにも、あまりにひとを処刑したり、みずから斬り殺したりすることが続いたので、のちに「大悪天皇」というあだ名がついた。まさに残忍で容赦のない大王だったのである。

「でもね、葛城山で一言主と出会った雄略は、相手が神であると聞いて衣服を脱ぎ、武器を捨てて伏し拝んだ。神は雄略を川のところまで送り届けた。そのことを聞いたひとびとは口々に『有徳天皇』と雄略を讃《たた》えたそうだ」

「大悪天皇と有徳天皇……ひとが変わったみたいですね」

「だろ？　雄略は大臣《おおおみ》・大連《おおむらじ》制を定め、人材を登用したり、宋との積極的な外交を行って海外でも賞賛されるような成果をあげたし、百済《くだら》と連合して新羅《しらぎ》に攻め入ったり、機織りの技術を輸入したり、養蚕業を興したり、吉備氏の反乱を鎮圧したりと、すごい業績を残したひとでもあるんだ。ぼくは、雄略が変わったのは、葛城山で一言主と会って、なにかを一言言われたことがきっかけだと思う」

「なにを言われたんですか？」

「それが知りたいのさ」

「その話と今度のこと、関係あるんでしょうか」

「それも知りたいのさ」

絵里は大きなあくびをして、寝返りを打った。長い脚が白く光り、大輔は目を逸らした。

「ねえ、一言主って神さま、件みたいなもんですね」

「どうして？」

「だって、一言でなにかを言うんでしょ。件も、生まれてすぐに予言をして死ぬ。一言しか言わないのと同じじゃないですか」

「さあ、それは……」

わからない、と言いかけた瞬間、大輔は思わず、

「あーっ！」

と叫んだ。

（一言主は件みたいなもの……一言主は件！）

これまでばらばらに思えていたことが、その瞬間、頭のなかでシナプスのようにつながっていった。

「どうしたの？」

「そ、そうか……。件は、生まれてすぐに予言をして死ぬ。つまり、一言で言い放つ。一言主もきっと……なにかを予言するんだ。一言主は鬼の頭領だ。鬼は、頭に牛の角が生えている。艮の方位は鬼門だ。ということは……件も一言主も鬼の仲間なんだ」

大輔は立ち上がり、

「やっとわかった！　一言主と件は同じものだ。どちらも鬼……牛の顔をした鬼、牛鬼だ」

そこまで言ったとき、彼は奈良の一言主神社の境内にあった土蜘蛛塚のことを思い出した。

「牛鬼は、蜘蛛の身体に牛のような、鬼のような頭部がある。土蜘蛛も巨大な蜘蛛の

妖怪だ。もしかしたら、一言主神社に埋められていたのは牛鬼……件だったのかも。いや、それは一言主そのものだったのかもしれない」

興奮してしゃべりまくる大輔を、絵里は面白そうに見つめている。

「そうだそうだ。一言主イコール件イコール鬼なんだ。だからきっと、一言主が一言で言い放ったのは『予言』なんだ。善きことも悪《あ》しきことも一言で言い放つ、というのは予言にはいい予言も悪い予言もあるからだ。退治された温羅が、鳴釜神事のときに牛が吠えるような声で予言をする、というのは、その印象が残っているからだ。雄略天皇は奈良の葛城氏を滅ぼし、岡山の吉備氏の反乱を抑え込んだ。奈良と岡山はつながっているんだ……」

大輔は身体が熱くなるのを感じた。彼は絵里の手を握り、上下に激しく振った。

「きみのおかげだ。一言主と件のことがだんだんわかってきたぞ」

「痛いってば！」

絵里は大輔の手を振りほどいたが、その顔はうれしそうだった。

「ここを出よう」

「——え？　急にどうしたんですか？」

「行動するんだ」

「危険です」

「うまくやるさ。こちらから積極的に仕掛けないと……こっちの負けになる。やられるまえに先手を打つんだ」

大輔は決然として言った。これまで誰にも解けなかった謎を解いたことで、少しだけ自信が湧いてきたのだ。

「どうやって……？」

「乗り込んで、証拠をつかむのさ」

◇

大輔と絵里は、岡山駅からバスに乗り、岡山県庁ビルに向かった。浦賀牧場にいたふたりの畜産振興課職員のうちのひとりは「吉峰」と呼ばれていた。調べてみると、吉峰は「岡山県農林水産部畜産振興課」の「Tプロジェクト推進委員会」という部署のメンバーであることがわかった。このセクションに侵入することができれば、この一連のできごとに彼らが関わっていることの動かぬ証拠が見つけられるのではないか……そう思ったのだ。証拠とまではいかなくても「なにが行われようとしているのか」についてのヒントが得られるかもしれない。敵地に乗り込むのだから当然危険はつきまとうが、逃げ隠れしているばかりではいつかは見つかって殺される。それなら

ば……と大輔は決心したのだ。絵里も、

「私もホテルでじーっと息を殺してるのはあきあき。一丁派手にぶちかましますか！」

そう言ってクロスボウを持ち出そうとしたので大輔はあわててとめた。岡山県庁ビルにクロスボウを持って入ったら、テロと思われてただちに逮捕されるだろう。

「こっそり行くんだよ」

「なんだ、つまんないっす先生」

「だれが先生だ」

夜間に忍び込むことも検討したのだが、かえってセキュリティが厳しいだろうから、昼間、一般来庁者にまぎれて入るほうがいいということになったのだ。畜産振興課は七階と八階にあり、「Tプロジェクト推進室」は八階のどこかにあるようだ。帽子を目深にかぶったふたりは、正面玄関から入館すると、周囲に目を配りながらまっすぐ奥へと進んだ。受付も警備員も、なにもとがめない。もっとものものしい警戒を覚悟していた大輔は拍子抜けしたが、考えてみれば、この建物には終日、ごく普通の県民が出入りしているのだ。所持品検査や身分証明書の提示などもまったくない。監視カメラがあるぐらいだろう。

納品業者が印刷物を高く積み上げた台車を押している。その陰に隠れるようにして業務用エレベーターに乗り込み、八階で降りた。クリアファイルを持った女性と廊下ですれちがったが、向こうはこちらを見ようともしなかった。

畜産振興課はすぐに見つかった。三つの部屋が連結されているらしく、そのうちふたつは明かりがついていた。明かりを消してある部屋のドアの上部にはパネルが掲げられているが、白紙をテープで貼って室名を隠してある。大輔たちはなかの様子をうかがった。ひとの気配はないようだ。思い切って、そっとドアを開ける。中央にデスクが八台並んでいて、その周囲の壁には書類保管用のキャビネットがある。大輔の合図で、絵里はデスクの引き出しを調べはじめた。大輔はキャビネットをひとつずつチェックする。音を立てないよう、慎重に……。

「なにも入ってませんよ」

絵里が言った。八台のデスクの引き出しはどれも空だった。よく見ると、デスクにはパソコンはおろか筆記用具すら置かれていないのだ。

「こっちも同じだ」

大輔も言った。キャビネットに入っているのは埃ぐらいのものだった。

「ふだんは使っていない部屋なんでしょうか」

絵里がそう言ったとき、

「そこでなにをしている」

ふたりの身体は硬直した。隣の部屋と仕切るパーテーションの一部が開いて、小太りの男が顔を出していた。

「えっと……なにをしているのか、と言われると、その……吉峰さんていうかたがいらっしゃらないかと思って……。あの、すいません」

「謝らんでもええ。吉峰くんの知り合いかの?」

男は六十歳ぐらいに見えた。薄くなった髪を撫でつけている。小太りで頬が赤く、福耳で、柔和そうな顔立ちだ。眉毛が短く、ちょび髭が生えていて、どことなく「えべっさん」を思わせる。

「知り合いっていうほどでもないんですけど、ちょっと用事があって……。今いらっしゃいませんか」

「申し訳ないけど、おらんよ」

「吉峰になんの用じゃ。よかったらわしが伝言を聞いて……」

いると困るのだ。

「大輔さん、逃げましょう!」

そう叫ぶと、絵里がはじかれたように出口に向かって突進した。だが、リュックの端が引っかかって、仰向けに転倒した。後頭部を打ったらしく、

「うーん……」

と唸ったまま起き上がらない。

「こりゃいかんわい」

男は、絵里の頭部に怪我などがないか調べると、クッションで頭をやや高くし、その場に寝かせた。隣室から冷却シートを持ってくると、絵里の額に貼った。ものの一分もしないうちに絵里は元気になり、みずから身体を起こした。

「大丈夫かい？」

大輔が言うと、

「ちょっとふらっとしただけ。なんともないです」

「吐き気や頭痛、手足のしびれなんぞはねえか」

男の問いに絵里はかぶりを振った。男はホッとした顔つきで、

「そりゃあよかった。脳震盪《のうしんとう》の軽いやつじゃな。医務室にベッドがあるけえ、そこで寝とりゃあええ……」

そこまで言ったとき、絵里がリュックから手のひらサイズの小型クロスボウを取り出した。大輔は「やめろ」と言おうとしたのだが遅かった。絵里は小太りの男にすると近づき、おもちゃのようなそのクロスボウを突きつけた。

「な、なにをする！」

仕方ない。大輔もその男に飛びかかり、両腕を押さえた。

「おい、なんの真似じゃ。きみたちまさか強盗かの。ここには金なんかねえ。まあ、県庁に強盗に入る馬鹿もおらんとは思うが……」

「しゃべらないで、ジジイ」

絵里がクロスボウの先端で喉をつついた。

「ジジイって、わしゃまだ六十五じゃ。失敬じゃのう」

大輔が、

「岡山県畜産振興課とみさき教の関係についての資料があるはずです。それを渡してください」

そう言うと、

「みさき教？　なんのことじゃ」

「とぼけないでください。畜産振興課が新しい肉牛の開発と称して怪しい計画を推進しているでしょう」

「ああ、あのことか。それなら、ある」

「え……？　ある？」

「こっちに来てくれ」

男は隣室にふたりをいざなった。広い部屋だったが、男のほかにはだれもいなかった。

「これのことじゃろ？」

男はキャビネットから取り出した分厚いファイルを大輔のまえに置いた。表紙には「太郎牛復元プロジェクト」とあった。

「見てもいいんですか？」

「ええじゃろ。まだ記者発表前じゃが、だいたい決まっとるし、隠すようなことでもないからのう」

大輔がファイルを繰ると、そこには「太郎牛」の復元計画とその方法、太郎牛の価値（希少性と食材としての美味さなど）、太郎牛ブランドをどう確立するか、今後の商品戦略的展開（「道の駅」の活用、大阪、東京へのアンテナショップ出店等）、安定供給のための生産計画と畜産農家への説明、マスコミ対応……といった「太郎牛」を岡山県の主力商品としてこれからどのように世界的にアピールしていくかが、克明に記されていた。「太郎牛」が日本最古の牛であることの科学的実証、それをどうやって復元するか、はたして太郎牛は美味なのか、美味だとしたらなぜ美味なのか、商品として安定供給が可能なのか、ほかのブランド牛との相違点、経費はいくらぐらいかかるか、適正価格はいくらなのか……膨大な具体的検証が行われ、その結果がデータとしてきちんとまとめられていた。

「これは……ちがう」

大輔は呆然として言った。

「これは、太郎牛を復元してブランド牛として売り出すという計画の資料です」

「わしら畜産振興課が手掛けている肉牛開発というのは、それのことじゃ。ほかにはない」

「そんなはずない！」

大輔は思わず大声を出した。

「はん？　どういうことじゃ」

「岡山県は、表向きは古代牛を復活させるとか言ってるけど、本当は浦賀牧場と組んで件を作り出そうとしているんです」

「件？　あの、予言獣の件のことか？」

「そうだ」

男は笑い出した。まるで、えべっさんが笑っているようだ。

「あーははは……はっはっはっ……うははは」

「なにがおかしいんですか」

「そりゃおかしいわい。きみたちも、わしがカッパを見た、ちゅうたら笑うじゃろ」

「そりゃまあ……」

「きみたち、真面目に言うとるのか。件なんて、そんなものおるわけなかろう。近頃妖怪だのオカルトだのが流行っておると聞いているが、きみたちもそういうマニアかのう。絵空事と現実をいっしょくたにしちゃいかんよ」

大輔と絵里は顔を見合わせたが、

「大輔さん、だまされちゃダメです」

「そ、そうだな。──ぼくは、ふたりの畜産振興課の職員が浦賀牧場での件の誕生に立ち会っているのを目撃しました。ひとりは吉峰という名前です。そのふたりは、今も浦賀牧場に詰めています。このまえ、ブランド牛の開発に反対する団体を県警公安課を使って暴力的に追い払っていましたよ」

「はあはあ、吉峰と島田《しまだ》じゃな。そのふたりは浦賀牧場担当だから、おるのは当然じゃや。あのグリーンチャンネルも困ったもんでな、あいつらのせいで計画にいろいろ遅れが出てきている。吉峰たちが多少権柄ずくになるのも無理はないんじゃ」

「太郎牛村の発掘現場にヤクザを連れてきて、リゾート開発を名目に発掘をやめさせようとしていたのも畜産振興課の御坊というひとでした。どうして畜産振興課がリゾート開発を推進するんです。おかしいじゃないですか」

「ああ、あのことか……」

男は沈んだ顔つきになり、

「それについても、このファイルに書いてあるが、太郎牛を使ったグルメメニューは、岡山県が計画しているリゾート開発の一環でもある。もちろん畜産振興課だけではとても手に余ることだから各セクションが共同で実施することになっている。それが『Tプロジェクト』なんじゃ。県庁だけでなく、県警や教育委員会、県内に本社のある企業などとも連携して行う大事業ゆえかならず成功させねばならん。――しかし、鬼ノ産屋遺跡であんな凶事が起ころうとは思わなかった。残念だが、あの場所でのリゾート開発は断念せざるをえんじゃろうな」

大輔は「ぼくもあのときあそこにいたんです！」という言葉を必死に飲み込み、

「御坊が連れていた桃実組というヤクザはどうなんです」

「ほほ……いろいろ詳しいのう」

男は頭を掻き、

「ヤクザか……。正直言って知らん。御坊は、リゾート開発会議に畜産振興課から参加している男じゃが、ヤクザを使って発掘をやめさせるというのはよろしくないな。わしが今後一切そういうことはやらせぬと約束しよう」

大輔はとまどった。この男を信用していいのだろうか……。

「あの……『Tプロジェクト』についてよくご存知なんですね」

「当たり前じゃろがい。わしが責任者なんじゃから……」

恵比寿顔《えびすがお》の男は、そう言って名刺を出した。そこには、「岡山県農林水産部畜産振興課　Tプロジェクト推進委員会担当部長待遇　浅田権司《あさだごんじ》」とあった。

「わしは長年、牛の飼料とクローン技術について研究しておる。Tプロジェクトは久《く》米《め》郡美咲町《みさきちよう》にある新施設に移転した。そこの部屋のデスクにもキャビネットにもなんにも残っとらんよ」

「だから空だったのか……。あなたはどうしてここにいるんです」

「わしは、おのれの研究が片付いていないので、それが終わるまで残っておるだけじゃ。こう見えて、わしは牛の飼料については国内の第一人者じゃからな、太郎牛の飼料もわしが責任を負うておる」

男は真面目な顔になり、

「きみたち、太郎牛のプロジェクトについて、わしの知らんことをいろいろ知っておるようじゃな。責任者として、聞いておきたい。話してもらえんか」

大輔と絵里はふたたび顔を見合わせた。大輔は、

「わかりました。あなたを信用してお話しします」

絵里があわてて、

「やめましょうよ。なにを根拠に信用できるって思うんです？　今会ったばかりですよ」

「だれもかれも疑ってばかりじゃものごとは進展しないし、ひとりでも味方を増やさ

ないと……」

「でも……ヤバいです。もし、このひとが敵だったら……」

浅田は真摯な表情で絵里と向き合い、

「お嬢さん、わしはこの太郎牛復活のプロジェクトに人生をかけておる。これはただのブランド牛開発ではないぞ。日本最古の肉牛を復元するという、科学的にも大きな意義のある研究なのじゃ。あと少しで太郎牛専用の飼料が完成する。そうなったら太郎牛の大量飼育は軌道に乗るじゃろう。そんなプロジェクトの最高責任者であるわしが、プロジェクトを阻害するようなファクターを容認するわけがなかろう。そんなことをしたら、わし自身が損害を受けるのじゃからな」

絵里は押し黙った。

「しかも、牛は妊娠してから出産するまで普通は二百八十日ほどかかるが、この飼料を食わせると妊娠期間はなんとたった二ヵ月ほどに短縮できる。まさに夢の技術じゃ」

「二ヵ月……」

牧場の娘である絵里には、それがいかにすごいことかよくわかった。

「わしがいちばん恐れとるのはプロジェクトの中止じゃ。ヤクザや利権がからんでおる、とか、そんなくだらぬことで太郎牛計画がポシャッてしもうたら目も当てられぬ。こういうことは公明正大に行わねばならんのじゃ」

大輔は意を決して、これまでのことをかいつまんで浅田に話した。もちろん各人のプライベートなことや各事件の詳細な内容については伏せたうえで、大輔の意見はなるべく加えず、ただ事実のみを伝えた。

「ふーむ……まことかねえ」

浅田は腕組みをして嘆息し、

「わしの部下たちのうちで不心得者がおる、というぐらいならば叱責して改めさせればすむ。それでもダメなら他部署に異動してもらう。だが……あんたの言うとることが本当ならば……」

「本当です」

「本当なんです」

大輔と絵里は同時に言った。

「ならば、その程度の対処では解決できんぐらい根は深い、ということになるな。岡山県とそのなんとかいう教団……」

「みさき教です」

「そのみさき教が裏で癒着しているとしたら、わしひとりの手にはおえん」

「ですが、なんとかしなければ……」

「うーむ……正直、わしとしては今は半信半疑じゃ。個人的にいろいろ調べて、もしもあんたたちの言い分が正しいという裏が取れたらそのときは動くことを約束しよう」

「どう動いてくださるのでしょうか」

「わしは今、岡山県の一職員にすぎん。ひとりでなにかを言うても握りつぶされる。たとえば県議会でこのTプロジェクトに関する疑念をどこかの政党が、証拠をそろえて質問すれば、県としても放置はできまい……」

「それはつまり、浅田さんがその証拠を集めてくださるということでしょうか」

浅田はそれには答えず、

「それよりも、さっき言うていた『赤い物質』のことが気になる。それを牛の飼料に混ぜていた、というのじゃろう。飼料のことならわしの専門じゃ。ちょっと見せてみい」

大輔は、ガラス瓶を取り出し、浅田に手渡した。

「もとはゼリーみたいな感じだったらしいんですが……」

浅田は粉末状のそれをごく少量スライドガラスに載せると、スポイトで水を注いだ。そして、しばらく顕微鏡をのぞいていたが、やがて顔をふたりに向け、

「これは……菌類じゃな」

「キンルイ？」

「平たく言えば、茸《きのこ》のことじゃ。詳しく調べてみなければわからんが、よう知られておる種類ではないようじゃな……」

浅田はそう言った。

県庁を出た大輔に絵里が、

「これからどうします？」

「電話する」

大輔は携帯を耳に当てた。

◇

「鵜川はもうダメだな」

「そうでしょうか。周囲は事件を揉み消すのにやっきです。説得が功を奏して奥さんは訴えを取り下げたそうですし、事務所はマスコミに対しても仲の良い家族をアピールしています。その工作がうまくいけばこのまま総裁になるんじゃないですか？　政治家生命は終わらんでしょう」

「そういう意味ではない。私が言ってるのは、やつの人間としての生命のことだ」

「は……？　鵜川が病気だと？」

「それは知らん。だが、彼は近い将来、死ぬ」

「どうしてわかるのです」

「岡山から帰ってきたあとに問題を起こしたのだろう？　鵜川は、みさ……あ、いや、なんでもない」

「なにか自暴自棄になるようなことが岡山であったんですかね」

「とにかく総裁の可能性はゼロパーセントだ」

「死ぬからですか？　でも、亡くなるとしたら池谷のほうじゃないですか？　高齢だし病気がちだし……」

「人間は老少不定。なにが原因で死ぬかはわからんものだ。まあ、見ていなさい」

かつて総裁候補だった官房長官の阿藤は自信ありげにそう言った。

◇

鵜川は、事務所が懸命に取り繕うなか、ふたたび事件を起こした。党の幹部が集まった宴席で泥酔し、自綸党副総裁を殴ったのだ。もうどうしようもない。それをきっかけに、鵜川の支持者たちは急速に彼から離れていった。その後は酒浸りになって、

「死にたくない。死ぬのが怖い」

と言い続け、ときには、

「なにが神託だ。俺はぜったいに死なんぞ、くそったれ」

と拳で壁を殴りつけながら、自宅の部屋から一歩も外に出なかった鵜川だが、数日後、ベッドのうえで死んでいるのを発見された。枕もとに大量の睡眠薬がぶちまけられており、睡眠薬の多量服用による自殺かと思われたが、検死の結果、意外な事実が判明した。死因は大動脈瘤の破裂だったのだ。生まれつき頑強で風邪ひとつ引いたことがないのが自慢なうえ、極端な医師嫌い・病院嫌いで、多忙を理由に近年健康診断をスルーし続けていたのがよくなかったようだ。

家族の証言によると、酔っ払った状態で朝から晩までどこかに電話をしていたという。

「俺は死なない。そう言ってくれ。——なあ、助けてくれよ。死にたくないんだ。金ならいくらでも出す。総理大臣の椅子が目のまえにあるんだ。——それはわかってる。でも、それだけの力があるなら、俺の命を……なあ……なあ……なあ……」

そんな言葉を繰り返しながら、しまいには怒り出し、

「もういい。ぼったくりのエセ神め。おまえのところに何億注《つ》ぎ込《こ》んだと思ってるんだ。てめえのところなんざ潰れちまえ」

そう怒鳴って電話を切るのが常だったという。死ぬ前日の夜には、

「全部暴露してやる。貴様らのやり口をな。とめても無駄だ。もう週刊誌には取材に来るように電話してある」

などと言っていたらしい。実際、あと数時間で雑誌記者が取材に訪れることになっていた矢先の出来事だったようだ。

「いやあ、驚きました。本当に死にましたね」

「言ったとおりだろう」

「関係者のなかには、鵜川さんは睡眠薬が身体に合わず、ぜったいに飲まなかった、だれかにむりやり飲まされたんじゃないか、と他殺の可能性を警察に進言したものもいるそうですが」

「うやむやになっただろう」

「はい。家族が、自殺だと断言していますから。――これで次期総裁は池谷さんに決まりでしょう」

「だろうな」

「阿藤先生は予言者ですよ。ノストラダムスですよ。たいしたもんだ」

「私は予言者でもなんでもないよ。ただ、本物の予言をするものがいて、鵜川はそれに頼ることで総裁候補になり、それに頼ることで自滅したんだ」

「よくわかりませんが……」

「わからなくてもよい。いや、わかってはいかん。これはな……この国を動かす一部の人間が知っていればよいことなのだ。鵜川のようにそれを利用しようとするものもいる。無視しようとするものも、封じ込めようとするものもいる。私はどうも、ああいうものは性に合わないんで近づかなかったがね」

「ああいうもの……とはどういうものです」

「この国の闇だ。——いずれにしても、おまえたちが知る必要のないことだな。忘れなさい。いいかね、忘れるんだ」

「はい……」

◇

奈良県警の上司から、

「ぜったい勝手な行動を取るな」

と命じられたにもかかわらず、村口は休暇を利用し、みさき教について単独捜査を行っていた。それが上司にバレたらしい。上司は懇願に近い口調で、

「おまえは当分休め。休職扱いにしといてやる。家でゲームかプラモ作りでもしてろ。ぜったいに動くんじゃないぞ。これはおまえのためだが……俺のためでもあるん

だ。頼む」

もちろん聞く耳は持たない。村口毅郎は、東京でみさき教の尻尾を追いかけることにした。警察手帳も拳銃も使えないが気兼ねなく動ける。しかし、神社や宗教関係の資料を保管してある図書館や資料室、研究所などを片っ端から調べても、みさき教の正体に迫る証拠は見つからないのだ。先日、国会図書館で見た「当代社祀神名書留拾遺」が唯一無二なのだが、あれだけではなにもわからない。だれかが徹底的に拭い去ったかのように、みさき教の痕跡は塵《ちり》一粒にいたるまできれいに消されていた。みさき教は現に存在するし、その起源が江戸時代以前にさかのぼることもわかっている。だから、情報がないはずがないのだ。村口は、早朝から深夜までみさき教の痕跡探しに没頭した。個人の蔵書家を訪ねたり、研究家に話を聞いたりもした。それでもなにも見つからないのだ。

(これは、国家的な規模での「みさき教の抹消」が行われたにちがいない……)

そうとしか考えられないレベルの執拗さだ。そんなことを考えながら、彼はあるマンションの一室のインターホンを鳴らした。

「どなた……？」

ネズミのような顔をしたその男は、のろのろと立ち上がり、ドアを細めに開けた。

「新聞とか牛乳ならお断りだよ」

ドアチェーン越しにそう言うと、ドアを閉めようとした。

「そんなんじゃない。俺の顔、忘れたかなあ。丑祀島でちらっと会ったんだけどね」

ネズミ顔の男は、ギョッとして通路に立っている人物の顔を見た。

「あんた……だれだ？」

「警察だ。ちょっと話を聞きたいんだがいいかね」

「だ、だめだ。なにも話すことはない。帰ってくれ」

閉めようとしたドアに村口は革靴の先を突っ込んだ。

「開けろよ。べつに殴ったりしないからさ、鵜川みたいに……」

男は無意識に鼻を撫で、

「任意聴取なら応じるつもりはない。この件がタブーだと知らないのか」

「タブーと言われると掘り返したくなるんでね。知る権利を行使させてもらいますよ」

「馬鹿なやつだ。警察庁に連絡して、おまえなんか辞めさせてやる」

「かまわんよ。もう辞めたも同然なんだ。――部屋に入れてくれないならこの通路で、大声で鵜川のこと、あんたのこと、丑祀島のこと、みさき教のこと……叫び続けてやるがそれでもいいのか。声のでかさには自信があるんだ。下の階、いや、道路にまで聞こえるかもなあ」

「た、頼む、やめてくれ。私は死にたくないんだ」

ネズミ男はチェーンを外し、村口を招き入れた。だが、玄関からは上げようとせず、そこに立ったまま、

「なにが聞きたいんだ」

男の後ろから一匹の猫が「みー」と鳴きながらやってきた。

「ピコ、向こうに行ってなさい」

しかし、猫は男の足にじゃれついている。村口は苦笑しながら、

「あんたは死んだ鵜川の私設秘書としてプライベートな旅行にもずっと同行していた。島でのみさき教の儀式にも同席していたはずだ。――鵜川にどういう神託が下ったんだ？」

秘書は口を結んでしゃべろうとしない。

「よく当たる占い程度のことだったら、あそこまで自暴自棄にはならないはずだ。いったいどういう儀式で、鵜川はなにを言われたのかが知りたい」

「………」

「みさき教というのはいったいなんなんだ。どうせ嘘っぱちの神託を並べて大金を巻き上げるインチキ宗教だろうが、どうして政治家たちがそこまでのめり込む？」

「………」

「だんまりばっかりじゃあ来た甲斐《かい》がないなあ。やっぱり外に出て叫ぶとするか」

「言えるはずないだろう！　インチキ宗教だと？　とんでもない。今度のことで私もようやくわかった。みさき教は……」

あとはまた黙り込んだ。

「あんたは、鵜川が死んだあとすぐに、対立候補の池谷の私設秘書になった。それも一ヵ月先とか半年先ならともかく、一日後にだ。普通ならあり得ないことだ。あんた、なにかよほどの手土産を持っていったんだろうな」

「ちがう！　私が持ちかけたんじゃない。向こうから、私設秘書にならないかと言ってきたんだ」

「ほう……どうして？」

「言えないってば。お願いだ、もう帰ってくれ……」

「そうはいかんよね。俺はみさき教がカルトであることを暴きたい。そのためにはどんな没義道《もぎどう》なことでもすることに決めたんだ。みさき教が例のオウムぐらい危険だって言い立てれば、マスコミだって食いつくはずだ」

「馬鹿言うな。みさき教とオウムはまるっきり違う」

「どこが違う。でたらめで怪しい宗教っていう意味ではおんなじさ」

「オウムはでたらめだが、みさき教は……」

「あんた、鵜川に殴られて鼻中隔が折れたんだってな。ようやく治ったその鼻を拳銃で吹っ飛ばすこともできるんだぜ」

村口は右の拳を左手で覆った。

「私がここでぺらぺらしゃべったら、鼻どころじゃない。命を失うんだ。だから……絶対になにも話さないよ。それにな……これはあんたたち末端の警察やしょぼいマスコミがちょろっと介入してどうこうなることじゃないんだ。何百年も……ひょっとすると何千年もまえからこの国にある癌みたいなもんだよ！」

「癌だったら手術すれば治る可能性はある」

「下手に手術すると死んでしまう。でも、そっとしておけば、まだしばらく生き延びられるかもしれないだろう」

「それでも俺は手術するね。大手術になるかもしれないが……」

「なんと言われても私はなにも言わない。殺すなら殺せばいい。あんた……この国を滅ぼしたいのか。どうなんだ」

「開き直るなよ。——じゃあ、ひとつだけ教えてくれ。あんた、池谷になにを頼まれたんだ。言える範囲で答えてくれ」

ネズミ男は渋っていたが、村口がひょいと手を伸ばして猫を摑み、その頭を撫でながら、

「この猫の首をへし折るのは簡単なんだぜ」

男は涙目になり、

「わ、わかった。教えてやる。ピコを放せ」

「嘘じゃあるまいな」

「ああ……ただし、私の名前は絶対に出さないでくれ」

「約束する」

村口は猫を床に置いた。

「池谷さんはこう言ったんだ。『鵜川くんが死んで、私も考えを改めたよ。信心も大事だ、とね。きみが知っているなら、紹介してくれないか。そうしてくれたら、きみを私の私設秘書にしてやろう。きみも仕事がなくなって困っているんじゃないか？』……とね」

「ふーん……だれを紹介してくれと言ったんだ？」

「うーん……ある議員だ」

それ以上は、いくらしつこく脅しても秘書は片言も話さなかった。一時間が経ち、二時間が経って、とうとう村口は追及をあきらめた。

「邪魔したな」

ネズミ男は心底ほっとした表情で、

「もう来るな。二度と会いたくない」

「それはどうかな」

マンションを出た村口は、都内の数ヵ所で宇多野礼子から言われていた買い物をし、いろいろなだんどりを済ませてから、東京駅に向かった。その途中のタクシーのなかで、携帯がメール着信を知らせた。発信人はアメリカにいる知り合いだった。メールを一読したとき、

(ようやく見つけたぞ……)

村口毅郎の両手は震え出した。意外なところから、彼が欲していた情報が見つかったのだ。

場所は米国である。国立公文書記録管理局(NARA)に保管されているGHQの文書のなかにそれはあった。死んだ中田のメモにあった「GHQ」という言葉がヒントになった。これだけ調べてもないということは、戦後、GHQの焚書《ふんしょ》にあったのではないか、という勘が働き、ダメもとでワシントンに住む友人に頼んでみたところ、公開が許可されている文書のなかにはなにもない、という返事だった。

諦めきれなかった村口は、ニューヨークにいる若いプラモデル仲間に連絡を取った。以前、日本のマイナーメーカーの廃番製品を進呈したことで縁ができたのだ。ルイ2というその若者はまだ二十二歳だが、ハッキングが趣味で、あちこちのプラモデ

ルメーカーのシステムに侵入し、重要な図面などを持ち出したりしているらしい。といって、それをどうするわけでもなく、マニアとしてひそかに所持していることに喜びを覚えているらしい。

村口がつたない英語でメールすると、

「NARAのセキュリティは甘々だからイケると思うよ。トライしてみる。少々時間をくれ。報酬は、『機獣軍団ゴレアノス』の『PGゼロマシーン』でどうだい」

という返事があったのでOKしたのだが、正直、あまり期待はしていなかった。しかし、ルイ2はプラモゲットしたさにがんばったらしい。「NARAのセキュリティは案外しっかりしてた。でも、俺さまの腕にかかればちょちょいのちょいだよ。ひひひ……」というルパンのようなコメントとともに送られてきたのは、日本の戦後処理に関する資料のなかにあった「牛身の怪物を信奉する邪教の解体と撲滅について」という文章だ。村口は英語力のなさを痛感しながら、一語一語を確認しながら読み進めた。

日本人の多くは神道という古来の宗教を信奉し、また同時に仏教徒でもある場合が多いが、それらとは異なる邪教の類いを信仰するものも一部に存在する。そのほとんどは無学な信者をだますことで金品を搾取する詐欺的なものであったり、霊的な能力を持つと自称する教祖によるカルト的なものであったりするが、放置してもすぐに問題になるようなものはない。

ただひとつ、牛身の怪物である「ヒトコトヌシ」を信仰する「ウシトラ」という教団は、古来、この国のある系統によってひそかに伝えられてきた長い歴史を持つが、母牛に「イ」と呼ばれる特殊な餌を与えることで予言力を持つ仔牛「クダン」を生ませ、その予言によって政治が行われるなど、国家としての日本の将来に多大な悪影響があるばかりか、生きた人間を生け贄《いにえ》として捧げるなどいわゆる悪魔崇拝的な側面をも持つ。

たびたび弾圧を受けてきたが壊滅には至らず、ときに地下に潜りときに浮上して生き延びてきた。政治家が権力を握るに際して「クダン」の力を欲する場合があり、「必要悪」として黙認する権力者が少なからずいたことも、この教団の延命につながったと考えられる。

非科学的で幼稚な土俗宗教と思われるかもしれないが、「クダン」の予言能力の信憑性についてはGHQにおいても確認済みで、それによって太平洋戦争が終結したという可能性もあり、放置できない重大な問題と考えられる。また、「ウシトラ」内部には、牛を品種改良して「ウシトラ」もしくは「オニ」という怪物にする独自の具体的手段が伝えられており、その効果は実際に確かめられている。「ウシトラ」の存在はアメリカが希望する民主主義国家としての日本建設に対して大きな障害となるばかりか、この宗教がアメリカ合衆国をはじめとする連合国側に伝播《でんぱ》すると、国の存立を揺るがす重大な危機が訪れる怖れがある。

これらの事実に鑑み、アメリカ合衆国が日本を統治するには、まずなによりも先に、あらゆる手段を使って「ウシトラ」教団を徹底的に壊滅し、その具体的内容については一切を消去することが必要であると考えられる。そのためには進駐軍の兵器等の使用も辞すべきではない。本報告は、「ウシトラ」教団が存在した痕跡を完全に除去することが急務であると結論する。その過程で、教団関係者の「公ではない死」が必要であっても、痕跡抹消と将来のこの教団の復活阻止のためにはやむをえない。

末尾にダグラス・マッカーサーの署名があった。

（この「ウシトラ」教団が、「みさき教」と名を変えて復活したんだな……）

村口が、そのメールを礼子に転送しようとしたとき、タクシーが東京駅に着いた。料金を払って外へ出た途端、ぎゅいいいいん！　という音やタイヤのゴムが焼ける匂いとともに後ろから別のタクシーが突っ込んできた。かろうじてかわし、歩道へ跳び上がった。それを待っていたかのように、通行人のひとりが突き当たりざま、村口の手から携帯を叩き落とした。拾おうとすると相手は靴の踵《かかと》でその携帯を思い切り踏みつけた。小柄だが、筋肉質の男で、服のうえからでも胸筋の盛り上がりがわかった。

（さっきの秘書野郎が報せたんだな……）

村口は握り拳を胸もとに引きつけ、ファイティングポーズを取った。だが、相手はぐっと身を寄せてきたかと思うと、つぎの瞬間、強烈なパンチを彼の鳩尾《みぞおち》に叩き込んだ。

（くそっ……ボクサーか……）

村口は激痛をこらえると、雑踏のなかに身を翻そうとした。しかし、相手は彼の肩を摑んで引き寄せ、立て看板の裏に連れ込むと、顔面を数発殴った。村口は拳で顔をガードしたが、ボクサー相手にガードは無意味だった。三発目までは覚えているが、四発目を食らう直前に村口は気を失った。

◇

鵜川大臣死去のニュースは大きく報じられた。自綸党総裁選挙は、池谷が指名されることがほぼ確実になった。

その陰で、岡山の発掘現場での連続殺人の件は、学生同士のトラブルということでかたづけられ、ほとんど報道されなかった。加害者も被害者もその多くが未成年ということで、マスコミも腫れものに触るような扱いだったようだ。また、加害者が自殺してしまったこともあり、捜査自体がほぼ行われなかった。

「喧嘩両成敗だし、加害者・被害者双方に問題があったのだろう。死んでしまった今、蒸し返すことに意味があるかな」

岡山県警の捜査員は露骨に「やる気がない」ことを公言した。凄惨な事件の現場となった発掘場は岡山県警の手によって厳重に封鎖され、その後、公開されることはなかった。

そんななか、岡山県議会の本会議で行われた民心党議員の一般質問が話題を呼んだ。成松良平《なりまつりようへい》という四十一歳のその議員は、県の畜産振興課主導で行われているらしい「ブランド牛育成事業」について疑問を投げかけたのだ。彼は高梁《たかはし》市を地盤とする気鋭の政治家で、これまでも県の使途不明金について何度も追及を重ねていた。学生時代はラグビー部に所属し、ゴリラに似た風貌からゴリ松というあだ名だったが、そのあだ名のとおり、議会でも容赦ない迫力のある質問で知られていた。

「たかだか肉牛を開発する新規事業に、年間三十億円という巨額の予算が使われている。総額ではすでに数百億に達している。しかも、その支払先は『浦賀牧場』という小規模の畜産農家と、あと『みさき科学研究所』という実体のよくわからない機関だ。説明を求めたい」

議場がざわついた。常識的には数千万円の予算で賄うべき事業だ。

「そんな予算を許可した覚えはないぞ」

「審議した記憶がない。裏金じゃないのか」

「どういうことだ」

そのような莫大《ばくだい》な金が動いていることは、ほとんどの議員が知らなかったようだ。

農林水産部長の答弁はしどろもどろだった。

「えーと……ですね、三十億円と申しますが、本年度の県全体の予算七千億円の〇・四パーセントでございまして……」

「審議をした覚えがないんだよ」

「三十億円まとめてのご審議をいただいたわけではございませんで、たとえばえーと……えーと……さまざまな経費に分散されてそれぞれをご審議いただいておりまして、えーと……成松議員のおっしゃるのはそれらを総合しての金額かと承知しておりますが、その……個々の額につきましては……」

資料を取り寄せながらの説明によると、三十億円は、たとえば『おかやま農林水産ブランド力アップPR事業費』『海外等県産農林水産物販路拡大支援事業費』『県産品ブランド強化推進事業費』『おかやま農林水産物ブランディング事業費』『農林水産業強化対策費』『安全安心・高品質な農林水産物の生産振興費』『農林水産行政企画調整費』『バイオテクノロジーの試験研究に要する経費』『農業総合助成試験費』『牛肉生産技術の連携開発』『産学連携推進事業費』『肉用牛種畜改良費』『優良種畜の供給等公共育成事業を推進するための経費』『畜産経営技術高度化促進事業費』『肉用牛生産条件特別整備事業費』『明日の畜産を支えるのはあなた応援事業費』『肉用牛広域後代検定推進事業費』『岡山和牛改良促進事業費』『畜産物銘柄推進事業費』『公共育成牧場活性化対策事業費』『受精卵移植推進事業費』……などといった予算のなかにばらまかれた形で議会で承認されているので問題ないのだという。

「それは、一括審議だと通らないからいろいろな予算のなかにこっそり埋め込んで、あとで集めてきたわけでしょう。再審議を要求します。そもそも岡山には千屋牛、蒜《ひる》山《ぜん》ジャージー牛やおかやま和牛といったブランドが先行して存在するわけで、それらへの助成こそが重要と考えられるのに、なぜ今ごろ、またぞろ新しいブランド牛を企画する必要があるのでしょう」

「それはですね……えーと……その……太郎牛はですね、江戸末期に作り出された千屋牛よりもはるかに古い種類の牛でございまして、専門家によるとおそらくは日本最古の牛だろうとのことでありまして……古文献にも『新見の太郎牛』として名前がでてきますが、そのDNAを入手することができたのでございます。太郎牛を作り出すことができれば、岡山県にもたらす利益は計り知れないという……」

「そんないいかげんな試算しかできていないプロジェクトに県民の血税をですね……」

「ですからその……計り知れないと申し上げました」

「具体的にどれぐらいの利益が出るとの予想ですか」

「本当です。今まで内密にしておりましたのは、これが外部に知れるとせっかくの新規事業が頓挫することにもつながりかねない、との判断からでございまして……」

「本当ですか」

農林水産部長は咳払いをしたあと、

「成松議員、あなたはこの一大プロジェクトが失敗することを望んでいるのですか。県が、県民がうるおうのが嫌なのですか」

「そんなことはない。しかし……」

「だいたい極秘に運営してきたこの機密プロジェクトのことを、あなたはどこで知ったのです。不正な手段を使って情報を入手したのではないでしょうね」

「失敬な……。東京のさる新聞記者から聞いたのだ。その情報をもとに、うちの事務所で裏を取った」

「何新聞のなんという記者です」

「それは言えない。――今、質問するのはあなたではなく私だ。いくら計り知れない利益が上がる可能性があるとしても、このプロジェクトははたして現在、巨額の税金を投じたに見合う成果が上がっているのか……についてお答えをいただきたい」

「えーと……それはですね、その……なんと申しましょうか……」

農林水産部長は汗を拭きながら眼鏡の奥の目を左右に動かしていたが、部下から一枚の紙を手渡され、それを見て安堵の息をついた。

「しかるべき時期に発表するつもりでございましたが、せっかくでございますのでこの場で申し上げたいと思います。かねてより研究を続けてまいりました新ブランド牛『太郎牛』の開発に成功いたしました」

議場がどよめいた。

「詳しい内容については、後日、お知らせしたいと思います。それまでお待ちくださ い」

農林水産部長はそう言うと、壇を降りようとした。呆然としていた成松議員は我に返り、

「ちょ、ちょっと待ってください。あと、『浦賀牧場』と『みさき科学研究所』がどういうものなのかについてもおききしたい。『みさき科学研究所』にいたっては、電話番号も住所もわからない。こんないかがわしい機関にですね……」

「後日お知らせすると申したはずです」

「いや、今うかがわないと……」

『浦賀牧場』は、県の畜産振興課が太郎牛の開発・育成事業を委託していた民間の牧畜業者です。『みさき科学研究所』は、太郎牛のDNA研究を行っている施設です。いずれも、このプロジェクト推進に最適であるという判断のもと、業務を任せたものであります」

議場から拍手が沸き起こったが、成松は必死に声を張り上げた。

「私はTプロジェクトについて追及するために、その最高責任者である農林水産部畜産振興課、Tプロジェクト推進委員会担当部長待遇の浅田権司氏を喚問したいと考えます。浅田氏の喚問について承認いただけますか」

農林水産部長は資料に目を落とし、

「浅田権司は一昨日、病気により退職いたしました。後任の人事は今調整中でございます」

成松はなおも質問を続けようとしたが、自綸党を中心とした拍手の大渦に巻き込まれ、ついには断念して自席に戻った。

県下のマスコミ各社は、農林水産部長の言う「正式発表」を待ったが、結局いくら待ってもそれは実行されなかった。自綸党だけでなく民心党その他の会派も、県の大型プロジェクトに乗り遅れてはならじと賛成に回り、成松は孤立した。

◇

成松議員の自宅は、高梁市の川沿いにある。その玄関のチャイムが鳴った。不機嫌そうにリビングのテーブルで新聞を読んでいた成松は、モニターを見て笑顔になった。映っていたのは、旧知の元新聞記者、宇多野礼子だった。

「おお、久しぶりだな」

「入ってもいい？」

「大歓迎だ」

「ほかにだれもいない？」

「なぜそんなことをきく」

「じつは……連れがふたりいるのよ。あんた以外には見られたくない連れなの。わかる？」

「また、ややこしい客か。いいさ。――入ってくれ」

そう言うと成松は窓のカーテンをすべておろした。リビングに入ってきたのは礼子と絵里、それに大輔だった。礼子は、成松がどうぞとも言わぬ先にテーブルの椅子に座った。成松は大輔と絵里に、座るよう手でうながした。大輔はぺこりと頭を下げ、

「お世話になります。T大学の美波大輔と申します」

礼子は、

「そんな堅苦しくしなくたっていいわよ。このひとはね、私から受けた恩があるんだから。——あんたも座りなさい」

礼子に言われて絵里はそっぽを向き、

「私はここでいい」

そう言うと、ひとりソファに寝そべった。礼子は苦笑して成松に向き直ると、

「あとでもうひとり合流する予定。奈良県警の刑事なんだけど、今は休職中で個人的な捜査をしてる」

「あんたの彼氏かい」

成松は手際よく四人分のコーヒーを淹《い》れた。

「元彼よ。上司に捜査から外されて、それで単独で動いてるの」

礼子はコーヒーを飲みながら、

「この子たちから連絡があって、どこか安全な場所を教えてくれっていうから、ここを思い出したの」

「それはそれは。——私もきみから何年ぶりかに連絡をもらって、ブランド牛開発の資料を受け取ったときは驚いたよ」

「でも、追及、うまくいかなかったみたいね」

「逆に、向こうにしてやられてしまった」

「あなた、追い込み方がぬるいのよ。あれだけいい材料をあげたのにうまく使えないんだから」

彼に、一連の情報を吹き込んだ東京の新聞記者というのは礼子だった。以前、成松が民心党東京本部の広報をしていたころに知り合ったのだ。

成松は憮然《ぶぜん》とした顔で、

「あのあと、幾度となく農林水産部や畜産振興課に赴いて説明を求めたんだが、『あれが正式発表です。本会議での説明はすでに済んだという認識です。妥当な成果が上がったことを報告し、議場の理解を得ました。もともと予算自体は個々の議案においてすでに承認を得たものばかりですので、あらためて総括的な採決をする必要はありません』……の一点張りだった」

「向こうのほうが一枚上手だったってことね。あなたの質問への答弁を逆手に取って、それで発表済みってことにしてしまった。あとはなにを言われてもそれで押し切るつもりなのよ」

「党の上層部にも、これ以上はやめておけ、と釘《くぎ》を刺された。ブランド牛の事業が軌道に乗ったとき民心党だけ疎外されるのは避けたいのだろう。弱腰な連中だよ」

舌打ちした礼子が大輔に、

「ブランド牛のことは鵜川とみさき教のつながりの取材過程でひっかかってきたネタで、正直どうでもいいと思っていたんだけど、鵜川が死んじゃったからねえ……。私はもう新聞社を辞めちゃって、媒体がないでしょ。そんなときにふとこのひとが岡山県議になってることを思い出してね、ネタをあげたってわけ。でも、プレゼンが下手くそでね……」

成松は顔をしかめ、

「もう言うなよ」

「私は、みさき教という宗教団体が日本の政治の闇にかかわっているというのをなんとかスクープしたいのよ。このふたりも、丑祀島にあるみさき教の施設で関わり合いになってね……」

礼子は大輔と絵里のことを成松に簡単に紹介した。成松は目を丸くして、

「浦賀牧場の娘さんに、こないだの大量殺人の関係者か。こりゃまた濃い連中を連れてきたもんだな」

「だから、ひとに見つかりたくないの。できれば私も。——あなたはその歳で独身だから大丈夫よね」

「またそれを言う……」

「あなた、みさき教のことは知ってるの？」

「私は岡山生まれの岡山育ちだが、そんな宗教は聞いたことがない。だが、手を尽くして調べてみると、うっすらわかってきたことがある。浦賀牧場についてだ」

「立ち入り調査を申請したと聞いたけど……」

「莫大な税金があの牧場に使われている。成果は上がったというものの具体的にはなにも公表されていない。そのあたりを精査したいから内部を見せてほしいと申し入れたんだが、詳細発表まえで外部に情報が漏れると困る、ということで許可されなかった。現段階で他県に知られてはプロジェクトが水の泡になる、時期が来たら大々的に会見を行う……と言われてね」

「いくら県が事業を委託している施設でも県警の制服警官が警備しているのはおかしいわよね」

成松は声をひそめると、

「じつは浦賀牧場を警備している警官も、なかで働いているスタッフも、ほとんど全員がみさき教とやらの信者らしいんだ。つまり実質的に浦賀牧場はみさき教によって運営されていることになる。——ははは、なかなか手ごわいもんだ」

大輔が突然、

「笑ってる場合ですか！　高原先生が監禁されてるかもしれないんです。助けにいかないと……」

「しかし、証拠はない。きみも、丑祀島にいるかもしれないと思ったんだろう？」

「それはそうですが……」

「証拠がなければ、むりやり入るわけにはいかない。捜索令状を取ろうにも、その警察があちらを警備しているんだからなあ……」

大輔はカッとして、

「あなたは本当に役に立たない議員ですね。少しは気概を見せてください」

成松はゴリラのような体軀《たいく》を縮こめると、

「役に立たないはひどいね。でも、きみの言うとおり、ブランド牛の件にとどまらず、岡山でなにかぼっけえことが起きようとしているのは間違いなさそうだ。まさかあの遺跡発掘現場の殺人事件も絡んでいるとはね……。県警は、犯人自殺でもう終わったことのように扱っているが……」

「とんでもないです。根は深いと思います。ぼくが見たとき、死体の頭は切り落とされてなんかいなかった」

「しかし、それも証拠はないんだ。加害者の片桐という学生がみさき教の信者だったというのも、死んだ山根という教授からきみが聞いた、というだけで、客観的な証拠はない。現に、私が友人の高麗川《こまがわ》という県警の副本部長にきいたところでは、警察は加害者の自宅を家宅捜索したが、特定の思想団体、宗教団体などに関するものは一切出てこなかったらしい。もちろん、被害者たちの頭部もいまだに発見されていない」

「県警の副本部長と友達なんですか？　じゃあ、そのひとにお願いすれば……」

「無茶言うな。警察はだいたい宗教がらみは尻込みするもんだ。岡山はそれでなくても新興宗教の数が多い。いろいろトラブルもある。よほどの明白な証拠がなければ、警察を動かすのは無理だ」

「そうですね、たしかに警察は信用できません。じゃあ、あなたの力でなんとかしてください」

「うーむ……私の力ねえ……ひとりではむずかしい。しかし、私は党内で孤立してしまっているから……」

「あなたがなにもしてくれなかったら、一生あなたのことを能無しの腰抜けの役立たずと呼びますよ」

「男としては、それはつらいが……」

成松は太い腕を組み直した。

「だったら、あんたたちふたりで牧場に突撃したらどう？　トラックかなにかで突っ込んでみたら、案外、うまくいくかもよ」

成松が額に青筋を立てて、

「県会議員がそんな真似できるか！　日本は法治国家だぞ」

「ふーん、たしかに腰抜けだわ。――大輔くんならできるでしょ」

「ぼ、ぼくは……」

そのとき、それまでソファで寝転がっていた絵里が上体を起こし、

「ひとを焚きつけないでください。そんなに牧場に特攻したかったら自分ひとりでやればいいでしょう？　新聞記者とかマスコミっていつもそうですよね。他人をあおって、おだてて、なにか面白いことが起きるのを待ってる。そのあとどうなろうと知らん顔。うまくいけばスクープ。失敗すれば、自分には責任ありません。あのひとたちが勝手にやったことです。――いい加減にしてほしいです。ふたりとも、こんなひとに利用されることないですよ。ぜったい行っちゃだめ。なにがあろうと、しばらくはじっとしてるべき」

宇多野礼子は腰に手を当てて絵里をにらみつけ、

「ねえ、言いたくないんだけどさ……あなた、浦賀牧場のオーナーの娘でしょう？　それに、みさき教にも入信してたじゃない。お父さんに言って、なんとかなかに入れてくれるよう頼んでもらえないかな」

「ぜったい嫌」

絵里は即答した。

「どうして？　高原教授を助けられるのはあなただけなのよ」

「調子のいいこと言って、自分の取材のために利用したいだけでしょ。うちの親は、私を殺そうとしたんですよ。そのあと、無理矢理みさき教に入信させた。今戻ったら間違いなくまた信者にさせられる。そんなのぜったいぜったいごめんです」

「ご両親が犯罪に手を染めようとしているなら、それをやめさせるのは子の務めじゃない？」

「親は親、子は子。私の知ったことじゃないわ」

絵里はソファから起き上がると、リビングから出ていった。

「最低ね」

礼子が言ったので大輔は、

「言い過ぎです。彼女の気持ちがわからないんですか。親が、自分が殺されるのを一旦は容認したんですよ。しかも、あのときぼくもあの子を見捨てて逃げ出してしまった……」

礼子はにやりと笑って、

「ラヴねえ。そりゃあ長いあいだふたりで逃亡生活してたら好きにもなっちゃうよね。あの子、それなりにかわいいし……」

大輔は真っ赤になって、

「そんなんじゃありません。あの子とはなにもないんですよ」

「なにもないほうがおかしいのよ。だから、相手が未成年だとか気にしないで」

「気にしないでって、ぼくは本当に……」

「そんなことより、今回の件には全部、牛が関係しているわよね。奈良の葛城山で起きた登山者の死亡事故、牛のマークをつけた教団、わけのわからないブランド牛を育てている牧場……あんたが言ってたその『件』っていうのも牛なんでしょ？」

「そうです。生まれると同時に予言をしてすぐに死ぬ仔牛です。江戸時代の文献にも書かれていて……」

大輔は、「件」について民俗学的な知識を披露した。もちろん、浦賀牧場での体験もまじえて話をした。

「じゃあ、あんたの考えでは、その一言主という神さまが『件』と同じだというわけね」

「と思います。一言主は鬼を統べる存在、つまり鬼の王です。鬼は、牛の角を持っています」

「なるほどねえ。でも、一言主って奈良の神さまでしょ。岡山と関係はあるの？」

「岡山には桃太郎の鬼退治伝説がありますし、そのもとになった温羅という鬼の王の言い伝えもあります。それに、一言主は葛城山を支配していた神ですが、ここ岡山でも信仰されていて、神社もあります」

「一言主を祀る神社って、ほかの地方にもあるの？」

「もちろんです。日本中にあります。とくに多いのは秋田、福井、和歌山、それに四国、九州でしょうか」

「ということは、『件』もそのあたりに広まっていそうよね」

「そうなんです。ぴったり重なっているわけではありませんが、『件』の情報は岡山を中心に鳥取、長崎、熊本、香川など中国・四国・九州で多いですね」

「あ、そういえば……和歌山でもあるはずよ。まえにみさき教について調べてたら、江戸時代の紀州家の家老が、徳川吉宗が紀州にいたころ、牛を祀る宗教の熱心な信者だったと手控えに書いていたわ」

そこへ成松が割り込んだ。

「徳川吉宗？　本当か」

「吉宗がどうかしたの？」

「私は歴史好きなんだが、ちょっと気になることがある。吉宗というひとは紀州家の四男坊だった。それも、二代藩主光貞が女中に産ませた子だった。本来なら部屋住みで出世などできない身の上なのだが、長男が病死し、同じ年のうちに三男と父まで相次いで死去したために、紀州家の藩主になった。それだけでもたいへんな出世だが、そのまま御三家のひとりとして生涯を送るはずだった。ところが七代将軍家継《いえつぐ》がたった八歳で死んでしまった。そういう偶然が重なって、吉宗はついに八代将軍の座を手にするんだ。あまりにうまい具合に運ぶから、当時から毒殺説もあったほどだ」

「へえ……」

「これってなにかに似てないか」

「……」

「今の政局だ。江戸時代における最高権力者の将軍にあたる存在は、内閣総理大臣だろう。若くて頑強だと思われていた芝野首相が急死して、順当ならば阿藤が後継者になるはずだった。ところがそれを見澄ましたように大きなスキャンダルが起こり、総裁レースから外れてしまった。あのスキャンダルも、芝野が急死した時期とずれていたらそれほど問題にはならなかっただろう。まるで図ったようなタイミングでスキャンダルが露見して、それまでノーマークだった鵜川が急浮上した。池谷のほうが実績も経験も豊富だが、健康上の問題がある。鵜川が有利かと思われていたのに、なぜか自暴自棄になって自滅した。吉宗の将軍就任と似ているような気がする」

「似ているって、どういう点がですか」

大輔がきくと、

「どちらも、偶然が重なってトップの座に就いたように思われがちだが、じつは用意周到な計画があったんじゃないかな」

「それは無理でしょう。目のうえのたんこぶ的存在が死ぬ時期がわかっていればべつですが……」

そこまで言って、大輔は絶句した。あの仔牛が……「件」が口にしたことを思い出したのだ。

（芝野孝三郎は六十二で死ぬ……）

あのとき「件」はたしかにそう言った。もし、鵜川が、総理大臣がまもなく死ぬということを知っていたとしたら……そして、次期総裁最有力候補だった阿藤のスキャンダルをそのタイミングでぶつけたとしたら……。

（彼に総裁の椅子が転がり込むことになる……）

なぜ、そのあと彼は自暴自棄になったのか。もしかするとつぎの「神託」で、「件」は池谷ではなく鵜川の死を予言したのではないか。「件」の予言は外れることはない。鵜川はそれを身をもって知っている。総裁の椅子どころか自分の人生がまもなく終わることに絶望して、彼は酒浸りになり、結果として予言どおり死亡した。

（吉宗や鵜川だけでなく、この国の「首長」になる野望を抱くものたちは皆、みさき教の信者として多額のお布施を支払い、「件」の神託を受けていたのかもしれない……）

そのとき、大輔はあることを思い出した。

(雄略天皇……)

たとえ身内であろうと邪魔者を容赦なく殺戮《さつりく》することで天皇の地位を得た雄略は「大悪天皇」と怖れられるほどの非道ぶりだったが、葛城山で一言主神になにか一言を言われたことがきっかけで、「有徳天皇」と呼ばれるまでの善政を敷くようになった。鵜川とは逆さまである。一言主が「件」であるなら、雄略天皇もなにかの神託を受けて、ひとが変わったのではないだろうか……。

(でも、どういった神託なんだ……)

大輔が考えていると、成松が言った。

「ここ岡山は養牛が盛んなせいか、昔から牛に関する儀式が多くてね、一村にひとつ、牛神の祠があって、牛神祀りをしたり、麦わらで作った牛を奉納したりする。丑寅神社というのもあって、ここは牛頭《ごず》天皇を祀っているそうだ」

「牛頭天皇……?」

「身長は二メートル以上で、名前のとおり頭は牛、一メートルもある赤い角を生やしている。『備後《びんご》国風土記』にも記載があって、素戔嗚尊《すさのおのみこと》と同一神だとも言われている」

「詳しいですね。ぼくは奈良の一言主神社にもある土蜘蛛塚と岡山の牛鬼の関係について……」

大輔が言いかけると、

「ねえ、お酒でも飲まない？」

礼子がふたりに言った。

「こう、むしゃくしゃするときはパーッと飲んじゃいましょうよ」

成松が憮然として、

「私は飲まない。飲めないんだ。――私はもう寝るよ」

「そうだっけ。じゃあ、大輔くん、軽くいきますか」

「いえ……ぼくは……」

「みんな、ノリが悪いわね。わかったわ。私だけで飲みます。――成松さん、そこにあるウイスキーもらうわよ」

「かまわんよ。もらいものだが、どうせ私には不要のものだからな」

「ラッキー。じゃあいただきまーす。腰抜け男ふたりに乾杯」

成松と大輔は顔を見合わせた。

◇

深夜、浦賀牧場へ向かう国道を大輔は歩いていた。リュックには、成松邸のキッチンにあった果物ナイフが入っている。武器と呼べるものはそれだけだ。勝算はない。
だが、あそこまで言われてじっとしているわけにはいかない。身体が熱く火照ってい
る。とにかくやるだけだ。彼はまっすぐにまえを見つめて歩き続けた。
（まともにぶつかっても、入れてくれるはずがない。どうすればいいんだろう……）
なんの計画も立てずに、勢いに任せてここまでやってきたが、相手に見つかって捕
えられてしまってはなんにもならない。なにか……考えねば……。焦れば焦るほどい
いアイデアは出てこず、牧場は次第に近づいてくる。
そのとき、後ろから車の音が近づいてきた。ヤバい。しかし、直線の道路で身を隠
す場所がない。ガードレールを乗り越えようとしたが間に合わず、軽トラックは彼の
すぐ横に停まった。大輔が地面に伏せようとすると、軽トラはクラクションを短く鳴
らし、左側の窓を開けた。乗っていたのは成松だった。
「なにしに来たんです」
「家から果物ナイフが盗まれたんでね、取り戻しにきたんだ」
「へえ……それはご苦労さまです」
「まあ、乗りたまえ」
大輔が助手席に乗ると、成松は車を発進させた。
「どうするつもりですか」

「さあ……とにかくあいつの物言いに腹が立ってねえ。ノープランで来てみたんだが……」

「ぼくもです」

「我々が必要としているのは、牧場のなかでなにか違法行為が行われているという証拠だ。それさえあれば、県議会で告発もできるし、マスコミを通じて発信することもできる。証拠がなければ、陰謀論を唱えるトンデモな連中と同じだ」

「農林水産部長は、すでに『太郎牛』は完成した、あとは正式発表を待て、と断言しました。なんの根拠もなくそうは言わないでしょう。牧場に入ることさえできれば……」

「私が調べたところでは、牧場を取り巻く塀に入り口は全部で三ヵ所ある。きみは裏口に回って待機する。私は、表からこの軽トラで突進し、シャッターに突っ込む直前に飛び降りる。警備の連中が出てきたところを、きみは裏から潜入する……というのはどうだ」

「裏も閉まっているでしょう」

「それはそうだろうが、表よりは手薄じゃないかな。裏側には塀が低い箇所がいくつかある。荷台にはしごが積んであるから、それで乗り越えられないだろうか」

いいかげんすぎる計画だとは思ったが、ほかによい案も思いつかず、大輔は口を閉ざした。牧場の塀が見えてきたあたりで成松は車を停めた。ふたりは一旦車外に出ると、はしごやロープを抱えて正面のシャッターまえまで近づいた。そこから塀づたいに裏へ回ると、なるほどこぢんまりとした通用門らしきものがある。しかし、かなり頑丈そうだし、すぐ横にカードキーを挿入するボックスがあり、叩き壊すのは不可能そうだ。しかも、表側より塀が低いといっても、五メートルぐらいはある。はしごをかけて塀のうえに立てても、そこから内側へどうやって入り込むのだ。飛び降りるには高すぎる。ロープをかけられそうな突起物も見当たらない。

「どうします」

「そうだな……やはり無謀だったか」

「ここまで来て、帰るんですか」

「県政にたずさわるものとして、非合法な行動はできない」

「宇多野さんに腰抜けとののしられますよ」

「それは困るが、逮捕でもされたら、それこそ議員活動ができなくなる。私の戦う場はここではなく議会だ」

そのとき、

も………

も……が……

あああ……が……

も……も……

塀の内側から名状しがたい「音」が聞こえてきた。最初は洞窟や木のうろが風で鳴っているのかと思ったが、次第にそれが動物の吠え声だとわかってきた。地を這うような、太く、ざらついた声だ。その声は塀を越えて周囲を揺るがし、山にこだました。大輔は総毛立つような恐怖を覚えた。

「なんだ……今のは……」

「牛、でしょうか」

犬でも狼でもない。やはり、牛の鳴き声に似ている。しかし、大輔が知っている牛の声よりはるかに大きく、ずぶとく、ひび割れている。オットセイやゾウアザラシの声を何倍にも増幅し、長く尾を引かせたら少しは似た感じになるだろうか。

もも……おおお……

おお……

ん……うう……ううう……

地獄から響いてくるような声だった。それにつられるように、多くの牛たちが一斉に鳴きはじめた。

ぼおお……

も……

ぼもお……

おお……

もも……

も……

それらの吠え声に混じって、はっきりとではないが、

殺せ……

頼むから……殺して……れ……

という声が聞こえたように思えた。地獄で罰を受けている亡者のような声だった。

その瞬間、大輔は股間が熱くなるのを感じた。小便を洩《も》らしそうになったのだ。成松が言った。

「聞いたか」

「はい。──高原先生だと思います」

「本当か……」

大輔は応えず、通用扉に向かって踏み出そうとした。成松はその腕をつかみ、

「待て。私が表門に回る。大きな音が聞こえたら行動を起こせ。門が開かなかったらはしごで乗り越えろ。吉良《きら》邸討ち入りみたいだが……できるか？」

「はい。こんな塀ぐらい余裕で飛び降りられます」

大輔は昂揚《こうよう》していた。五メートルどころか、十メートルの崖でも飛び降りられそうな気になっていた。

「よし……やるぞ」

「非合法な行動ですよ」

「かまうものか。腰抜けブラザーズ作戦開始だ。とにかく気合と根性でなんとかしよう」

ふたりが左右に分かれようとしたとき、

「馬鹿だね」

という声がした。ふたりが、心臓を鷲摑《わしづか》みにされたような思いでそちらを向くと、ひとりの外国人がそこに立っていた。成松は逃げようとしたが、大輔はその人物に見覚えがあった。

「えーと……グライムズさん、でしたよね」

「ぼくのことを知っているのかい」

「まえに、牧場に入ろうとして警官と揉み合ってるところを見ました」

「そうだったのか。あのあと、ぼくたちは警察に目をつけられて、日本での活動が著しく制限された。仲間はみんな国外に脱出したが、ぼくだけが残って、なんとかこの牧場に入り込もうとがんばっている。聞いただろう、あの吠え声を。ぼくは自然保護の活動を長年続けているが、牛が深夜にあんなふうに吠えるのは聞いたことがない。ここはただの牧場じゃないね。嫌な気配を感じる。なかでとんでもないことが行われているにちがいない。その秘密を暴いて、肉牛を作り出す事業をやめさせるんだ」

大輔は成松に、簡単にグライムズのことを説明した。金髪、赤髭の大男は興奮した口調で、

「日本人は、歪んだ美食の欲望を満たすためだけに、イルカやクジラといった知的生物を殺し、劣悪な環境で鶏や魚を育て、サシの入った牛を作り出している。これは神の教えに反しているばかりか、自然の摂理をも無視している。万物の霊長であり、地

球という星の代表であるべき人間が、その力をみずからのエゴのために行使している。これは、自分で自分の首を絞める行為なんだ。ぼくは地球のために戦っているんだ」

成松は、

「ふーん、そりゃご立派なことだ。――で、どうして我々が馬鹿なんだ」

「ようやくこの牧場に入る手段を思いついてやってきたら、あんたたちがぼくの計画をめちゃくちゃにしようとしていた。気合と根性？　サムライじゃないんだからね。はしごで入るなんて、とうてい無理だ。飛び降りて足の骨を折るか腰を打って歩けなくなるのが落ちさ。そんなことをされたら、ぼくにまでとばっちりがくる。素人が手出しするのはやめてもらおうかな」

成松はため息をつき、

「クジラやイルカについては私と見解の相違もあるようだが、今は議論している場合ではない。我々は、目的は同じらしい。きみの思いついた手段とやらに乗っかろうじゃないか」

「そうしてもらえるとありがたいね。なんといってもぼくは世界を股に掛けたプロの活動家だ。ぼくの言うとおりにするというなら、計画に加わってもらってもいい」

グライムズと成松、大輔は握手をかわした。

「で、どうするつもりだ」

成松がきくと、グライムズは大きなボストンバッグを開いた。そこには黒い物体が入っていた。グライムズはそれを取り出して、すばやく組み立てた。

「ラジコンヘリコプターか」

「そういうこと」

グライムズは侵入の手順をふたりに説明した。成松は腕組みをして、

「さすがはプロの活動家だ……と言いたいところだが、うまくいくかね」

「これぱかりはやってみないとわからない。でも、車で突入して、はしごで塀を登るよりは現実的だろう」

「そうだな。――わかった。やるしかないな」

成松は両手の拳を握りしめ、ぶるっと武者震いした。大輔がくすっと笑い、

「硬いですね、成松さん」

「当然だろう。私の政治家生命が終わるかもしれない大きな賭けなんだ」

グライムズが冷ややかに、

「大げさな。政治家生命といっても、たかが地方議員だろう。そんなものを後生大事にしていては、大仕事はできない。――行くよ」

彼は、慣れた手つきで塀際の数ヵ所に穴を掘り、そこに火薬を埋めた。そして、コ

ントローラーを手にして、スイッチを入れた。成松と大輔は、グライムズに渡された金属バットを握り締めた。

（ぼくに、これでひとを殴れるだろうか。見ず知らずの他人を……）

大輔がそう思ったとき、ラジコンヘリはモーター音を重々しく響かせながら上昇しはじめた。黒いので闇に溶け込んでほとんど見えないが、グライムズにはどう飛んでいるのかがわかっているようだ。

「よし、塀を越した」

深夜ということもあり、プロペラの音はかなり大きく聞こえる。数人が騒ぐ声が大輔たちにも届いた。

「なんの音だ……？」

「わからん。車のエンジンか？」

「おい、上を見ろ！」

すかさずグライムズがボタンを押すと、ラジコンヘリがなにかを落とした。塀の内側で大きな爆発音が轟いた。

「なにごとだ！　侵入者か！」

「わかりません。なにかが爆発したようで……」

「テロじゃあるまいな」

「なにものかの攻撃です」

塀のなかは大騒ぎになっているようだ。三人はそっと壁に近づき、通用扉の左右に分かれて貼りついた。グライムズが携帯電話を操作すると、さっき仕掛けた火薬が爆発した。

「外だ！」

通用扉が開き、数人の男たちが様子を見に出てきた。拳銃を手に、黒煙のほうにそろそろと近づいていく。直後、もう少し離れた場所でふたたび爆発が起きた。扉のなかから四、五人が飛び出してきて、さっきの男たちと合流した。

「例の反対派か？」

「わからん。犯人が見当たらん」

「よく捜せ」

「注意しろよ。まだ爆弾を持ってるかもしれん」

「儀式が近い。邪魔されるとすべておじゃんになる。絶対に排除しろ」

その隙に、三人は扉からなかに入った。だれもいなかった。グライムズはにやりと笑い、奥へ行こうと手で合図をした。三人は牛舎のほうに向かった。

大輔が以前来たときとは様子がまるでちがっていた。敷地内のあちこちに巨大な実験装置のようなものが据え付けられており、それらがブーン……と冷蔵庫のような低い振動音を放っている。

牛舎が近づくにつれて、嫌な臭いが鼻を突きはじめた。牧場でよく嗅ぐ動物の体臭や糞尿《ふんにょう》臭ではない。もっと人工的な「穢《けが》れ」の臭いだ。都会の川や池は化学物質や油が水面を分厚く塞ぎ、そこに猫や虫、魚などの死骸が浮かんでいるが、そういう死んだ川から立ちのぼる瘴気のようなものを大輔は感じた。人間が入ってはいけない場所……そんな気がした。しかし、グライムズと成松はなにも気にならないのか、ずんずん先を行く。

「ちょっと待ってください。なんだか変ですよ……」

そう小声で言ってみたが、ふたりは振り返らない。臭いに搦め捕られたようにまっすぐまえを見据えたまま、足早に進んでいく。どうも不自然だ……。

「ねえ、この臭い、気になりませんか。どんどん濃くなっていくみたいで……」

言いながらふたりを追い越そうとしたとき、グライムズと成松が突然立ち止まった。

「あれを見ろ」

成松が前方を指差した。そこには高さ三メートルほどの白い小山があった。目を凝らして、大輔は叫び声を上げそうになった。それはおびただしい数の牛の骨で作られた山だったのだ。肋骨《ろっこつ》や大腿骨《だいたいこつ》などに混じって、角の生えた頭蓋骨があちこちからのぞいている。おそらく百頭分ほどだろう。グライムズは骨の山の写真を撮ると、また前進した。牛舎のすぐまえに、一頭の牛が腹這いになって寝そべっている。夜なのに牛舎に入れなくてもいいのか……と大輔は思ってよく見ると、

「――あ！」

牛は寝ているのではなかった。死んでいるのだ。開いた目にはヤニがたまり、蝿が群がっていた。胸から横腹にかけて大きく裂け、あばら骨が露出していた。内臓の一部だろうか、どす黒い、ポリ袋のようなものが腹からはみ出している。そのすぐ隣にも死骸がある。下半身だけが白骨化しており、上半身にはまだ肉がついていた。大輔は混乱し、説明を求めるようにグライムズと成松を見たが、ふたりとも呆然としているようで反応はなかった。やがて、牛舎に着いた。悪臭はいちだんと強くなり、吐き気と頭痛がしてきて足がふらつくほどだ。悪臭とともに、なにか「忌まわしい気」のようなものが流れ出ているように思えて、大輔はなかに入るのをためらった。恐怖がこみ上げてきたのだ。

「ここでは、なにか異常なことが行われている。それがよくわかった」

グライムズはそう言うと、牛舎に入った。そうだ……ここまで来て引き返すわけにはいかない。大輔と成松も彼に続いた。真っ暗でなにも見えない。足もとがやけにじゆくじゅくする。グライムズが小さなペンライトを点け、地面を照らした。なんだか

わからない、赤くてぶよぶよしたものが一面に散らばっている。グライムズはライトを正面に向けた。

「うわっ！」

グライムズか成松が叫んだのか、それとも自分が叫んだのかも大輔にはわからなかった。とにかく三人のうちのだれかが叫んだのだ。

悪夢のような光景だった。目のまえに無数の牛の死骸があった。いや……生きているものもいたが、半分肉がなくなって死にかけていたり、脚がなくなっていたり、満足な状態のものは少なかった。そして、百頭ばかりの仔牛の死骸が転がっていた。生まれたばかりと思えるものが多かった。引きちぎられたように首がなくなっているものもいた。胴体を左右に裂かれたような死骸、身体をねじ切られたような死骸、腹部だけが失われたような死骸……むごたらしい状態の牛たちが放置されていた。死骸から流れ出たらしい大量の血や体液が数ヵ所で池のようになってたまっていた。

そして。

血だまりのなかに、見覚えのある人物が倒れていた。全裸で、眼鏡だけをかけていた。顔面の、鼻から下の肉がなくなって、骨と歯が剝き出しになっているが、特徴のある額と目で高原教授だとわかった。すでに死んでいることは明白だった。なぜなら、腹部から下がなかったから。つい先ほどまで生きていたのだろう、湯気の立つ内臓から赤い液体が流れ出している。上半身だけの高原教授は、よくできた作りかけのフィギュアのように見えた。教授の死骸のうえにメモ用紙があり、そこにはこう書かれていた。

もう耐えきれん。牛に食われて死ぬことにする。きみは逃げろ。

大輔に宛てたメッセージであることは明らかだった。大輔がメモをつまみ上げると、高原教授の上半身がごろりと手前に転がった。成松が、

「ひいいいっ……！」

と叫び声を上げ、牛舎から飛び出していった。

「待ってください！」

大輔は追いかけようとしたが、グライムズに肩を摑まれた。

「放っておけ。この様子を見たらだれでもああなる」

「…………」

大輔はため息をついた。グライムズは頭を抱え、

「どういうことだ……。ぼくはここで、大がかりな設備で美味な牛肉を生み出す最先端の実験が行われていると思っていた。それが……これはなんだ。まるで地獄じゃな

いか。どこもかしこも死んだ牛ばかりだ。それも残虐なやり方で殺されている。肉食恐竜にでも襲われたみたいだ……」

「引きかえしましょう。これはぼくたちだけでは無理です」

大輔がそう言ったが、グライムズはかぶりを振って、

「見届けるんだ。この悪魔の実験場でなにが行われているかを。それが神に与えられたぼくの使命だ」

そう言うと、彼はデジカメを死骸に向け、シャッターを押した。フラッシュが光り、牛舎のいちばん奥にある「もの」が一瞬だけ浮かび上がった。大輔は絶句した。それは……彼がこれまでに見たもののなかでもっともおぞましいものだった。

「逃げましょう、グライムズさん。見つかったらなにをされるかわかりませんよ」

「嫌だ。ぼくはこの事実を世界に向けて発信する義務がある。もし、ぼくが捕まっても弟がいる。弟は、ぼくより一枚上手の活動家だ」

彼は、携帯とデジカメをつないで手早く操作し、

「弟にメールしたよ。これで思い残すことはない。ぼくと連絡がつかなくなったら、あいつが動いてくれるだろう」

グライムズがそう言ったとき、

ぼ……が……

あああ……が……

も……も……

さっき塀の外で聞いた、地の底から響いてくるような太くざらざらした声が聞こえてきた。奥にいる「もの」が発しているのだ。大輔は逃げ出したかったが、恐怖で足が動かなかった。まわりにいる牛たちがその声に唱和をはじめた。

もも……

ん……うう……ううう……

も……

もも……お……

ふたりは、背後に五、六人の男たちが立っていることにも気づかず、その場に立ち尽くしていた。

「見てしまったようだねえ」

その声に大輔たちは振り返った。先頭にいた男は、吉峰という畜産振興課の職員だ。

「例の『学生さん』だね？　ずっと捜していたのにそっちから来てくれるとは手間が省けたよ。この教授さんは最後まできみのことを言わずに死んだのに、皮肉なもんだねえ」

「…………」

「ちょうどいい。『祀り』が近いのに、男雛《おびな》と女雛《めびな》役の男女がいなくて困っていたんだ。——使いものになりそうなやつは……」

吉峰はふたりの顔を交互に眺めたあと、大輔に目をとめ、

「やっぱきみだな。——こっちの活動家のガイジンは……グライムズくんだったな。えーと、どこの国の野郎かね」

「ぼくはアメリカ人だ」

「ほっほう……それはそれは」

「ぼくたちを解放しろ。貴様たちがここでやってることを世界中に知らせてやるからな」

「解放？　それはダメだ。我々はアメリカさんには恨みがあってね。出てこいニミッツ、マッカーサー、出てくりゃ地獄へ逆落とし」

「な、なにを言ってるのかわからん」

吉峰は指をぱちんと鳴らした。グライムズの背後にいつのまにか忍び寄っていただれかが、彼に飛びついて引き倒し、喉をナイフでえぐった。げっ、と叫んでグライムズは息絶えた。呆然とする大輔に、吉峰は言った。

「――死ね」

「安心しろ。おまえはもう少し生かしておいてやる。男雛だからな。かわいらしい女雛と一緒にあの世に行けるぞ。ふふふふふ……」

そして、グライムズの携帯とデジカメを靴のかかとでぐちゃぐちゃに踏みつけた。

第五章　巨牛

当時アテーナイの人々は、クレーテーの王ミーノースに強いられて捧《ささ》げ物として供えなければならない生贄《いけにえ》のために深い苦悩にひたっていました。この生贄は七人の青年と七人の処女とからなっていて、それを人々は毎年餌食《えじき》として頭が牡《お》牛《うし》で体が人間の形をしたミーノータウロスという怪物に送らなければならなかったのです。怪物は非常に力が強く、気性も荒かったので、ダイダロスが造った迷宮《ラビユリントス》に住まわされていました。この迷宮は実に巧みに造られていたので、一度この中に入れられると誰も独力では出てこられなかったからなのです。ミーノータウロスはこの中を歩きまわり、人間の生贄を餌にもらっていました。

『完訳ギリシア・ローマ神話』トマス・ブルフィンチより

「あなたが無理矢理行かせたんじゃないの？」

翌日の早朝、まだ夜が明けきっていない時間に絵里が怒鳴った。成松と大輔がいないことに気づいたのだ。

「朝っぱらからうるさいわねえ。私はちょっとその……アドバイスしてあげただけよ」

礼子は肩をすくめた。

「どんなアドバイスですか」

「そうね……成松さんには、信念をもって県政の腐敗を追及しないような政治家は税金ドロボーだって」

「ひどい……」

「大輔くんには、どうしてお世話になった先生を助けに行かないのって」

「そんなのアドバイスでもなんでもない。そそのかしただけじゃない。危険な目に遭うのがわかってて……許せない」

「でも、これでなにか真実がこぼれ落ちることがあるかもしれない。今の世の中、真実は家でテレビ観たり、ネット観たりしてるだけでは手に入らないのよ。私だって身体張ってるの。――あんたこそ、牧場の娘のくせに、親と戦おうともしないで文句ばっかり言ってるじゃない？　隠れてばかりいないで、少しは命がけで真実を見つけようとしたらどう？」

「真実なんてなんの価値があるんですか？　知らなくてもいいことだってあります。どうせ世界は嘘ばっかりでできてる。私たちはマスコミに騙《だま》されてて、マスコミは政治家に騙されてて、政治家はアメリカや中国に騙されてる。真実なんか永久にわかりっこない」

「だとしたら……この世が嘘ばかりでできてるとしたら、そのなかで少しでも真実を見つける努力をしないとダメなんじゃない？　家でぼんやりゲームしたり、マンガ読んだり、メールしたりしてるだけで一生終わってもいいの？」

「私はそれでいいです。なにが悪いんですか？」

「悪くはないけど、私はあんたを軽蔑するわ。もし、大輔くんたちのことが気になるなら、親のところに行って対決しなさいよ」

「嫌です。あんなやつら親でもなんでもない。今、私が帰ったら待ってましたと拘束してみさき教に引き渡すと思う。それにだいたい……どうしてあなたに指図されなきゃなんないんです？」

「ちょ、ちょっと黙ってて」

ついていたテレビの画面を礼子は食い入るように見つめた。髪を七三に分けたアナウンサーが淡々とした口調でしゃべっている。その下に「自然保護団体代表殺害される」というテロップが出ている。

「今朝午前四時ごろ、岡山県新見市の林道で、頭部を切断された男性の死体を近くに住む牧場経営者が発見し、警察と救急に通報しました。警察によりますと、死亡していたのは、所持品などから、自然保護団体『グリーンチャンネル』日本支部代表ケネス・グライムズさん三十一歳とみられており、グライムズさんは全身をナイフのようなもので滅多刺しにされたうえ、頭部を切断され、林道を遮るような形で仰向けの状態で放置されていたそうです。現在までのところ、頭部はまだ見つかっておりません。グライムズさんは岡山で行われているブランド牛の開発事業に抗議するために来日中でしたが、直前までT大学の大学生と行動を共にしていたとみられており、近くの草むらからはその学生手帳と果物ナイフが発見されました。果物ナイフからは学生の指紋が検出されました。発見者の牧場経営者は現場から走って立ち去る学生らしき若い男の姿を目撃しており、警察は姿を消したその学生がなにか事情を知っているものとしてその行方を捜しています。——では、コマーシャルのあとは週末のお天気です」

礼子と絵里はCMに切り替わったテレビを唖然として見つめていた。絵里は泣きながら、礼子にむしゃぶりついた。押し倒されて礼子は床に後頭部を打ちつけた。そのうえに馬乗りになって、絵里は礼子の胸ぐらをつかんでぐいぐい引っ張った。

「あなたのせいよ！　どうするの？　ひとが殺されて、大輔さんが犯人だなんて……

ありえない！」

「だ、だってこんなことになると思ってなかったから……」

「責任取りなさいよ！　人殺し！」

「なんとかしないと……」

「なんとかしてよ！」

「わかった……わかったわ。私が間違ってた。あのふたりを焚きつけて牧場に行かせたら、向こうもあわててなにかしでかすかもしれない。その反応を見たかったんだけど……相手を見くびってた。謝ってもどうにもならないけど……大輔くんを人殺しにしたのはたしかに私」

絵里は、礼子の首から手を放した。礼子も泣いているのを見たからだ。

「でも、警察が、直前まで大輔くんとグライムズというひとが一緒にいた、とか知っているのはおかしいし、学生手帳が落ちているというのも不自然よ。それに、逮捕歴もないのにどうしてナイフの指紋が大輔くんのものだとわかったのかな。報道も、彼が犯人だと決めつけてるみたいだし……」

「どういうこと？」

「はめられたんだと思う」

「じゃあ大輔さんは……」

「逃げたんじゃなくて、たぶん……向こうに捕まってるんじゃないかな」

絵里は下を向いてしばらく考え込んでいたが、

「私も謝ります。第一発見者の牧場経営者というのはたぶん私の父です。親と向き合うのを避けてました。あの牧場の子なのに、当事者じゃないような顔して……」

そのとき、チャイムが鳴った。ふたりは顔を見合わせた。

「すいませーん、警察ですが、どなたかいらっしゃいますか」

インターホンのモニターを見ると、刑事らしいふたりの男が立っている。

「電気が点いてるし、テレビの音も聞こえてるんでね、いるのはわかってるんですよ。宇多野礼子、浦賀絵里、ドアを開けなさい！」

礼子は蒼白になり、

「どうして私たちがここにいるとわかったんだろう」

刑事たちの後ろから、コートを着た年配の男が現れた。刑事のひとりが、

「どういたしましょうか、高麗川副本部長」

絵里は、それが成松が口にしていた「県警の友人」の名だと思い出した。高麗川はもう一度チャイムを押し、

「貴様たちが、ケネス・グライムズ殺害に関わっていることはわかっているんだ。おとなしく出てこい」

礼子が絵里にささやいた。

「裏口があるわ。そこから逃げなさい」

「礼子さんは……？」

「私はなんとかこいつらを食い止めて、時間を稼いでみる」

「そんな……一緒に行きましょう」

「無理。これは私の仕事よ」

「だって……」

「だってもクソもない。あんた、大輔くんを助けるんでしょ？　ここでふたりとも捕まったら元も子もないわ。それぐらいの計算、できないの？」

「――できます」

絵里は、礼子から顔を引き剝がすようにして、下に降りる階段に向かって走った。

礼子はインターホンに口を当てて、

「今、ドアを開けますけど……なにか誤解があるみたいなので、お話しさせていただけますか」

「そんなことをしている暇はない。こちらには逮捕状があるんだ」

「それにしても県警の副本部長ともあろうおかたが、わざわざ犯人逮捕に出てくるなんてびっくりです。私たちよほど凶悪犯ですのね」

「うるさい。早く開けろ。開けないとぶち破るぞ」

「はいはい、ただいま」

そう言いながら礼子は振り返った。絵里の姿はない。うまく逃げられたようだ。ドアのまえに立ち、心のなかで三十数えてからロックを外した。途端、刑事たちが雪崩れ込んできた。彼らは礼子を乱暴にその場に突き倒すと、手錠を掛けた。

「抵抗もしていないのに手錠を掛けるなんてひどい！」

「人殺しが、黙ってろ」

刑事のひとりが礼子の腹を蹴った。高麗川とおぼしき太った男がのっそりとまえに出て、

「おい、もうひとりの女はどこだ」

「知らないわ。ここにいたのはもともと私ひとり」

刑事は礼子の胸を靴で踏みつけた。

「そんな嘘が通るか。言え」

「こんなことが許されると思っているの？　私を甘くみないでよ。あんたたちのやったこと、全部書いてやる。訴えてやる」

「は？　それは無理だな。あんたはもうすぐこの世とおさらばするんだ」

「おい……！」

高麗川がにらんだ。

「ぺらぺらしゃべるな」

「すいません」

礼子は急に怖くなってきた。相手はヤクザではなく警察だ。それほどの無茶もしないだろうと思っていたのだが、

（本当に殺されるかもしれない……）

礼子は立ち上がりざま刑事の股間を膝で蹴り上げ、不意をつかれた相手がのけぞった隙に体当たりを食らわして、そのままドアから走り出ると、

「助けてっ！　誰か！　殺される！」

だれでもいい。近所のだれかの耳に入ることを願って大声を出した。しかし、すぐに背後から強い力で引っ張られ、口に丸めたハンカチを押し込まれたうえ、家のなかに引きずりこまれた。ドアを閉められたあと、ふたりの刑事に頭や腹や股間をめちゃくちゃに蹴られた。気が遠くなっていく。

「これで生け贄は男女とも数が揃《そろ》いましたね」

「そうだな。女が足りてなかったからホッとしたよ。だが、絵里という娘も見つけねばならん」

「父親が浦賀だからですか」

「それもあるが……秘密を知りすぎている。情報を洩らされぬように、教団本部に飼い殺しにして外に出さぬようにしなくては……」

礼子は、薄れゆく意識のなかで、

（絵里ちゃん……逃げて……）

そう念じていた。

そのとき。

閉めたはずのドアが突然開き、なにかが暴れ馬のような勢いで飛び込んできた。すぐまえに立っていた刑事が吹っ飛ばされて壁に激突した。村口だった。頭をミイラ男のように包帯で巻いた村口は、礼子を抱きかかえるようにして立ち上がらせた。刑事のひとりが銃を抜いて威嚇しようとした。高麗川が、

「あ、馬鹿！　住宅地だぞ！」

そう叫びながら刑事の手を押さえたはずみに引き金が引かれ、高麗川の手が血だらけになった。高麗川は片膝を突いて呻いた。

「す、すいません！」

ふたりの刑事が介抱しようとおろおろしているあいだに、村口は礼子を連れて外に出た。

「追え！」

高麗川は叫んだ。

「ですが、副本部長……」

「俺のことはいい。ぜったい逃がすな！」

怒鳴り声を浴びながらふたりの刑事が表に出たとき、目のまえを一台の車が猛スピードで走り去っていった。

◇

話は少しさかのぼる。

絵里は、足音を立てぬようにそっと勝手口に向かった。ドアを少し開け、隙間からのぞくと、黒い背広を着、サングラスをかけた大柄の男がひとりこちらに向かってくるのが見えた。ジョン・ベルーシにそっくりの太った男……間違いなく刑事だ。絵里はあわてて引き返した。玄関のほうから数人の怒鳴り声が聞こえる。

（どうしよう……）

トイレに隠れる、風呂場に隠れる、テーブルの下に隠れる……どれも最悪だ。すぐに見つかる。二階に上がって、窓から逃げる？　無理だ。階段は玄関のすぐ横なのだ。足音が勝手口のまえまで来た。絵里はとっさに廊下に出ると、壁に扉があった。

開けてみると納戸だった。トイレットペーパーやティッシュ、飲料水、洗剤などの買い置きが入れてある。ここに隠れようか？　いや……これもバレバレだ。ふと、納戸の床を見た。

（あれ……？）

蓋のようなものがあり、取っ手がついている。床下収納か？　上に積まれていたトイレットペーパーを脇にどかして取っ手を引っ張ると、蓋はすぐに開いた。そこには思いがけないものがあった。地下へと続く梯子《はしご》段だ。底のほうは暗くてよくわからないが、かなり深いようだ。玄関のほうからなにかを蹴りつけるような音が聞こえてくる。絵里は決心した。納戸に入り、内側から扉を閉める。真っ暗ななか、手探りで穴の位置を確かめると、梯子段を降りていく。身体が全部潜ったところで、下から手で蓋を閉めた。足先で探り探り降りる。なかなか底に着かない。暗いのでよくわからないが、おそらく三メートルほど降りたところでようやく足が底に触れた。踏みしめてみると固い。コンクリートだろう。前後左右、明かりがない。とりあえず梯子から手を放して立ってみる。手が壁に当たった。通路のようになっているようだ。絵里は、ゆっくりゆっくり壁に沿って進んだ。

（――あ！）

縦についた金属バーのようなものに指が触れた。それを摑んで押す。重いが、力を込めるとそろそろとドアが開いた。驚くほど分厚いドアだ。厚さ三十センチぐらいあるだろう。

（防音室にしても分厚すぎるよね。もしかしたら……核シェルター？）

ドアのなかから光が漏れた。そこは十二畳ほどの大きな部屋だった。電気はつけっぱなしになっているが薄暗い。なかに入ると、正面に「一言主大神」と大書された掛け軸が掛けられている。その左右にも掛け軸があり、左のものには、頭部が水牛で身体が人間、手に刺股《さすまた》を持った化け物が描かれている。虎の皮のふんどしをしているので、いわゆる「鬼」なのかもしれないが、絵里には牛頭馬頭《ごずめず》とかいう地獄の獄卒に思えた。右の掛け軸に描かれているのは、蜘蛛か蟹《かに》のような胴体に牛の頭がついた化け物だ。大輔が言っていた「牛鬼」というやつかもしれない。

（どうして……成松議員の家の地下にこんなものがあるの……？）

部屋の右手に棚があり、そこには黄金色の表紙のパンフレットの束が雑然と置かれていた。牛の頭部をデザイン化したもののうえにMという文字……まえに牧場で何度か見かけた車にあったマークと同じだ。絵里はそれを手に取り、ぱらぱらとめくった。途中のページに「過去の著名入信者」としてたくさんの名前が並んでいた。なかには絵里が日本史で習ったような人物もいた。いちばん最後に「鵜川陽介」という名がサインペンで書かれていたが、それは黒く線が引かれ、その横に「池谷芳蔵」の名前があった。

（池谷芳蔵って、鵜川が死んだあとの自綸党総裁最有力候補のひと……）

そのとき、絵里はなにかの臭いを嗅いだ。自分が生まれ育った牧場で何度も嗅いだことのある臭い。この部屋に入ったときから臭ってはいたのだが、頭が「無視するように」という指示を出していたのでそれに従っていたのだ。だが……もう無視するわけにはいかない。絵里は掛け軸と反対側の、部屋の奥を見た。

「ぎゃあああっ……！」

悲鳴を抑えようとしたが不可能だった。絵里はその場にしゃがみ込んだ。そこにスイカのように並べられていたのは、人間の頭部だった。どれも三方のうえにうやうやしく載せられてはいるが、白目を剝いたもの、眼球が垂れ下がったもの、歯を剝きだしにしたもの、舌をナイフのように突き出したもの、鼻や耳から垂れた血が凝固したままのもの、首のところから骨が露出しているものなど、むごたらしい状態の顔たちが絵里をにらみつけていた。絵里は吐いた。胃液が出尽くすほど吐いたあと、ひとの気配を感じて顔を上げた。

「こーんなところに隠れてたのかい、お嬢ちゃん」

それは太った刑事だった。

◇

深夜二時。生暖かい風が草を薙《な》ぎ、森の木々を揺らす。牛臥山のなだらかな山稜《さんりょう》を背景に、金属製の高いパネルが影を地面に伸ばしている。「KEEP　OUT」と書かれた黄色いテープがそのまわりに張り巡らされている。

R大学の考古学研究室が発掘を行っていた遺跡「鬼ノ産屋」は、片桐という学生による大量殺人の現場となって以来、警察が一般人の立ち入りを禁止したままずっと放置されている。鎖と錠で厳重に封鎖された入り口のまえには、殺された学生たちの友人や遺族による献花が並べられているが、どれも風雨にさらされて色褪《いろあ》せ、汚らしいゴミのようになっている。岡山県が実施すると公言していた「リゾート開発」も手がつけられた気配はない。

深夜にもかかわらず、パネルの周りには十数人の制服警官が警備についていた。たいへんな物々しさである。少し離れたところには、パトカーや白バイ、軽トラック、Mというマークのついた大型車両、家畜運搬車、そして、岡山県と書かれた車……などが駐車してあった。よほどの人数がここに集っているらしい。

パネルの内側では今まさに、ある儀式が行われようとしていた。十ヵ所ほどに松明《たいまつ》が焚かれている。遺跡の中央には高さ、幅、奥行きともに十メートルぐらいある巨大な鉄製の檻《おり》のようなものが置かれている。その内部は暗くて見えない。それを見守っているのは二十名ほどの人々である。県の農林水産部長をはじめとするTプロジェクトの関係者がずらりと並んでいるが、病気で退職したという浅田の姿は見当たらない。ほかにも、白衣を着た研究者らしき男女、高麗川副本部長をはじめとする県警関係者……浦賀牧場の牧場主、つまり、絵里の父母もいる。

檻のまえには祭壇のようなものがあり、火が焚かれている。大量の香がくべられているらしく、殺虫剤のような臭いが空気に満ちている。それはおそらく、この場に漂っている強烈な「獣臭さ」を緩和するためであろうと思われた。動物園の狸《たぬき》や狐の檻のまわりの異臭を何百倍にもしたような、どろりと濃いその臭さは、香ぐらいでは隠しようがなかった。

祭壇のすぐ右には白木の横長の板が二列に置かれている。板のうえにずらりと並べられているのは、ひとの首だった。R大学の山根教授のもの、研究室の学生たち、片桐、高原教授、ケネス・グライムズ……などのものも混じっている。男性のもの六つ、女性のもの六つの計十二個だ。

しばらくすると奥の暗闇から、白装束を着たひとりの男が現れた。顔には、板で作ったような仮面をつけ、頭には五徳を逆さまにかぶり、その脚に蠟燭を三本立てている。丸い鏡を首にかけ、足には下駄《げた》を履く、いわゆる「丑の刻参り」の恰好だ。今は二時だから、「うしとらの刻」。つまり「鬼の刻」である。男は、右手に長い紐を持っており、その先には仔牛が一頭つながれている。まだ、生まれたばかりらしく、脚がもつれてよたよたしている。仔牛を連れた男は、集まっていた人々に一礼すると祭壇のまえに立った。つづいてもうひとり、仔牛を連れた白装束の男が現れ、さっきの男の隣に並んだ。そのとき、

うぉごおあああ……っ！

夜気を震わせる咆哮が轟き渡った。その声は巨大な檻のなかから聞こえてくるのだ。居合わせたものたちはびくっと身体を固くしたが、すぐに檻に向かって両手を合わせた。

結局、仔牛を連れた男たちは全部で十人になった。仔牛たちは、もぞもぞと身じろぎしながら檻のほうを見つめている。檻の扉には丸い蓋が取り付けられており、おそらくなかにいるものがそこから首を出すのだろうと思われた。

最後に現れたのは神主だった。頭に烏帽子をかぶり、狩衣に袴という姿で、顔には木製の仮面をつけ、手には榊を持っている。一同は神主に深く礼をした。神主は、祭

壇のまえに進み出ると、

「今宵《こよい》は歴史的な夜である。我らは千五百年以上にわたって莫大な資金を集め、このときを夢見てきた。それがついに実現する。我ら葛城の祖神、偉大な一言主の大牛神が蘇るのだ」

皆はまた頭を下げた。

「最後の生け贄……男雛と女雛をこれへ……」

神主がそう言うと、若い男女が後ろ手に縛られた状態で連行されてきた。ふたりとも真っ赤な装束を着せられている。それは……大輔と絵里だった。

◇

「これとこれと……これも欲しいな。あ、こいつももらいたいんだが……」

「豊畑《とよはた》銃砲火薬店」の店長は老眼鏡を持ち上げてその客をじろりと見た。

「猟銃・空気銃所持許可証はあるのかね」

「──ない」

「だったらダメだ。話にならん」

老店主は椅子を回転させて後ろを向いた。

「金は出すぞ」

「あんた、法律を知らんのかね。日本じゃ銃は許可証がないと売ったり買ったりしちゃいかんのだよ。帰った帰った」

「俺が銃刀法を知らんわけないだろう。俺は奈良県警の刑事だ」

店主はぎょっとした顔つきになり、

「け、警察がどうしてうちに銃を買いにくるんだ」

「いろいろ事情があってね」

「どんな事情か知らんが、とにかくうちは許可証がなけりゃ売れないよ。警察にならなおさら余計だ」

「ほかの事情も知ってるぜ。あんたのとこは岡山県の暴力団『桃実組』に拳銃を密売してるな」

老店主は蒼白になり、

「し、し、し、知らん」

「しらばっくれても無駄だ。証拠はあがってるぜ」

「あの連中は許可証を持ってる」

「岡山県の公安委員会もグルだからな」

「あんたがその件を捜査してるのか。全部ばらすつもりか。とんでもないことになるぞ」

「ばらす？　俺は奈良県警の刑事だ。岡山のことはどうでもいい。俺が追ってるのはもっとんでもない事件だ。——売るのか売らないのか」

「う、売る。そのかわり見逃してくれるんだろうな」

「もちろんだ」

店主はガラスケースの鍵を開けると、ショットガン、ライフルなど客の要望どおりの品を手渡した。

「たぶん奥の部屋に、装弾数の多い大口径ライフルも置いてあるんだろう。マニア向けにな」

「よく知ってるな」

店主は金を受け取ると、

「あんた……その恰好、変装してるのか」

「変装……？」

「顔を包帯でぐるぐる巻きにしてサングラスかけて……悪いけどそのほうが目立つで」

客は顔を撫でると、大笑いしながら店を出、そこに止めてあった車に乗り込んだ。

運転席にはこれも顔に包帯を巻いた女が座っており、静かに車を発進させた。

◇

祭壇のまえに絵里と並んで立たされた大輔は、捕らえられて以降のことを思い出していた。あれ以来ずっと、箱のようなものに閉じ込められていた。行動はすべて見張られ、食事もわずかしか与えられず、大小便は紐を引くとおまるが差し出される。屈辱的だが、しかたがない。ほとんど眠れないため頭がボーッとして、あまりはっきりと思考できなくなっていた。何日経ったのか、今が何月何日なのかもよくわからない。今日になって突然やってきたふたりの男に全身をアルコールに浸した布でくまなく拭かれ、ようやく大輔は正気に戻った。赤い着物を着せられて、手首を縛られ、そこから連れ出された。

あのとき、牛舎のなかで見たものは悪夢だった……そう思いたかったが、監禁されているあいだも「あの吠え声」がときおり聞こえるので、夢ではなかったと確認できた。車に乗せられ、見張り役の男に、

「どこに行くんです」

とダメもとできいてみると、

「『祀り』だ」

それだけが返ってきた。あとは無言である。車はすぐに停止し、降ろされた。高いパネルに囲まれた場所に入ったとき、大輔はハッと気づいた。以前、彼が発掘を手伝っていた「鬼ノ産屋」だ。間違いない。少し遅れて、べつの男がもうひとりの赤い着物を着た人物を連れてきた。ほとんど歩けないらしく、背中を支えられている。大輔は叫んだ。

「絵里ちゃん……！」

絵里は反応しない。顔も上げない。

そして、大輔は今、ここにいる。

仮面をつけた神主のような人物が言った。

「これで十四人分の生け贄が揃った。かつてギリシアのクレタ島の地下迷宮に棲んでいた『牛鬼』は、男七人、女七人の生け贄を食したという。それはすなわち七人ミサキと同じなのだ」

七人ミサキの源流はギリシアにあったのか……と大輔は思った。

「葛城とはもともと『飼う羅（刹）鬼』を意味し、羅刹鬼とは人肉を食う鬼のことである。鬼を飼うには多くの人肉を必要とするため、葛城氏は多数の人を『人間狩り』によって集め、鬼の生け贄とした。その怖ろしい記憶が人々のなかに後年まで残り、酒呑童子《しゆてんどうじ》の話などに変化していったのだ。われら葛城の民は、大和朝廷によって虐げられ、滅亡に追い込まれた。大和朝廷は、我らが奉ずる一言主の牛神を醜い異形の化け物『鬼』扱いし、蔑み、ないがしろにして歴史の底に封じ込めたのだ。牛神は、予言の力と土木を行う強大な力を持つ。大和朝廷はおのれに都合のよいときだけその力を利用したにもかかわらず、鬼の持つ大いなる力を恐ろしく思うようになり、邪神扱いをして弾圧した。土蜘蛛とは牛鬼の別称だが、それはまた大和朝廷に服従しなかった地方豪族のことでもある。大和朝廷は、彼らに逆らう土着の民を土蜘蛛などと呼んで虐げたのだ」

　奈良の葛城山の一言主神社にあった土蜘蛛塚のことを大輔は思い出した。葛城山の土蜘蛛は神武天皇によって退治され、頭、手足、胴体をばらばらにして埋められたという。

「大和朝廷、すなわち雄略天皇は葛城氏を抹殺したつもりであったろうが、我々には『鬼』がいた。なんとか全滅を免れ、生き延びた我らが先祖はその鬼を奉じて奈良から逃れ、この岡山の地に活路を得ようとした。ところが雄略は、謀反の罪を減じる返礼として吉備氏に我々の拠《よ》りどころであった鬼『温羅』を殺させた。それが、葛城の民へのとどめであった。以降、我らは歴史の表舞台に出ることができず、沼底の汚泥のようなみじめな暮らしを余儀なくされ続けた。世が世であれば、この国を支配しているはずの我らが、だ！」

皆、黙ってその演説を聞いている。啜り泣いているものもいる。

「鬼を作るには太郎牛が必要だ。太郎牛に神饌である『イ』を食べさせることによって鬼が生まれる。しかし、太郎牛は大和朝廷によってことごとく滅ぼされた。鬼を失った我らに残ったのは、普通の牛に『イ』を食べさせることによって、悪事も一言、善事も一言で言い放つという一言主大神の神託を語ることができる牛、『件』を生み出す技術のみであった。『イ』は葛城山の山中にしか生えぬ特殊な茸だ。それを普通の牛に食わせれば、時折、予言力のある仔牛が誕生する。それによって我らはかろうじてこの国の政界にひそやかなる影響力を保ち続けた。それはいずれ、我ら葛城の民がこの国を牛耳るためであった。ただ、普通の牛から生まれた『件』は、生まれてすぐに死んでしまい、とても鬼にまで育つことはなかった」

神主は声を張り上げた。

「わが教団は戦後、GHQの一方的かつ横暴な政策によって壊滅させられた。まるで江戸時代の切支丹《きりしたん》のようなむごたらしい弾圧だった。教団本部や神社、祭祀場などはダイナマイトで爆破され、火をかけられ、教団幹部や信者の多くは反論や弁明の機会すら与えられずに惨殺された。これは米国の日本の宗教に対する攻撃だった。資料や神具などすべてが灰燼《かいじん》に帰し、我々は千年以上保ち続けてきた『鬼』を作る技術も『件』を生む方法もそれらの設備もことごとく失ったのだ」

生き残りがいたのか、と大輔は思った。

◇

鬼ノ産屋のまえに立っていたのは県会議員の成松である。彼は吸っていた煙草を地面に捨て、靴で揉み消すと、遺跡のなかに入ろうとした。その脇腹に銃口が突きつけられた。礼子だった。

「ほほう、県警の非常線を逃げ切った、ということか」

「あんたにはすっかりだまされたわ」

「そうかい。私は長年、みさき教の信者だよ」

「県議会でTプロジェクトを追及してたのは、あれ、なに？　ポーズ？」

「どんな議案も、反対意見があってこそ、徹底討論した末に成立した、という形をとることができる。あまりに全会一致ですんなり通ってしまうと嘘くさいだろう。現に、私の追及のせいで県議会の意見がひとつにまとまり、Tプロジェクトに関する議案は予算も含めてすべて通過させることができた」

「あんたたちの狙いはなんなの？　ブランド牛の利権でひと儲《もう》け……程度のことじゃないでしょう？」

「ははは……県会議員のなかにはそう思っている連中も多いが、われわれみさき教が考えているのはもっと大きなことだ。たかがひとつの県でできることは知れている。岡山県が県をあげて暴走しているのにだれも咎めない。なぜだかわかるか」

「国が関与しているのね」

「そういうこと。我々の見据えているのはこの国の……日本の未来なのだ。これからの高齢化社会を乗り切り、日本がアジアのトップに君臨するにはこれしかない」

「高齢化社会？　アジアのトップ？　寝言言わないで」

「おまえたちにはわかるまい」

「わかんなくていいわよ。たくさんひとを殺しておいて、よくもまあえらそうに……」

礼子の横から、ライフルを持った村口が言った。

「大輔と絵里はどこだ」

「さあね……」

「案内しろ」

「もう手遅れだ。今ごろもう死んでいるはずだ」

「なんだと」

途端、成松はふたりを振り切って走り出そうとした。その後頭部を村口がライフルの銃床で殴りつけた。成松は昏倒《こんとう》したが、その顔はなんだか笑っているように見えた。

◇

「だが、我々は諦めなかった。ＧＨＱが廃止されてから、生き残っていたみさき教関係者はふたたび集結し、長老たちの記憶を頼りに『件』を復活させ、細々ながら秘密裡に教団を蘇らせることに成功した」

仮面をつけた神主は言葉を続けた。

「我らにとって幸いだったのは、戦後の政局がほぼ自綸党の一党独占状態だったことだ。野党とのせめぎあいがない分、自綸党中枢部の関心は総裁、つまり、だれが首相になるかに絞られた。地位と名誉を餓鬼のごとく欲する政治家たちは『件』の予言を聞きたがった。大原雅芳《おおはらまさよし》が急死したときに鈴本善功にお鉢が回ってきたのも、大渕清三《おおぶちせいぞう》が倒れたときに森芳郎がすばやく立ち回れたのも、お告げのおかげなのだ。彼らに予言を与え、対価として莫大な金を受け取り、その金を使って研究を重ねてきた甲斐あって、ここ岡山の新見の地において、とうとう『鬼』の前段階である牛鬼を……ミノスの牛を再現できるときが来た。現代の科学技術の進歩のおかげで、遺伝子操作によって太郎牛を作り出すことができたのだ。やっとここまでに成長してくださった。皆、喜べ。これが成功すれば、日本は我ら葛城の民の手に戻るぞ」

大輔は気づいた。新・見の太郎牛……ミノタウロス……そういうことだったのか。「十二の生け贄がここにある。あとふたりの生け贄を牛鬼に捧げれば、牛鬼はまことの『鬼』となるはずだ。古代、雛祀《ひなまつ》りは穢れを託した人形を川に流すためのものだった。我々は、男雛と女雛を血の川に流すことで、祀りを終えるだろう」

神主が祭壇に横たえてあった長い牛刀のようなものを二本、手に取ってちゃりんと叩き合わせたあと、大輔と絵里に近づいた。大輔は必死に、

「絵里ちゃん！　絵里ちゃん！」

と叫んだが、絵里は朦朧としている様子で顔も上げない。神主が刀の刃をその喉に押し当ててもぴくりとも動かない。

「牛鬼さまのために死ねることを光栄に思え……」

神主が刀を手前に引いた。喉に赤い筋がつき、そこがぷつぷつと割れていき、ぴゅ、と血が噴き出した瞬間、

「やっぱりこんなことは許されん！　絵里ーっ！」

絵里の父が神主に向かって突進し、体当たりで神主をはね除《の》けると、絵里の身体を抱きかかえた。

「絵里！　絵里！　すまんかった。わしが悪かった。絵里！」

しかし、絵里の表情に変化はない。

「血迷ったか。われらの千五百年以上に亘る宿願を果たすときだというに、親だの子だのといったつまらぬ感情にとらわれていようとは……情けない。——引き剝がせ！」

神主が右手を挙げると、若い制服警官が絵里の父を羽交い絞めにして、その場から連れていこうとした。絵里の父は警官の腰から拳銃を奪おうとし、ふたりは揉み合いになった。

「なにをもたもたしておる、たわけ！　早くしろ。儀式の時間が迫っているのだぞ！」

神主が怒鳴った直後、

「パン！」

という音がした。焦った警官が思わず、拳銃の引き金を引いてしまったのだ。絵里の父の額に黒い穴が開いた。

「あんた！　あんた！」

絵里の母親が夫の死骸にすがりついた。警官は、

「わあああっ！」

と叫びながらその背中にも銃弾を浴びせた。弾は心臓に命中し、おそらく即死したにもかかわらず、錯乱した警官はなおも発砲し続けた。やがて、弾丸をすべて撃ち終えると彼はぐったりと両腕を垂らした。その瞬間、絵里が悲鳴を上げた。

「お父さん！　お母さん！　あああ……ああああああ……」

絵里は叫び続けた。

「おい、殺せ」

神主が言うと、

「今ふたり、男女の生け贄が追加されました。彼らを男雛・女雛とすれば、もう生け贄は必要ないのでは？」

白装束の男が言った。

「生け贄はいらぬが、この学生もこの娘も、口を封じてしまわねばなるまい」

「ですが……」

そのとき、檻ががたがたと揺れ、空気をひりつかせるような雄叫《おたけ》びが聞こえた。神主は早口で、

「急げ。儀式の時間が削られるのは困る」

「わ、わかりました」

白装束の男は神主から長い刀を受け取り、地面に座っている大輔の頭頂に垂直に突

き立てた。そして、ぐい、と力を入れようとしたそのとき、

「やめろっ！」

そんな声とともに、ブアアアン……という音が聞こえ、彼らの足もとの土が弾けた。村口がブローニングのセミオートライフルを連射しながら走り込んできたのだ。ショットガンを両手に持った礼子が彼に続いた。ふたりとも決死の形相である。礼子は大輔にショットガンを放ったが、大輔は受け取りそこね、銃は床に転がった。礼子は絵里にはクロスボウを放り、絵里はそれをしっかり受け止めた。

「貴様ら、神聖な儀式を……」

神主が言い掛けるのを遮るように村口はライフルを撃ちまくった。ほとんどは当たらなかったが、議員や研究者たちはパニックになり、四つん這いになって逃げ惑っている。警察関係者も右往左往している。手や脚を撃たれて血を流しているものもいる。礼子のショットガンもむちゃくちゃだがあちこちに当たってはねかえり、それがまた参加者の恐怖をあおっているようだ。絵里は冷静に狙いさだめてクロスボウを放っている。

「うろたえるな！　千五百年待ちに待ったる今日のこのときだ。やつらを始末しろ。おまえたちは訓練を積んだ警察官だろう！」

神主の叱咤によって県警の警察官たちは我に返り、銃口を村口と礼子、絵里、大輔

に向けた。

「殺せ！　殺せ！　殺せ！」

神主の叫びに誘われるように警官たちは四人に発砲した。真っ先に礼子が右肩を撃たれ、血を吐いてその場にうずくまった。村口は脚を撃たれて倒れざま、ライフルをぶっ放した。弾は逸れて、檻の鍵に当たった。鍵が吹き飛び、檻の扉が開いた。

「ま、まずい。牛鬼さまが……」

神主は後ずさりした。檻のなかから、信じがたい大きさの牛が顔を突き出した。普通の牛の三倍ほどもあるだろう。怪獣のように巨大で、頭部には黒く雄大な角が生えている。大輔が牛舎の奥で見た、あの牛だ。

「出してはならぬ……出してはならぬ！」

神主は叫んだ。牛は白目を剥いており、口から涎を間断なく垂らしている。鼻を膨らませ、前脚で地面を苛立たしげに蹴りつけ、檻から出ようとしている。ふおーっ、ふおーっ、と荒い息を吐くが、そのたびに周囲の仔牛たちが狂ったように跳躍し、ロープを引きちぎろうとする。

「首を……牛鬼さまのまえに並べるのだ。早く！」

しかし、皆、怖れて動くことができない。神主は、警察官のひとりの拳銃をもぎ取ると、その警官を撃ち殺し、

「わしの言うことをきかねばこうなる！　さあ……やれ！」

ヤクザ風の男たちが、横長の板に並べられた首をひとつ摑んで、巨牛のまえに運ぼうとした。しかし、途中で足がすくみ、立ち止まってしまった。神主は彼の足もとに弾を撃ち込んだ。男は神主をきっとした顔で振り返ったが、ふたたび檻のほうを向くと、首をボウリングのボールのように牛に向かって転がした。首はちょうど、牛のまえで止まった。巨牛は頭を低くすると、その首をがつがつと食べ、頭蓋骨を嚙み割って中身を啜ったあと、なおも欲しそうにした。

「もっと……もっとさしあげるのだ！」

神主が叫んだ。数人が進み出ると、今の男の要領でごろごろと転がした。牛はうれしげに咆哮し、肉を食い、目玉を齧《かじ》り、脳を啜った。四つの首を食べ終えたあと、巨牛は絵里に顔を向けた。絵里の顔がひきつった。牛は絵里を見据えると、ひと声高く吠えたあと、角を檻の鉄格子にぶつけだした。鉄格子は次第に歪んでいき、とうとう牛は外へ出た。獣の臭いが周囲に満ちた。牛はまっすぐに絵里に向かっていく。

「来ないで！」

絵里は叫んだが牛の勢いは止まらない。しかし、その巨牛のまえにだれかが立った。大輔だ。

牛の前足のひづめが大輔を引き裂いた、とだれもが思った瞬間、大輔はショットがンで牛を撃った。生まれてはじめての射撃だったが、弾丸は巨大牛の胸のあたりに命中した。

「ば、馬鹿め！　そんなことをしたら……」

神主が震え声で叫んだ。巨牛は激昂し、角を左右に激しく打ち振り、恐竜のように咆哮した。そして、祭壇を薙ぎ倒し、周囲にいたものを見境なく襲いはじめた。

「ど、どうします。攻撃しますか」

だれかが言った。

「攻撃？　牛鬼さまをか……」

神主はじっと牛を見つめた。その視線に気づいたのか、巨牛はゆっくりとそちらに顔を向けた。神主はびくりとした。牛は、ううふ……はふう……ううふ……はふう……とひきつったような息遣いで神主に近づいていった。瞼《まぶた》のしたに目ヤニが大量にこびりついており、口からは涎と血の入り混じったものを垂らしている。

「や、やむをえぬ。撃て……牛鬼さまを撃て！」

「よろしいのですか」

「かまわん！　撃て……殺せっ！」

銃弾が牛に集中した。牛は絶叫し、顔や胸や脚から血を噴き出しながら突進した。大勢がはね飛ばされて鋭い角の餌食になり、また蹄《ひづめ》で踏み殺された。

「撃て……撃てっ」

ひたすらそう繰り返していた神主の声もいつしか途絶え、逃げ惑っていたものたちもひとりずつ死を与えられた。牛はそんな犠牲者たちの死骸の皮を前歯で剝ぎ、肉を食らい、内臓を飲んでいる。

銃撃の音もしだいに弱まっていき、あたりを血臭と獣臭と糞便臭《ふんべん》が満たしたそんなとき、だれかが巨大牛のまえに立った。それはあたかも闘牛士のように凜《りん》としていて、馬鹿でかい怪物に対して一歩も引かぬ構えであった。牛は頭を低くして右の前脚で地面を掻くと、突然その「だれか」に向かって走り出した。なにしろとんでもない巨体である。その砂塵《さじん》が左右に噴き上がり、地響きが周囲を揺らす。

「死ね！」

闘牛士は絵里だった。髪や顔に血がこびりついていたが、澄んだ目で荒ぶる牛を見つめている。絵里は鋼鉄製の重たい矢を装着した大型クロスボウをまっすぐに構え、巨牛が近づくのをぎりぎりまで待って、矢を放った。矢は空気を焼いて飛び、牛の眉間に突き刺さると、シャフトの部分までずぶずぶとめり込んでいった。牛の両眼の眼球が音をたててはじけ、鼻や耳から血が噴水のように噴き出した。巨大な牛は、がくりと膝を突いた。口から赤いゼリーのような物質が大量にこぼれ落ちた。そして、ついに牛は横倒しになり、動きをとめた。

絵里はクロスボウを下ろし、大輔のところに駆け戻った。ふたりはしばらく抱き合っていたが、牛のほうからぐちゃぐちゃという音が聞こえてきたので、そちらを向いた。十頭ほどの仔牛が倒れた巨牛に群がり、その身体を食いちぎり、すさまじい勢いでむさぼり食っていた。大輔はそのむごたらしい光景に震えた。ライフルを杖《つえ》代わりにした村口が、

「これが神牛の最期なのか……」

そうつぶやいたあと、膝をつき、ライフルで一頭ずつ射殺していった。虚空に、か細い悲鳴が十回響いた。

第六章　暴走

放牛桃林野（牛を桃林の野に放つ）

周王の武王は、殷《いん》を征伐して帰ってから、戦車を引かせた馬を華山に返し、荷車を引いた牛を桃林の野に放ってまた用いなかったことに起こる。戦いの終わったことを示すものなり。

『うし小百科』栗田奏二編より

祭祀場から脱出した大輔と絵里、村口、礼子の四人は、そこに停めてあった車の一台に勝手に乗り込んだ。

「まさかまた会うことになるとはな」

村口は大輔にそう言うと、車内で全員の応急手当てをした。なんとか岡山市までたどりつき、まずは途中の公園で大輔が身体を洗って乾かしたあと、コンビニで四人分の下着と服を買い、血でどろどろになった衣服と交換した。追っ手を警戒して岡山から在来線を何度も乗り継ぎ、大阪まで出た。そこから思い切って新幹線に乗ったが、とくに追っ手もかからず、見張られているような様子もなかった。大輔は疲労しきっていたが、眠るのを我慢した。絵里は座席に座った瞬間に眠っていた。

ネットニュースをチェックしたが、岡山に関するものはなかった。

「今から医者に行くよ」

東京駅に着いたとき、村口は言った。

「即刻入院だろうな。じゃあ、また」

礼子も、

「私もそうなると思う。あんたたちは大丈夫?」

さいわいにも大輔と絵里の傷はそれほど深くはなかった。ただ、精神的なダメージは計り知れない。

村口と礼子とは再会を約して別れ、大輔は絵里をともなってアパートに戻った。

久々の帰宅なので郵便受けにはダイレクトメールのほかに大量の請求書が突っ込まれていた。自動引き落としにしていたため、電気も水道もガスも止められてはいなかった。

施錠を確認し、交互に風呂に入って、やっと人心地ついた。冷蔵庫を開けると、野菜類は萎《しな》びていたが、缶コーヒーが二本入っていた。ソファに座り、甘ったるいコーヒーを飲みながらテレビをつけた。三時のニュースで、一報が流れた。

「岡山県新見市太郎牛村の県が所有する立ち入り禁止の古代遺跡で、今日未明、男女二名が倒れているのを通りすがりのハイカーが見つけ、警察に通報しました。岡山県警によりますと、二名は太郎牛村で牧畜業を営む浦賀和雄さん五十八歳と妻の友恵さん五十二歳で、いずれも心肺停止の状態だそうです。現在、ふたりが遺跡に侵入した動機や死因などを詳しく調べたうえで、事故と事件の両面から捜査を進めているとのことです」

それだけだった。あそこには二十名を超えるみさき教関係者がいた。銃撃などにより死傷したひとたちも少なからずいたはずだ。なによりあの巨大な牛の死骸はどこへ行ったのか。十二個の首はどうなったのか。檻や祭壇などの設備に触れられていないのはなぜか……疑問は山積みだが、ニュースからはそれ以上の情報は読み取れなかった。

絵里はリモコンでテレビを消し、大輔のうえに身体を重ねた。大輔はそれを受け止めた。

それから数日、大輔と絵里は部屋から出ることなく過ごした。食べものはカップ麵しかなかったが、外へ出たくなかった。どこでだれが見ているかわからない。ドアを閉ざしていれば、ここはふたりだけの世界だった。チャイムが鳴る度にびくびくしたが、無視し続けた。おそらくただの勧誘だったのだろう。大輔は発泡酒を飲んだ。以前、バイト先から大量にもらったものだ。酒は強くないほうだったが、脳をアルコールに浸しておかないと頭がおかしくなりそうだったのだ。岡山で得た数々の穢れを消毒したい、という気持ちもあった。大輔が発泡酒をがぶ飲みする様子を見て、絵里も飲み始めた。ふたりとも、なにも思い出したくなかった。

五日目、そろそろ食材が尽きようとしていたとき、久しぶりにテレビをつけた。岡山で肉牛の開発に関する県ぐるみの不祥事があり、範囲は県庁、県議会、県警などにも及んでいる、との報道があった。プロジェクトは解散になり、かなりの人数が懲罰の対象になったらしい。「浦賀牧場」は閉鎖され、飼育されていた牛は全頭が処分されたという。しかし、「鬼ノ産屋」における惨劇についてはなにも言及されなかった。死傷者も、絵里の両親以外にはひとりもいなかったかのような内容だった。番組のキャスターは、

「今や日本中にご当地ビーフがあるわけですが、それをこのような形で政治的に利用するというのは許されないことですね。和牛というブランドへの信頼性が薄れる恐れもあります。なんといっても和牛は日本が世界に誇るグルメ文化のひとつですから、

大切に守っていかなければなりません」

と締めくくった。それを聞いた途端、大輔は大声で叫んだ。

「ああ……ああああああっ……あうあう……」

フラッシュバックが起こったのだ。祭祀場での凄まじい体験が戻ってきた。転がる人間の首、撃たれた絵里の両親、巨牛をむさぼり食う仔牛たち……。

「アアアア……アアア……！」

大輔は両手で頭を締め付けている。頭が割れてしまえばこの苦しみから逃れられると思ったのだ。

「だめよ！　落ち着いて！　ねえ！」

絵里が大輔を抱きしめた。

「私がいるでしょ！　こっち見て！　ここにいるから！」

大輔は叫ぶのをやめたが、うずくまって震え出した。

「怖い……怖いよ……」

「私も怖いよ。でも、生き残ったんだから……生きなきゃ。ひとりじゃないからなんとかなる。私も大輔さんがいるからなんとかなってる。だから、大輔さんも私がいるからなんとかなるよ」

大輔は何度も何度も深呼吸した。肺が軋《きし》むほど強く息を吸い、吐くことを続けているうちに、少しだけ落ち着いてきた。

そうだった……と大輔は思った。絵里は両親を目のまえで殺されているのだ。そのショックに耐えて生きている……。

「では、つぎのニュースです。組閣を終えたばかりの池谷新首相は、オーストラリア、ニュージーランドに続き、アメリカからの牛肉の輸入について日米協定を全面的に見直し、関税率を八〇パーセントにすると発表いたしました。事実上の米国産牛肉の輸入中止に近い措置で、全米肉牛生産者・牛肉協会やアメリカ食肉協会から強い抗議の声が上がっています。池谷首相によると、アメリカ産牛肉における残留ホルモン剤の問題についてアメリカ側に申し入れたにもかかわらず改善が見られないため、今回の措置に踏み切ったとのことですが、アメリカとの外交問題にも発展しかねず、首相の突然の決定を疑問視する意見が自綸党内部からも聞かれています。なお、池谷首相は、二〇〇六年までに牛肉の生産量を現在の三倍にし、牛肉の完全自給を達成するとの考えで、農林水産省に和牛局を設置し……」

絵里はテレビに向かってリモコンを投げつけた。液晶に亀裂が入り、それ以降テレビは沈黙した。

その後も大輔のＰＴＳＤは続いた。昼夜問わず、突然叫びだし、頭を机にぶつけたり、窓から飛び降りそうになったりする。しばらくすると平静になるのだが、いつまたその症状が現れるかわからないので、外出ができない。しかたなく絵里が買い物に出る。しかし、絵里が側にいないと大輔が極度に不安がるので、一度に大量に買いだめをする。だれかが見張っている、などと言い出すのでアパートを変わり、今は八王子の格安物件にひっそりと棲んでいる。念のため、大輔の友人名義で借りているが、不安は消えない。

「ぼくはどうしてしまったんだろう。これじゃ生きていても意味ないよ」

そんな言葉を洩らす大輔に、

「そんなことない。私は大輔さんがいなくなったら死にます」

絵里はいつもそう言った。

ある日、絵里の帰りが遅かった。ドアが開いたとき、大輔は泣きべそをかきながら、

「どこへ行ってたんだ。もう帰ってこないかと思った……」

「どうしてそう思ったの」

「いや……ぼくがあまりに情けないから愛想をつかされたかと……」

「はい、これ」

絵里が差し出したものは、注射器と白い粉末だった。

「渋谷で売ってました。気分がハイになって、すっごく楽になるって。不安もなにも

かも吹っ飛ぶらしいですよ」

「こ、これ、覚醒剤じゃないのか」

「合法ドラッグっていうらしいです。だから、大丈夫……たぶん」

「なんだか怖いな……」

「私も一緒にやりますから」

そう言って絵里は自分の腕をまくった。大輔はじっと針の先端を凝視していたが、やがて、大きく息を吐き、絵里の手から注射器と粉末を取り上げ、ゴミ箱に捨てた。

「酒はギリセーフだ。でもこれは……ダメだ。人間じゃなくなる」

絵里もホッとしたような表情で、

「そうですね……」

ふたりはしばらくゴミ箱のなかを見つめていた。

「ごめんなさい。大輔さんのためになると思ったけど……」

「わかってる。――お酒を買いにいこうか」

「お金はあるの？」

「バイトして貯《た》めた貯金がもうちょっとだけ……」

大輔は財布をつかんだ。

◇

携帯から着信音が流れている。しばらくすると止まって、また鳴りはじめる。それを繰り返す。七回目か八回目に絵里は携帯を手に取った。

「は……い……」

「絵里ちゃんか？　俺だ、村口だ」

「む……ら……ぐち……？」

「村口毅郎だ。元奈良県警の」

「わ……かり……ません……」

「なに言ってるんだ！　今、どこにいる？　大輔くんにも百回ぐらい電話してるんだが一度もつながらないから。大輔くんは？」

「だい……すけ……」

「もう、じれったいなあ。会いたいんだが、どこに行けばいい？」

「大輔の部屋……」

「あ、そういうことか。わかった。すぐ行く」

「え？　あの……来ないでください」

「はあ？　アパートに来てほしくないなら、近所の喫茶店とかで会うのでもいいぞ」

「会いたくないんです。思い出すから」

「わからんでもないが、思い出したくなくても思い出さざるをえなくなるぞ」

「——どういうことです」

「それを教えに行きたいんだ。会ってくれ。大輔くんも一緒に」

「あ……でも……」

「今から部屋に行く。場所はどこだ」

「言いたくありません」

「言ってくれ。これは大輔くんのためでもあるんだ」

仕方なく絵里が住所を口にすると、電話は切れた。取るんじゃなかった、と絵里は思った。ベッドを見る。大輔が横になっている。目は落ちくぼみ、頬もこけ、視線は宙をさまよっている。床には発泡酒の缶やウイスキーの瓶が転がり、あたりにはアルコールの臭いが充満している。

絵里はため息をついた。ドラッグは思いとどまったが、その分、酒の量が増した。泥酔しているときはなにも考えなくてすむが、酔いが醒《さ》めると不安感が押し寄せてくる。それが怖くてまた飲む。

（これじゃアル中だよ……）

絵里は思った。このアパートに転居してきてから何日が経過したのかもわからないのだ。食欲もなく、思考力も落ち、ただぼんやりしているか寝ているかだ。

ふと気づくと、一時間ほどが無為に経過していた。チャイムが鳴ったので我に返った。最初は無視していたのだが、しつこくチャイムは鳴り続ける。やがて、ドアを直接叩くどんどんという音と、

「絵里ちゃん、大輔くん、いるんだろう？　開けてくれ！」

隣から文句を言われそうな音量になってきたので、絵里はやむなく鍵を外した。押し込み強盗のような勢いで村口が入ってきた。

彼は、床に転がった缶や瓶をちらと見て、すべてを察したようで、

「まあ……わかるけどな……。俺も、あんなものを見ちまったことを今でも後悔しているけど……しかたないんだよな。現実なんだから。だが、逃避するのもいいけど、もうすぐ逃げられなくなるところまで追いつめられるかもしれん」

「私たちが？」

村口はかぶりを振り、

「日本人すべてが、だ」

彼は一・八リットル入りのペットボトルに水を入れ、大輔を引き起こした。

「なにをするんだ……」

弱々しく言い返す大輔の口にペットボトルを突っ込むと、

「飲め。酔いを醒ますんだ」

大輔は苦しがりながらも三分の一ほど飲み、そのまま流しに走っていって嘔吐した。真っ赤な目をして戻ってきたところを捕まえ、またペットボトルをくわえさせる。大輔は暴れたが、

「しゃきっとした頭で聞いてもらわなきゃならない話なんだよ」

また吐きにいく。それを繰り返していると、五度目ぐらいに、

「もう……いいです。醒めました」

「本当だろうな」

「ほ、ほんとです……。今日はなんの用ですか」

「礼子が……いなくなった」

大輔と絵里は顔を見合わせた。

「どういうことです」

「なにから話していいか……」

村口は携帯を取り出し、ふたりに一枚の写真を見せた。

「今度、政府は戸籍法の改正を予定しているんだが、これが新しい戸籍のひな形だ」

「戸籍って……本籍とか生年月日とかいろいろ載ってるやつのこと？」

絵里がきくと、

「そう。今、戸籍はほぼ電子化されてるんだが、記載すべき事項は法律で決められてる。それを改めるらしいんだが、俺の知り合いのハッカーに頼んで、法務省のパソコンをハッキングしてもらったんだ」

「それって犯罪ですよね」

村口は絵里の指摘を無視して、

「ここを見てくれ」

写真のある箇所を指差した。そこには「寿命」とあった。

「今後は、出生して戸籍が作られたとき、『寿命』欄にそのひとの寿命が記されることになるらしい」

「寿命……！」

大輔が、びっくりするぐらい大きな声を出した。「件」のことを思い出したのだ。

絵里が大輔の手を握り、

「大丈夫……？」

「あ、ああ……大丈夫」

大輔は汗を拭って軽くうなずいた。

「ひとの寿命なんて、生まれたときにわかるわけ……」

ない、と言おうとして絵里はハッとした。

「まさか……みさき教がまだ存続していて……」

村口は、

「どうやらそうらしいんだ。礼子と俺は、首相に指名された池谷芳蔵のことを調べたんだが、新内閣発足直後で超多忙のはずなのに、ほぼ毎日かなりの時間を割いてある人物との打ち合わせをしている。その相手というのが『M・打ち合わせ』としかわからないんだ」

「M……」

「しかも、池谷ひとりじゃないんだ。ほかの自綸党の議員も、かなりの人数が、スケジュールに『M・打ち合わせ』って書いてある。秘書にきいても、内容はわからないっていうんだな。それと、この写真を見てくれ。あの事件のあと岡山から、十数台のトラックが東京に向かったらしいんだけど、これがサービスエリアに停まってるところだ」

写りは悪いが、数台のトラックの側面に「M」という例のマークを剝ぎとった痕があるのがはっきりとわかる。

「とどめはこいつだ」

もう一枚の写真を示す。工事車両などに混じって、一台のトラックがある。

「これじゃよくわかんないよな」

目いっぱい拡大して、ようやくトラックの「M」マークの痕跡が確認できた。

「ここは、国会議事堂の駐車場だ。みさき教が国とつながっている証拠だな」

大輔と絵里が暗い表情になったのを見て村口が言った。

「池谷首相はやり方が無茶苦茶なんだ。アメリカからの牛肉の輸入を全面ストップすると一方的に宣言してアメリカの国務省と大揉めするし、沖縄の基地もいらないって言い出すし、反対するものは圧力をかけて抑え込む。都合の悪いことはマスコミには報道させない。事実を捻《ね》じ曲《ま》げる。嘘をつく。言うことをきかないと逮捕する。まるで独裁国家にいる気分だぜ。その後ろにいるのがたぶんみさき教だと思う」

大輔がこめかみに指を当て、よろめきながら立ち上がり、

「その……池谷というひとが首相になってからまだ間もないのに、よくそれだけのことができましたね」

「なに言ってるんだ。もう首相指名から三ヵ月以上経ってるんだぞ」

「――え？」

大輔はまたベッドに腰をおろした。

「そ、そんなはずは……」

壁に掛かった猫のカレンダーと携帯を見る。

「ぼくは……ぼくはこの三ヵ月間なにをしていたんだろう」

「お酒を飲んでたんです」

絵里が淡々と言った。

「私も一緒に。でも……もう飽きたでしょ」

「ああ、飽きたよ。——今日から人間に戻る」

絵里はベッドにずどんと座り、

「よかった。私はとっくに飽きてました」

そう言って横になった。大輔は流しに行って、シンクでペットボトルの残りの水を頭にかけた。それでも足らず、水道の栓をひねり、頭から浴びた。

「ぼくは……仇《あだ》を討たなきゃならなかったんだ。絵里の両親や高原先生や……ほかのみんなの……。でも、怖くてなにもできなかった。終わってしまったことだからもういいんだ……そう思ってた。けど……終わってなかったんだ」

絵里が村口に、

「で、礼子さんはどうしていなくなったんですか?」

「それなんだが……」

岡山から戻ってきたふたりは一緒に住むことにした。仕事柄ふたりとも素性を隠すのはお手のものである。ホッとしたのもつかのま、池谷が首相に指名されて以来、不可解な行動を取りはじめたのをきっかけに、ふたりは池谷の身辺を探るようになった。マスコミは、ほとんど首相の動向を取り上げようとしない。正面切って牛肉輸入問題について報道しようとした老舗の大手新聞は、別件のつまらない捏造記事について国会で糾弾され、ついには追及は潰されてしまった。しかし、報道の自由の危機だ、などという声も他紙からは聞かれなかった。皆、保身に汲々《きゅうきゅう》としているのだ。そんななかで摑んだのが、「M」のマークを消したトラックの写真と「寿命」欄の件だった。ふたたびみさき教の影が幽霊のように現れ出たのだ。

村口は礼子に、

「なんで戸籍に寿命欄なんか作ることにしたんだろうな。それって誰得なんだ？」

「もし、生まれたときにそのひとの寿命がわかっていたら、国としては管理しやすいわよね。そのひとが死ぬまでにかかる経費や生み出す利益なんかが把握できるし、いわば国民ひとりひとりの一生を国が握っているのと同じこと。たとえばこのひとは優秀だけど三十歳で死ぬ、と事前にわかっていたら、そのひとにあまりお金をかけても無駄ということになる。人間を差別化できる。一方で、このひとは百歳まで死なないとわかっていたら、税金がそれだけ取れることになる。本当の意味での管理社会が実現する。老人問題も解決に近づく……」

「なるほど、どの年寄りが何歳で死ぬとわかっていれば、高齢者施設の入居待ちも改善される、か。——ということは、よほどたくさんの『件』が必要になるな。みさき教は、遺伝子操作で太郎牛を大量に作る技術は得たが、大輔くんの話だと、太郎牛を肉食牛に変える『イ』とかいう赤い茸は葛城山にしか生えないはずだからそんなにたくさんはないだろう。大量生産はむずかしいんじゃないか？」

村口が言うと、礼子がうなずき、

「国民全員の寿命を知るんだからね。それだけの牛を、だれにも知られず、邪魔もされずに飼育できる場所なんかこの世にないんじゃないかしら。東北の山奥か北海道か離島か……東京近郊でそれだけ大きな施設を作ったら、ひと目について仕方ないはずよ」

「それに、太郎牛を牛鬼にする儀式は、太郎牛村の祭祀場で行わないといけないはずだ。『件』を作ることはできても、あのでかい牛は作れないだろ」

「でも、巨大牛の死骸はなくなったわ。もしかしたら……」

村口はぞっとした。

「そうか……クローンか……」

「ありうるわよ」

ふたりはしばらく黙り込んだ。

「とにかく今どこでなにが行われようとしているのか、その証拠をつかまないとはじまらん」

「待って。――ねえ……国会議事堂の駐車場の写真、あったよね」

「ああ。――え？　まさか……」

村口の顔から血の気が引いた。礼子は、しばらく考えていたが、

「思い当たることがあるわ。池谷が総理になった直後、国会議事堂の地下一階が突然封鎖されたの。国会議事堂の地下は一階までなんだけど、そこにはいろいろ設備があるから対応がたいへんだったみたい。でも、池谷は『老朽化のため震度六以上の地震で崩壊する危険があるとわかった。緊急点検と補強工事を実施する』と言い出して、首相権限で強引に決行したの。オリンピック並みのものすごい予算を使って、日本中の重機を集めての突貫工事だったみたいだけど、今でもマスコミは一切シャットアウト。国会中継もなし。地下にあった放送用の施設を取り壊して、べつの場所に作り直す工事をしているっていう名目でね。とにかく傍聴どころか入館もできないのよ。工事の様子も取材できなかった。一般の議事堂見学も中止になったわ。大規模工事中なので見学者の安全確保が難しいから……だって」

「今もか？」

「まだ工事は進んでるみたいだけど、なにが行われてるかは一切不明。それと、国会の警備がそれまでの三倍ぐらい厳重になったの。衛視の数が増えたし、これまではな

かった警視庁による警備も認められるようになった。テロ対策だって言ってたけど……」

立法の場である国会を行政である警察が警備するのはおかしい、ということで、従前は国会の警備は衛視という専門の警備員が行っていた。それを池谷首相は、警察も参加するよう要請したという。

「そうか。国会議事堂の地下か」

村口が言った。礼子が、

「あんなところに地下牧場があるなんてだれも思わない。灯台下暗しってやつだわ」

「総理大臣の権限を最大限に利用しやがったな。——でも、池谷もいつまでも首相ではいられないだろう。それに、自綸党だっていつまでも与党とは限らないぞ」

「今、自綸党は圧倒的多数よ。野党は烏合《うごう》の衆だし、当面は自綸党政権が続くはず。つまり、池谷が辞めたあともみさき教との共同作業を続けることを自綸党全体が承知した、ということね」

証拠を摑みたい、と礼子は言った。

「ふたりじゃ無理だ。仲間を集めよう」

「ふたりじゃないわ。ひとりでやりたいの。派手に動くとすぐに目をつけられる。とにかく証拠さえあれば、現体制を揺さぶることができる。そうなれば、頭を伏せていたひとたちも立ち上がってくれるんじゃないかと思う」

「礼子……礼子は政治記者として復活したいんだろう。スクープを取れば、第一線に返り咲ける……そう思ってるんだろう」

「それもある。政治記者は私が選んだ生涯の仕事なの。今は力もないし媒体もないけど……絶対、池谷の尻尾をつかんでやると思ってる」

「ダメだ。危険すぎる」

「危険だからひとりでやるのよ。毅ちゃんを巻き込みたくない。それに……ひとりだったら目につきにくい。他人を誘ったら、また成松みたいなことになる。そうなったらおしまい」

「頼むからやめてくれ。礼子を……失いたくない」

「…………」

「せめて、大輔くんたちには話をしてからにしたい」

「あの子たちには私も何度も連絡したわ。でも、電話にも出ないし、アパートも変わったみたい」

「住所なら俺が捜す」

「待ってられないわ」

言い合いが摑み合いになり、はては殴り合いになった。へとへとに疲れ果てて、

「もういいわ。降参。あなたの言うとおりにする」

「そうか……すまん」

ふたりはビールを大量に飲んでクールダウンし、その日は眠った。

「起きてみたら、いなかった」

村口は一枚のメモを示した。そこには、

「ちょこっと探ってくる。スクープ待っててね（はあと）」

と書かれていた。

「国会議事堂に行ったのかな……」

「だと思う。三日待ったが帰ってこない。ひとりで行くことも考えたが……自信がない」

村口は、がばとその場に土下座して、

「頼む。礼子を救い出したいんだ。一緒に行ってくれ」

「わかりました」

絵里は即答し、大輔を見た。大輔はなにやら考え込んでいる。絵里は取り繕うように、

「でも、国民全員の寿命を知るなんてとんでもないよね」

村口が吐き捨てるように、

「けっ。寿命なんて教えられたら、忙しくて生きてらんないぜ」

「それより、がっくりきて自暴自棄になるかもね。ほら、鵜川みたいに……」

「でも、余命を知ったほうが残りの人生を充実してすごせるっていうひともいるかも。死ぬときにやり残したことがないように……」

「まあ、どっちにしろ『ひとが死ぬこと』は当人にとって最大の個人情報だ。国に握られるのはごめんだね」

そのとき、それまで黙ってうつむいていた大輔が突然、

「あああああっ！」

悲鳴のような声を上げた。絵里が青ざめて、

「大輔さん！　落ち着いて！」

「ち、ちがうんだ。——わかったんだよ、絵里！」

そう言って立ち上がった。

「なにがわかったのよ。国会議事堂のこと？」

「そうじゃない！　一言主がなにを一言で言い放ったのか、だ！　あああー、わかった！」

村口も絵里も、急になにを言い出したのか、という目で大輔を見ているが、本人はそれにも気づかず、

「いいかい？　雄略天皇はそれまで大悪天皇というあだ名がつくほどの暴虐で自分勝手な大王だった。ところがある日、葛城山で顔かたちも衣服も供連れも自分とまったくそっくりの相手にあった。それが葛城の主一言主の神だった」

「それはまえに聞いたって」

「一言主はそのとき、なにかをたった一言で雄略天皇に伝えた。そのあと雄略は別人になったように大王としての務めに専念しはじめ、国内を平定し、中国にも名が知られるほどの名君に変貌した。それは、一言主にあることを言われたからだ」

「だーかーらー……なにを言われたのよ」

「寿命だよ。一言主が『件』と一緒だ、というのはまえにきみが言ったことだよね。そうなんだ。一言主は『悪事《まがごと》も一言、善事《よごと》も一言で言い放つ神』だ。悪事、善事というのはひとの寿命だ。ヒトコトヌシを入れ替えると『ヒトシヌコト』になる！　一言主は『ひと死ぬこと』を言い放つ神なんだ！」

　ぽかん、としているふたりを見ようともせず、大輔は興奮して続けた。

「雄略は、一言主に余命を言い渡されて、一旦は絶望したかもしれないけど、気持ちを切り替えて、残りの人生を有意義に過ごすことにしたんだ。だから生まれ変わった。そして、ひとの寿命をもてあそぶ葛城氏を滅ぼし、岡山の吉備氏の反乱を鎮圧した……。そうだ、そうに違いないよ！」

大輔は立ち上がって、

「雄略天皇は自分とそっくりの相手を見た。それは、西洋ではドッペルゲンガーとかダブル、日本では影の病とか影法師、離魂病といって、見た人物に死が訪れる前兆だということになっているけど、きっと自分そっくりの相手は余命を告げるんだ……」

「でも、雄略天皇は鬼じゃないよ」

「一言主は鬼の頭領で、件も鬼だ。奈良の泊瀬朝倉宮《はつせのあさくらのみや》は雄略天皇の皇居と考えられているが、別名を『斯鬼宮《しきのみや》』という。つまり、『このような鬼の宮』だ。大悪天皇と呼ばれていた雄略天皇は、一言主に似た……鬼のような容貌だったのかも……」

そこまで言うと、大輔はベッドに座り込み、ふーっ、と嘆息した。しゃべり疲れたのだ。おなかが鳴った。

「なんだか……腹減った……」

絵里が、

「あたりまえです。何ヵ月もお酒ばっかり飲んで、ほとんどなにも食べてなかったんだから」

「なんか……食いたい……」

大輔は冷蔵庫を開けたが、ほぼ空だった。村口が言った。

「なにか買ってきて、食べながら作戦会議しようぜ」

「私、お寿司《すし》がいいな」

絵里がそう言った。

◇

三人ではどうにもならない、というのが結論だった。相手は一国の首相なのだ。何千人、いや、何万人もの味方がいたとしても勝てるとは思えない。まずは国会議事堂の地下になにがあるのかを探りながら、礼子を救い出すことが肝心だ。

「見学も傍聴もストップしているし、地下はもともと一般人は立ち入り禁止なんでしょ。どうやって入り込むんです？」

絵里が言うと、

「見学者もマスコミも入っちゃいけないんだから、あとは議員しかないな。議員は地下通路を使える。といって、礼子の知り合いの国会議員……というのも信じられないというのが俺の本音だ」

「議員に化けるっていうのはどう？」

絵里が言うと、村口は呆れたように、

「ダメだろ」

「じゃあ議員秘書に化けるのは？」

「簡単に化けるっていっても、特殊メーキャップでもしないと無理だろう」

「じゃなくて、本当に秘書として採用してもらうんです」

「たいがいの政治家は公設秘書がすでにいる。よほど人手が足りなくなったり、まえの秘書が急に辞めたりしたらべつだがな。それでも国会議事堂に入れるような秘書といったら第一秘書、第二秘書だろ？　よほど身許《みもと》を調べられると思う」

「国会議事堂の職員になるのはどうでしょうか」

大輔が言った。

「聞いた話では議事堂にはお土産もの屋とか飲食店とか理髪店とかいろいろあるらしいから、そこに潜り込んだらどうかな」

「それも、身許がたしかでないと無理だな。それに今は工事で、土産もの屋も飲食店も営業していないらしい」

「はあー、ダメかあ」

村口が、

「どれもこれも工事中ってことでアウトなんだよな。——待てよ」

手を叩き合わせて、

「だったら、工事関係者になりゃあいいじゃないか！　請け負ってるのは大鵬《たいほう》組だけど、実際に作業してるのは下請けの下請けだろ？　俺と大輔くんはたぶん入り込めると思う」

三人は国会議事堂で行われている工事の下請け会社をいくつか訪れ、でたらめな履歴書を提出して雇ってほしいと訴えたのだが、いずれも人事担当者の回答は同じだった。

「議事堂の工事は、じつはほぼ終わっててさ、だから、これ以上人手はいらねえんだよな」

「じゃあどうしていつまでも工事中になっているんです？」

村口がきくとたいがいは、

「国会議事堂の工事に関してはうちはなにも言えないんですよね。ほら、国の中枢でしょ。守秘義務っていうやつがあって……」

と答えてはくれなかったが、一社だけ気のいい担当がいて、

「さあねえ……これ、言っちゃダメなんだろうけどさ……工事中扱いにしてくれっていうのは向こうから言ってきたことで、そのあいだ、うちにけっこうな契約料が入るらしいんだよね。なんで政府がそんなムダ金使うのかはわかんねえけど」

「本当に耐震工事だったんですか？」

「それがさあ……俺も又聞きなんだけど、現場に行った連中の話じゃ、議事堂の地下

一階のまだ下を掘り下げていく工事だったみたいだな。ここだけの話、えげつない金を使っての突貫工事で、とにかくなんとか工期内で間に合わしたらしい。ある程度まで掘ったあたりで、えーと……みさき建設とかいう会社が引き継いだんだが……」

「みさき教の建設部ね」

と絵里がつぶやいた。

「もともと、なにもないはずの地下から変な音がするとかいうオバケ話みたいなのが作業員のあいだに流れててね、みんな怖がってたところなんでちょうどよかったたってわけ。あとは知らない」

「どんな音です？」

「音というか声というか……近くを地下鉄が通ってるからその反響なんだろうけどさ……。──ほかの工事なら、すぐに働いてもらえる現場あるよ。そっちに回ってくんない？　それならいくらでも雇うんだけどさ」

なかなか親切そうな男だったので村口はここぞとばかりに、自分たちは国会議事堂ファンで、どうしても工事にたずさわって議事堂の裏側をいろいろ見たいのだ、とまくしたてた。

「へえー、議事堂のファンなんて、そんな連中がいるんだなあ。面白えじゃねえか。──残念ながら、うちは今回、そんな具合で仕事は世話してやれねえけどよ、警備員の仕事ならけっこうあるらしいよ。じつは、衛視っていう警備員をかなり増やしたんだけどさ……」

担当者は声をひそめて、

「ここだけの話だけど、警備員が勝手に辞めていくらしいんだよ。気が付いたら数が足りなくなってて、それが大っぴらになっちゃあ困るってんで、身許たしかな人間なら回してくれって議事堂の保安機器関係の会社からも言われたことがあるから、よかったら紹介状書くから行ってみる？」

渡りに舟である。その紹介状がものを言ったのか、国会議事堂警務部を訪れた大輔は面接の末、無事採用になった。

「すぐに来てくれ。本来は一次試験、二次試験があって、超難関なんだが、今回は全部形式だけにする」

職員採用の担当者は言った。

「まるでひとが足らないんだ。どういうわけか無断で辞めてしまう。きみはそういうことのないように頼むよ。――研修？　そんなものいらない。人数合わせのための採用だから、さっそく現場に行ってくれ。仕事はやりながら覚えてくれ」

こうして大輔は「特別職国家公務員」となった。衛視の採用基準は高卒程度の年齢なので、絵里と村口は無理だった。初出勤の日の夕方、三人は国会議事堂へと向かった。

「どうして初日から夜勤なんだ？」

村口が言うと、

「研修を省いた分、早く仕事を覚えてほしいから、夜勤から体験してもらうと言われました。そのまま仮眠をして、明日の朝から続けて仕事です」

「たいへんだな」

絵里と村口は、議事堂の外で待機する役目だ。国会職員は議事堂の裏口から入館する。別れ際、絵里が大輔に、

「私はなにをすればいいの」

「無事に帰ってくるように神さま仏さまにお祈りしていてくれ」

「そんなものあてになりません」

「じゃあキリストさまだ」

「危ないことはしないで」

「わかってる。今回は探りを入れるだけだ。ヤバい、と思ったら急ブレーキかけてとっとと引き返してくる。それは……約束するよ」

そして、帰ってこなかったのだ。

慣れない制服を着、制帽をかぶり、国会議事堂をかたどった階級章をつけて整列する。点呼のあと、衛視班長による訓示があった。夜勤の人数は昼に比べてずっと少ない。

「本日、新人一名が加わることとなった。皆、いろいろ教えてやってくれ。——皆もわかっていると思うが、最近、無断で退職するものが多い。これでは国会議事堂内の規律保持ができない。きみたちはそういうことのないようにしてくれたまえ」

大輔は、先輩とともに議事堂内の巡視をすることになった。議場の内部をはじめ、決まったコースを回るのだ。夜勤の際はひとりで巡回するのが普通だそうだが、今日は先輩が、議事堂内のあちこちについて教えてくれた。

「あの階段は？」

「ああ、地下に降りる階段だ」

「地下にはなにがあるんです？」

「行ってみるかい？」

「あ、はい」

ふたりは地下へ続く階段を降りた。

「ほら、たいしたものはなにもないよ。よく、国会議事堂の地下の秘密、みたいなことがネットに上がってるけど、あんなものはただの都市伝説だ。——これは議員会館に通じる通路だ。この先もずっと延びている」

ほかには、そば屋、理容店、洋品店、書店などがぽつりぽつりとあったが、当然のことだがどれも閉店していた。

「ここはなんです？」

通路の途中に、金属パネルで覆われた一角があった。

「その先は、現在工事中の区域だ。鍵がかかってるだろ。そこは巡回する必要はないよ」

「ああ、そうなんですか」

「おまえにひとつ教えておいてやるよ。——俺たちは通常八日に一回夜勤が回ってくるんだが、おまえは一日目から夜勤をしろって言われただろ。どうしてだかわかるか」

大輔がかぶりを振ると、

「無断で辞めていくって衛視班長が言ってたろ。そうじゃないんだ。消えちゃうんだよ、ふーっと」

「ほんとだよ。ちょっとトイレに行ってくるって言って、そのまま帰ってこないんだ。議事堂から出た形跡がない。どこに行ってしまったか、マジでわかんないんだよ。そういうのが……夜勤のときに多いのさ。それがわかってるから夜勤の人手が足りない。おまえはその穴埋めってわけさ」

「そんなまさか……」

何度目かの巡回のあと、大輔は先輩たち数名と監視カメラのマルチ映像をモニターしながら缶コーヒーを飲んだ。

「トイレに行ってきてもいいですか」

「ああ。——でも、忘れるなよ、夜勤で失踪するのはトイレのときがいちばん多いんだからな」

「脅かさないでください」

大輔は、衛視詰所から出ると地下への階段を降り、金属パネルのところに向かった。その場所は監視カメラの範囲外であることはさっき確認してある。もし、鍵が外せなければ少々荒っぽいことをしなければなあ、と思っていたが、パネルに手をかけ、引っ張ると、簡単に開いた。鍵はダミーなのだ。なかは暗いが、今いる通路と直角になった細い横道が延びているようだ。大輔は懐中電灯を点け、足を踏み入れた。天井も低く、幅も狭いのは、工事中だからではなく、もともとこういう設計のようだ。しばらく行くと突き当たりになった。左右を見ると、右側にエレベーターのようなものがある。逡巡《しゅんじゅん》したあげく、ここまで来たんだから、と思い切って三角ボタンを押してみた。扉が開いた。こうなったら乗るしかない。内部のボタンは「地下一階」と「地下二階」しかない。地下二階のほうを押す。身体が沈んでいく。ヤバいと思ったら急ブレーキをかけてとっとと帰ってくるよ、と絵里に言ったことを思い出した。さっきがブレーキのタイミングではなかったか。だが、もう遅い。大輔はアクセルを踏んでしまったのだ。

扉が開いた。外に出る。そこにはまたしても狭い通路があった。大輔はエレベーターを出ると先へ進んだ。防火扉のように大きくて頑丈そうなドアがあった。取っ手を回しながら押すと、音もなく開いた。途端、生臭い臭いが押し寄せてきた。まえに嗅いだことのある臭い……忘れることのできない臭いだ。干し草の臭い、腐肉の臭い、糞の臭い、野生動物の体臭、そして、血の臭い……。それらが入り混じったものが扉の隙間から噴出してきた。大輔は、一瞬、扉を閉めようかと思ったが、それはできなかった。身体が入るだけ細めに開けて、扉をくぐる。

驚いたことにそこは回廊だった。金属製の手すりがついており、巨大なホールのような場所の二階部分をぐるりとめぐるような構造になっている。聞きたくない声が下方から聞こえてくる。

うぉ……ごお……おああっ……

おうおう……う……ごおおお……

大輔は下のホールをのぞきこむ。

そこは地獄だった。太郎牛村の「鬼ノ産屋」も地獄だと思ったが、そんなものではなかった。

国会議事堂の地下にあるとは信じられないほど広い牧畜場だ。床には干し草が大量に敷き詰められ、そこにたぶん五千頭を超えると思われる数の牛がひしめいている。中央には、「牛鬼」がいる。「鬼ノ産屋」にいたやつよりも大きい。頭部が人間の背丈ほどもある。それが二頭いる。一頭は牡牛で一頭は牝牛《めうし》なのだ。牡牛が牝牛に背後からのしかかり、ゆっくりと交尾しながら、二頭ともなにかを食っている。激しい食欲だ。なにを食べているのか、と目を凝らした大輔は愕然《がくぜん》とした。山のように積み上げられた生肉のなかには、明らかに人間のものとおぼしき腕や足、頭などが見え隠れしていた。二頭の化け物は、鼻孔を広げ、涎を垂らし、ときどきぶるっぶるっと頭を振りながら、膨大な肉を食いちぎり、片っ端から平らげている。上下の歯はサメのように尖っており、二本の長い牙も生えていた。

（鬼だ……本当の鬼だ）

牛鬼のまわりには、普通の大きさの牛たちがいた。それらは餌である生肉の桶《おけ》が目のまえにあるにもかかわらず、手近にいるべつの牛を角で突き倒し、横っ腹に嚙みついて肉や内臓を食べたりしている。一頭の牛が倒れると、複数の牛が集まってきて、がつがつと食い荒らす。一応、牛と牛のあいだには簡単な柵があるのだが、運動能力が高いのかすぐに乗り越えてしまうので無意味なのだ。生まれたばかりの仔牛も多い。仔牛たちも、生まれたらすぐ、目のまえにある牛の死骸によちよち寄っていき、肉をむしりとって食べている。そして、あの赤い「イ」というゼリー状の物質がベルトコンベアで回転ずしのように運ばれてきて、牛たちの餌のうえに振りまかれている。

そのまたまわりにいるのは人間たちだ。バッジをつけているから国会議員だろう。数十人の男女がメモを手に、

「民心党の田所《たどころ》の寿命を教えてくれ！」

「志士の会の北山《きたやま》の余命を聞きたいんだ！」

「俺は、政治評論家の金村《かねむら》の寿命を知りたい！」

口々に叫んでいる。それに合わせて、牛たちはときどき、

「〇〇は〇年〇月〇日に死ぬ」

と口走っている。

（そうか……これが「M・打ち合わせ」の正体だな……）

大輔は納得できた。ミノスの地下迷宮でも同じようなことが行われていたのだろうか。

（地獄か……）

大輔は、「件」の持つ人間の寿命を言い当てる能力がどこから来ているのか、なんとなくわかった気がした。ひとが死ぬときは、牛や馬の頭を持った地獄の獄卒が火車で迎えにくるのだという。迎えにくるためには、その人間の寿命を把握している必要がある。「件」というのは、そういう「あの世の技術」がこちらの世界に漏れている現象ではないか……。

大輔は、眼下に繰り広げられているおぞましい光景から目を背けると、もとの扉のところに戻ろうとした。この世にできてしまった地獄をなんとかして潰さなければならない。それはひとりやふたりでできることではない。カメラも携帯電話もないので、証拠写真を撮ることはできないが、「見た」だけでも成果ではないか。扉を開けようとすると、そこにひとが立っていた。大輔はびくっとして飛び下がった。それは、烏帽子をかぶり、狩衣に袴を身に着け、顔に木製の仮面をつけた神主だった。

「やっと来たのう、大輔くん。覚えておるか？　きみとはじめて会うたのは台風の晩じゃった」

「生きていたのか」

「ふふふ……もちろんじゃ。私がみさき教の現教主であり、つまり、今の日本でもっとも力のある存在じゃ。きみら四人が岡山から東京へ戻ったことはわかっとったが、こっちの事業を進めるのがたいへんでね、きみらのような虫けらと関わり合っている暇がなかったというのが実情じゃ。それに、できれば一網打尽にしたかったから、今日はええ機会じゃ」

大輔は、教主の声に聞き覚えがあるような気がした。

「おまえは……だれだ」

「ふふふ……わしじゃ」

男は仮面を外した。その下から現れたのは、恵比寿顔でちょび髭を生やした六十歳ぐらいの人物だった。

「あ、あんたは、岡山県農林水産部の……」

「そう。Tプロジェクトの浅田権司じゃ。あのとき、長年、牛の飼料について研究しとると言うたじゃろ。鬼ノ産屋での実験は思わぬ邪魔が入って失敗したが、喜んでくれ。わしは、これまでの歴代の教主がなしえなかったことをなしとげたぞ。あのときはまだ未完成だった『イ』をどこでも大量に作る方法を完成させたのじゃ」

「…………」

「これで『イ』の安定供給が可能になった。ついに『件』を大量生産できるときが来た。イとは茸の一種でのう、それを牛に食わせることで牛の脳に変化が起き、肉食になる。それが、『件』を作る第一歩じゃ。神代のころ、まだこの世とあの世の行き来が可能だった時代に、あの世に生えていたイを葛城族の先祖が持ち帰り、ひそかに栽培しておったらしい。イ＋牛で『件』というわけじゃ。わかるじゃろ？」

教主はひとの良さそうな笑顔で、

「普通の牛を土台にした『件』は生まれたらすぐに死ぬが、復元した太郎牛を土台にすることで長生きする『件』を作ることができた。古代以来封印されていた技術が復活したのじゃ。長生きすれば身体も巨大になる。儀式も行える……」

「儀式は、あの祭祀場でなくても行えるのですか」

「今は古代にはなかったクローン技術というものがある。ここにいる二頭の牛鬼のうちの一頭は、あのとき死んだ巨牛のクローンじゃ。これからもっともっと増やす計画じゃ。しかも、『イ』を食わせれば、通常は二百八十日かかる妊娠期間を二ヵ月に短縮できる」

「馬鹿なことを……」

「池谷首相が、どこに牧場を作ればいちばんバレにくいか、ときくので、それなら国会議事堂の地下に作ればよい、と進言したのもわしじゃ。大正九年に議事堂が建設されるまえから、この場所には地下空洞があったんじゃが、それが大正十二年の関東大震災によって大きく広がってしもた。工事関係者はそのことを知っておりながら、空洞になにかを充塡するような作業には莫大な時間がかかるという理由から、単に空洞を隠してしまうことにした。工事関係者にみさき教の信者がいたことから、わしもそれを耳にしとったことが幸いした。地下一階のまだ下を掘り、空洞部分を補強すれば、巨大牧場のできあがりじゃ」

「夜勤の衛視がたびたび失踪するというのは……」

「見たじゃろ。『件』はたっぷり餌、つまり牛肉を与えていても、どうしても共食いをする。それは困る。たまに人間を与えると喜んで食いよるんじゃ。それで、悪いが衛視にはちょいちょい犠牲になってもろうとる」

にやーっ、と浅田は笑った。

「どうしてあなたはひとの寿命を知ることが善だと考えるのですか。ぼくは、そんな世界は地獄だと思います」

「地獄じゃと？」

はじめて浅田の顔から笑みが消えた。

「わしに言わせれば、わからんほうが地獄じゃ。わしが若いころ、わしはボケてしもうた祖父《じい》さんとふたり暮らしでな、未来のまったく見えん日々じゃった。このジジイさえいなくなったら牛の飼料の研究に全身全霊打ち込めるのに、と思うておった。殺してやろうと毎日思うておったが、そんなことをしたら刑務所行きじゃ。研究を続けることもできん。もし……もし、このジジイがいつ死ぬのかわかっていたら、なんとか精神の安定を保って我慢することができるのに……と思った。頭がおかしくなりそうな時代……あれこそ地獄ではないか。あのときわしは、人間の寿命を知ることがこれからの高齢化社会において必要だということに気づいたのじゃ。当時のわしと同じ悩みを抱えとるひとは日に日に増えていく。余命を知ることで大勢の苦しむひとびとを救うことができる。すばらしいことではないか。——まあ、おまえさんにはまだわからんかもしれぬがのう」

「わかりません。わかりたくもありません」

「きれいごとだけでは生きていけん。苦しむ人々の負担を少しでも取り除くのが政治じゃ。——そんなとき、わしにみさき教の教主を襲名せよ、というお達しが教団本部から来た。それまではまったく知らなかったが、わしの祖父は当時のみさき教の教主の弟だったのじゃ。親父《おやじ》が早うに死んだもんで、わしのところに話が来たらしい。教義を聞いて賛同したわしは、みさき教を継ぎ、今にいたる……というわけじゃ」

「寿命を知りたいというひともいるかもしれません。でも、知りたくないというひとが圧倒的に多いと思います。それを国が義務付けるなんて……おかしいです」

「ええか、日本はいまから国際社会において図抜けた存在になる。それは高齢化社会、老人問題をどこよりも先に解決するからじゃ。中国や韓国、インドなどに引けをとっておった国際競争力も回復するじゃろう。強い日本が戻ってくるんじゃ」

「たぶんあなたとは永遠に分かり合えないと思います」

「分かり合う必要はない。おまえさんはここで死に、牛の餌になるのじゃからな」

大輔は浅田をにらみつけた。

「あんたは鬼だ」

「ああ、そうかもしれん。牛鬼ではなく、人鬼じゃ。今ごろ、議事堂の外で待っておるおまえの仲間のところへも警察が向かっとる。これで全部片付いた。長いあいだご苦労さん」

それを聞いた瞬間、大輔は浅田に摑みかかったが、するりと身をかわされた。浅田は拳銃を取り出し、大輔の額に突き付けた。

「死ね！」

引き金を引こうとした浅田は、突然、後ろから突き飛ばされた。

「うわっ！」

つんのめった浅田はバランスを崩して回廊から墜落しかかり、かろうじて踏みとどまった。

「大輔くん、逃げて！」

それは礼子だった。首からカメラを吊《つ》るしている。礼子は浅田のまえに立ち塞がった。

「この馬鹿記者め！」

浅田は礼子の左胸に数発の弾丸をぶち込んだ。礼子はずるずると倒れた。浅田の背後から銃を持った三人の男が現れ、大輔に向かってきた。回廊を後ずさりしていく大輔の背中に金属柵の固い感触があった。もう終わりだ、と大輔が思ったとき、凄まじい大音響とともにホールが揺れた。浅田は立っていられず、その場に座り込み、

「なにごとだ！」

「わかりません。すぐ調べ……」

ふたたび轟音がして、金属製の回廊がびりびりと震えた。火薬の臭いが漂ってきた。巨大な二頭の牛は交尾をやめ、天井に向かって吠えたてている。ほかの牛たちも吠え声をあげ、二頭の巨牛のまわりを回り始めた。

「いかん……パニックになるぞ。鎮めなければ……」

浅田は柵につかまって必死に立ち上がり、

「この震動の理由をつきとめろ。すぐにだ」

「はいっ」

三人の男たちが扉から戻ろうとしたとき、

「ハロー、フォークス！」

そこにいたのは、

「グライムズさん！」

大輔は思わず叫んだ。

「ヘイ、きみはダイスケだね。俺はケネス・グライムズの弟でマイケル。きみのことは兄貴から聞いてる。俺は兄貴の敵討《かたきう》ちに来たのさ」

「なんだ、この外人は。つまみ出せ！」

浅田が叫ぶと、

「おまえが兄貴を殺したのか。俺の仲間たちがこの建物を目がけて数ヵ所からロケットランチャーで『きつついの』をぶち込んでる最中だ。兄貴が岡山というところから送ってきた写真によると、一刻の猶予もならないみたいだったんでね。岡山に行ってみたが兄貴は死んでた。けど、俺たちはMというマークのついた家畜輸送用のトラックが岡山と東京を往復してるのを見つけた。そして、とうとうここを突き止めたのさ……」

浅田は舌打ちをした。

「いい兄貴だった。俺を導いてくれた」

「おい、こいつを殺せ！」

部下たちがためらっているのを見て、浅田は自分の銃でマイケル・グライムズを撃った。弾は右胸に当たり、血が噴き出した。

「死ぬのは覚悟してるよ。こんなふうにね」

マイケル・グライムズは携行用のポリタンクを取り出して、その中身を頭からかぶり、大型ライターで自分自身に火を点けた。

「な、なにをする。やめろっ」

「今、行くよ、兄貴……」

彼は火だるまの状態で、柵を乗り越え、落ちていった。

牛たちの真っただ中に墜落したグライムズに牛たちが群がった。たちまち彼は引き裂かれ、食いちぎられた。しかし、彼のライターの火は干し草に燃え移った。瞬く間に炎は前後左右に走り、ちろちろとした火の舌はあちこちから顔を出した。ぼうっ……と炎の塊が大きくなり、黒煙が無数に立ち上った。それを見た牛たちはパニックになり、ほかの牛と激突したり、壁に体当たりしたりしはじめた。そして、大きな火の柱が何ヵ所かに上がった。スプリンクラーが作動したが焼け石に水だ。

「教主さま、いかがいたしましょう。このままでは牛鬼さまが焼け死んでしまいます。牧場も全滅です。我々も、自綸党の議員も……」

「わかっとる！」

「地上につながる出口を開放しましょう」

「いかん。あそこを開けると牛たちが外へ出る。日本が壊滅してしまう」

「では、いったいどうすれば……」

ホールをゆるがす凄まじい音は続いている。グライムズの仲間たちが国会議事堂に向けてロケット弾を発射し続けているのだ。壁が剝落し、天井が裂けはじめた。浅田はぶるぶると身体を震わせた。

「もし、牛鬼が地上に出たら、日本人は皆食われてしまう。それだけは阻止しろ！」

浅田が悲鳴のようにそう言ったあと何度目かの尻餅をついたとき、ホールの西面にあるシャッターのようなものが上がった。そこには階段があった。それまで炎に煽られていた巨牛をはじめとする牛たちは、まっしぐらにその階段に向かった。

「だれが開けたのだ！」

浅田は叫んだが、その声は牛たちの蹄の音にかき消された。

「い、いかん……牛が……地上に……」

浅田はシャッターを閉めようとしたが、竜巻のように自分のうえに落ちてきた火から逃れるのが精一杯だった。紅蓮《ぐれん》の炎《ほのお》は回廊を舐めるように焼き尽くしたあと、エレベーターへとその牙を向けた。細い通路を埋めるように走り、エレベーターシャフトの壁を焼きつくしながら上へ上へと上っていき、地下一階へその赤い舌を進めていったのだ。あっという間に地下一階の金属パネルから炎が横向きに噴出し、あたりは一面、空襲のあとのように焼け爛《ただ》れた。それではすまぬ炎は、陸上からのロケット弾を栄養として膨れ上がりながら、国会議事堂自体を押し包んでいった。

浅田は何度もかぶりを振り、

「もう少しで悲願が達成するというときに……逃げるぞ」

「はい」

そのとき。

突然、大地が……揺れた。

はじめは横揺れだったが、それがしばらく続いたあと、シェーカーを振るような凄まじい縦揺れになった。天井、壁、床に亀裂が走り、砕けたコンクリートが霰《あられ》のように降ってきた。鉄筋が剝き出しになり、手すりや柱がひん曲がった。地下にいるもの、だれひとり立っていることができないほどの壮絶な揺れだった。あちこちで火花が散っている。耳を聾《ろう》するような轟音とともに大型設備がおもちゃのように転がっていくのが浅田には見えた。

「地震か？」

「いえ……地下の空洞を支えていた支柱が熱で崩壊し、天井部分が議事堂の重みに耐えられなくなったのだと思われ……」

「いかん……天井が落ちるぞ！」

天井に大きな三条のクラックが走ったかと思うと、そのうえにあるものがすべてじわじわと下降しはじめた。浅田は床に伏したが、そのうえにガラス片がぶちまけられ、続いて炎の舌が覆いかぶさった。あらゆるものが下へ下へと崩落していき、凄まじい悲鳴と怒号が地下から沸き起こった。それはまるで「この世の終わり」のようだった。

◇

「お、おい、どうなってるんだ」

村口が絵里に言った。ふたりは道路を挟んで議事堂の東側あたりにいたのだが、突然、四方八方から議事堂にロケット弾が撃ち込まれはじめたのだ。

「わかりません……」

「テロか？」

ふたりが息を殺して様子をうかがっていると、議事堂の敷地内から黒煙が噴きあがりだした。

「火事……？」

すぐにサイレンが鳴り響き、消防車が多数駆けつけたが、いくら放水しても煙は収まらないどころか、議事堂周辺を包み込むほどに拡大した。そしてちろちろと赤い火が顔をのぞかせるようになり、次第に議事堂を飲み込んでいく。パトカーや機動隊の車も来たが、降りてきた警官たちは事態が飲み込めていないらしく、右往左往するだけだ。

「や、ヤバいよ。大輔さんは……？」

「電話してみろ」

もちろん応答はない。そのときだ……地震が起きたのは。

ふたりとももちろん立っていることはできず、地面に伏せた。周囲の木々や電柱が折れ、アスファルトの地面に大きな地割れが起きてそこに周囲の土や砂が落ち込んでいく。大勢のひとが騒ぐ声やサイレンの響きが聞こえてくる。これまで「頑丈だ」と思われていた鉄やコンクリートの建造物が飴《あめ》のように歪んでいくのをふたりは目の当たりにした。

「お、おい、あれ……見ろ！」

村口は国会議事堂を指差した。議事堂は右に大きく傾いていた。しかも、痙攣《けいれん》しているかのように全体を激しく震わせながら、じわじわと下降している。周囲には数条の黒煙が上がっている。

「議事堂が……沈んでいく……」

村口がつぶやいたとき、絵里はいきなりその黒煙に向かって駆け出した。

「お、おい！　無茶だ。今行ったら……」

村口は叫んだが絵里は振り返らず、煙のなかに姿を消した。

「あいつ……」

村口が舌打ちをしたとき、議事堂前庭付近になにかが出現した。

それは一頭の牛だった。ただし、怪獣のように巨大で、口から赤いものを垂らしている。牛の首は三十度ほどねじれており、身体には無数のコンクリート片が突き刺さって血が流れていた。

も……が……おおっ……

おおお……が……が……

巨大な牛は悲痛な声で咆哮した。

おお……が……う……

が……が……あああ……

「いかん……やつらが地上に出てきたらとんでもないことになるぞ」

村口はそうつぶやいた。巨牛に続いて、ほかの牛たちもつぎつぎと上がってきた。

そして、一斉に走り出した。何千頭という牛たちの足音が夜の東京に響き渡った。

どおお……おお……お……おお……。

音は、次第に大きくなり、地響きと言えるほどにまで高まってきた。

どどど……どおおお……おお……お……おお……。

どどど……おおお……どどどお……おお……。

耳のそばで大滝がうなりをあげて落ちているかのような轟音。

どどどどど。

どどどどどどどどど。

どどどどどどどどどどどどどど。

しまいには、うわあああん……という耳鳴りのようなひとかたまりの音になった。

議事堂まえの道路を凄まじい速さで走り抜けていく。まるで大量の液体が移動しているようだ。そう……これは津波だ、と絵里は思った。月の光を浴びて水の奔流のように輝いている。とてつもないエネルギーを伴って押し寄せ、路上の自動車や通行人を飲み込み、はね飛ばし、叩き潰し、まっしぐらに進んでいく。街灯も信号も折れ、左右のビルも破壊され、割れたガラスが散乱した。けたたましいクラクションがひっきりなしに聞こえてくる。悲鳴、悲鳴、怒号、悲鳴。逃げ惑う車同士が衝突し、炎上している。炎は建物や公園の樹木に燃え移り、蜘蛛の巣状に広がっていく。

「スタンピードだ……」

村口は言った。牛は神経の細やかな生き物で、ちょっとした物音や目にしたものに驚いて、暴走することがある。一頭が走りだすと、その興奮はたちまち群れ中に伝播し、牧場中の牛が一斉に走りはじめる。そうなったら最後、心臓が破れるのも構わず、どこへ行くというあてもなく、ただひたすら走り続ける。ひとつの生き物のようにまとまったその膨大なエネルギーは、誰にもとめることはできない。何もかも破壊して、怒濤《どとう》のように駆け抜けるのだ。これを、スタンピードといって、かつて西部開拓時代のアメリカでカウボーイたちがもっとも恐れた現象であった。

牛たちの暴走を煽るように、ロケット弾が議事堂に向かって撃ち込まれ続けている。消防車やパトカーのサイレンの音も、牛を刺激している。そして、炎の赤い色も牛の興奮材料だ。警官たちも、彼らのほうに押し寄せてくる輝く流動物から身を守るのに精いっぱいだ。

浅田権司は、国会議事堂のまえでその様子を見つめていた。

「教主さま、ご指示を！」

部下たちが言った。

「む……」

「逃げましょう」

「む……」

「これは……神罰です。我々が、すべての国民の寿命を把握する、などという神の領域を侵すような計画を立てたために、神がお怒りになられたのです」

「そんなはずはない。ひとの寿命を管理するものが神だ。つまり……わしが神なのだ」

「ちがいます。教主さまはただの人間です。今からでも遅くないと思います。神に向かって罪を告白し、謝罪してください」

「そんなことはできん。これは葛城の民の夢なのだ」

「悪夢です。どうか……神に謝罪を……」

「嫌だ」

部下のひとりが浅田の腹に三発発射した。

「おかしい……わしは……今日死ぬはずでは……な……」

そうつぶやいて浅田は崩れ落ちた。

◇

五千頭を超える牛たちの勢いはますます加速した。その長さは二キロ以上もあった。走りながら牛たちは口々に、

「○○は○年○月○日に死ぬ」

と予言を吐き散らしている。警察が進行方向に先回りしてバリケードを作り、銃撃を試みたが、数頭を傷つけただけに終わった。バリケードは粉砕され、警官たちは踏み殺された。中途半端な銃撃は牛を怒らせるだけだった。

「たかが牛ごときをどうして制御できんのだ」

現場の混乱ぶりに警視総監は怒鳴った。

「牛、といってもただの牛ではないんです」

「どんな牛なんだ」

「ここへ来て、ご自分でご覧になってください」

そう、ただの牛ではない。牛鬼なのだ。鬼が暴走しているのだ。でないと、鉄筋コ

ンクリートの建物が壊れるはずがない。現実に、巨大な角による頭突きでシャッターはひん曲がり、外壁は木っ端みじんとなり、支柱は折れている。

SATからも連絡があった。

「どうだ、仕留めたか」

「ライフルでは歯が立ちません。隊員が三名死亡しました」

「なんとかしろ。あのあたりは首相官邸や裁判所、各省庁など公共の施設がたくさんある。なんとかしてそれに被害が……」

「食っております」

「――なに？」

「食っているんです。死んだ隊員の遺骸を……牛が食っております」

「馬鹿か。牛は草食だぞ。肉を食うわけは……」

「ここへ来て、ご自分でご覧になってください」

警察では止めようがない、と判断した警視総監は、自衛隊の出動を首相に要請しようとしたが、連絡はつかなかった。議事堂に近い首相官邸はスタンピードの犠牲となり、池谷とその妻は地下シェルターに逃げ込んで震えていたからだ。

火災がじわじわと広がっていたが、牛に阻まれて消火活動は遅々として進まなかった。警視庁や検察庁の建物にも火が迫っていた。牛たちは霞《かすみ》が関界隈《せきかいわい》を地響きを立てて疾走し、内閣府や文化庁の建物を破壊しつくしたあと、そこから皇居外苑《こうきょがいえん》に侵入した。

「いかん、もし皇居に向かったら……」

村口は蒼白になった。それでなくても、火の手が皇居を襲おうとしているのを消防が必死に防いでいるのだ。もし、牛たちが突入したら目を覆わんばかりの惨事が起こるにちがいない……。

「地震でも原発事故でも津波でもパンデミックでもなく、牛の暴走で東京が亡《ほろ》びるとは思ってもいなかったな……」

しかし、そうはならなかった。先頭の牛の動きが急におかしくなった。痙攣を起こしたように全身を震わせ、足をよろめかせて、斜めに走り出し、そのまま皇居の堀に転落していったのだ。そのうしろにいた牛も同様に堀に墜落した。全部が一体となって動いていたので、後続の牛たちも急には止まれず、つぎつぎと落ちていく。ついには巨大な牛鬼二頭が転げ落ちていき、凄まじい水しぶきが上がった。牛たちの三分の一ほどは堀のなかで暴れていたが、やがて静かになった。水死したのだろう。堀には、牛の死骸が積み重なって山になっている。水に落ちなかった残りの牛たちも、痙攣したり、うずくまったり、ふらふらと別方向に歩き出したりしはじめた。異常がみられない牛たちも、群れを指揮するものがいなくなったためか、おとなしくなって、あたりの草を食べ出した。そこへ、防衛大臣の命令で自衛隊がやっと到着し、牛たちを取り囲んで、一斉射撃を行った。執拗に、執拗に、毛皮がぼろきれのようになるまで撃ちまくり、堀に浮いている死骸にまで繰り返し攻撃を加えた。

◇

サイレンの音が錯綜《さくそう》し、各地の火災もまだ鎮火していないなか、村口は焼け落ちた国会議事堂の裏口のまえで立ち尽くしていた。消防車がひっきりなしに放水していたが、煙のなかにはまだ炎が渦巻いている。村口は消防隊のひとりに、

「なかにはひとはいませんか」

「わかりません。夜勤のひとたちは全員外に出たはずです」

そのなかに大輔たちは入っていなかった。

「お、おい！　崩れるぞ！」

「退避！　退避！」

突然、黒焦げの議事堂の建物がぐらりと傾いだ。そして、そのままずんずんと土のなかに沈んでいった。あっというまに議事堂は、最上部の中央塔のてっぺんがわずかに見えるだけになってしまった。地面には何本も亀裂が走り、玄関前庭の噴水や庭園

の樹木などもつぎつぎと地中に引きずり込まれていく。

「ど、どうなってるんだ！」

「わからん。地下に馬鹿でかい空洞でもあって、そこに落ち込んだのか……」

「逃げろ！」

村口はその場に座り込んだ。いつのまにか泣いていた。

「もうだめだ……」

呆然としていた村口の肩をだれかが後ろから叩いた。

「へ……？」

振り返った村口が見たのは、煤で真っ黒になった大輔だった。大輔は、絵里をお姫さまだっこしていた。

「ぶ、ぶ、ぶ……」

「無事だったよ。びっくりした？」

村口は何度も首を縦に振った。

「絵里ちゃんは……？」

「大丈夫。怪我をしてて立てないだけです」

大輔はにっこりした。顔が真っ黒なので歯がやけに白く見えた。

「どうやって助かったんだ」

「議事堂が火事になったんで、地下通路を通って議員会館から脱出したんです。足を痛めてたから、ひとりじゃ無理だった。絵里ちゃんが来てくれたから……」

「そ、そうか。よかった。——礼子は？」

大輔はかぶりを振った。

「そうか……そうか」

村口は下を向いた。

◇

解剖の結果、牛が突然奇妙な行動を取りはじめた原因がわかった。「狂牛病」だ。半数以上の牛で、脳が海綿状になっているのが見つかったのだ。狂牛病に感染した牛が国内ではじめて見つかったのは九月十日だったが、政府はその事実をひた隠しにしていたのだ。

「件」は肉食の牛を人工的に作り出すことによって成立する。「件」は共食いをするので、狂牛病を避けるのはむずかしい。池谷首相はその可能性をなんとかゼロにしようとして、海外からの牛肉の輸入を全面ストップしようとしたのだ。また、解剖した脳の異常プリオン蛋白《たんぱく》の状態からみて、牛たちの多くはかなり以前から狂牛病に感染していたと見られる。おそらく浦賀牧場で飼育していたうち一頭が狂牛病になり、その牛を食べたほかの牛に連鎖的に感染していったのだろう。それが皇居の堀端で突然発症して堀に墜落し、残りの牛たちはそれに巻き込まれたということらしい。

池谷内閣は総辞職し、事件に関係していた自綸党議員たちもバッジを外すことを余儀なくされた。みさき教関連施設は徹底的に調査され、機材や飼料、膨大な資料もすべて破棄された。関係者は逮捕された。

こうしてみさき教事件は終結した。

「東京に残ることにしたのか」

東京駅まで見送りにきた絵里に、奈良に帰る村口はそう言った。

「両親も死んじゃったし、向こうには嫌な思い出ばかり。こっちも……まあまあ嫌だけど……大輔さんがいるから」

松葉杖《まつばづえ》の絵里は振り返って、すぐうしろにいる大輔を見た。大輔は照れくさかったが、しっかりとうなずいた。

「そうか。それもいいだろう。しばらくゆっくりして魂を洗濯しなよ」

大輔が言った。

「村口さん……本当にこれで終わったんでしょうか。もうこの先はなにも起こらないのでしょうか」

「起こらないって。心配性だよなあ、こいつ」

村口は絵里に笑いかけた。絵里も笑い返したがその笑みはぎこちなかった。村口は空を見上げて、

「あれ以上ひどいことは、まあないだろうと思うよ。一生分、いや、来世の分までひどいことを味わった。さすがにもう打ち止めだろうな」

「だったらいいんですが」

そうだろうか……と大輔は思った。あれ以上にひどいことが起きるのではないだろうか。たとえば……大津波とか原発事故とか大規模テロとか戦争とか……。だが、それは口にはしなかった。

「そろそろ時間だ。じゃあな」

改札口に向かって歩いていく村口の背中を、大輔は絵里と寄り添いながらいつまでも見送っていた。

エピローグ

「見るがいい。この果てしない草原を」

まだ若いが、見ているほうが苦しくなるほどに太った男はそう言った。

「これをすべてあなたにさしあげよう。自由に使ってよい」

「ありがとうございます」

浅田権司は頭を下げた。

「一万頭以上の牛が飼える牛舎と、飼料に混ぜて牛に与える『イ』という茸を培養する施設をまず建設します。費用はかなりかかりますが……」

「いくらかかってもかまわん。この事業が軌道に乗ればすばらしいことになるのだからな。全国民の寿命を国家が把握できるとすれば、国内においては私にとって怖いものはなくなる。わが統治は永遠に続く。そうではないかな」

「まったくそのとおりです、総書記」

「私もはじめは嘘だと思っていたが、あなたに『件』という人語をしゃべる牛を見せられ、わが国の戦略軍司令官がまもなく死ぬ、と言われ、実際にそうなったときは驚いた。病気ひとつしない男だったからね、彼は。半信半疑で後任を探しておいてよかった。スムーズに引き継ぎができ、国防に空白期間をもたらさずにすんだ。まったくあなたのおかげだ」

「おそれいります」

「それにしても先生、すべての資料が日本の国家によって破棄されたというのに、よく保存しておられましたね」

「日本では、破棄された資料というのはかならずどこかから出てくるものなんですよ」

そう言って浅田は笑った。そして心のなかで、

(やはり「件」は正しかった。わしが死ぬのはもう少し先なのじゃ……)

そう思っていた。

本作品の引用部分の出典は左記のとおりです。著者、編者、出版元にお礼申し上げます。

『古事記（下）―全三巻―』次田真幸全訳注（講談社）
『桜田勝徳著作集〔全7巻〕第6巻　未刊採訪記〔Ⅰ〕』桜田勝徳著（名著出版）
『新編　日本古典文学全集42　神楽歌　催馬楽　梁塵秘抄　閑吟集』臼田甚五郎・新間進一・外村南都子・徳江元正校注・訳（小学館）
『妖怪事典』村上健司編著（毎日新聞社）
『人と動物の日本史1　動物の考古学』西本豊弘編（吉川弘文館）
『完訳　ギリシア・ローマ神話　上下合本版』トマス・ブルフィンチ著　大久保博訳（KADOKAWA）
『うし小百科』栗田奏二編（博品社）

この物語はフィクションであり、登場する団体、人物、地名等は実在のものとは一切関係ありません。

本書は書下ろしです。

|著者|田中啓文　1962年大阪府生まれ。神戸大学卒業。'93年ジャズミステリ短編「落下する緑」で「鮎川哲也の本格推理」に入選、「凶の剣士」で第2回ファンタジーロマン大賞佳作入選しデビュー。2002年「銀河帝国の弘法も筆の誤り」で第33回星雲賞日本短編部門、'09年「渋い夢」で第62回日本推理作家協会賞短編部門を受賞。近著に『臆病同心もののけ退治』、『文豪宮本武蔵』、「浮世奉行と三悪人」シリーズ、「警視庁陰陽寮オニマル」シリーズなど多数。

件《くだん》　もの言《い》う牛《うし》

田中啓文《たなかひろふみ》

講談社文庫
定価はカバーに
表示してあります

2020年12月15日第1刷発行

発行者——渡瀬昌彦
発行所——株式会社　講談社
東京都文京区音羽2-12-21　〒112-8001
電話　出版（03）5395-3510
　　　販売（03）5395-5817
　　　業務（03）5395-3615

デザイン—菊地信義
本文データ制作—講談社デジタル製作
印刷———豊国印刷株式会社
製本———株式会社国宝社

Printed in Japan

ISBN978-4-06-521555-5

講談社文庫刊行の辞

二十一世紀の到来を目睫に望みながら、われわれはいま、人類史上かつて例を見ない巨大な転換期をむかえようとしている。

世界も、日本も、激動の予兆に対する期待とおののきを内に蔵して、未知の時代に歩み入ろうとしている。このときにあたり、創業の人野間清治の「ナショナル・エデュケイター」への志を現代に甦らせようと意図して、われわれはここに古今の文芸作品はいうまでもなく、ひろく人文・社会・自然の諸科学から東西の名著を網羅する、新しい綜合文庫の発刊を決意した。

激動の転換期はまた断絶の時代である。われわれは戦後二十五年間の出版文化のありかたへの深い反省をこめて、この断絶の時代にあえて人間的な持続を求めようとする。いたずらに浮薄な商業主義のあだ花を追い求めることなく、長期にわたって良書に生命をあたえようとつとめるところにしか、今後の出版文化の真の繁栄はあり得ないと信じるからである。

同時にわれわれはこの綜合文庫の刊行を通じて、人文・社会・自然の諸科学が、結局人間の学にほかならないことを立証しようと願っている。かつて知識とは、「汝自身を知る」ことにつきていた。現代社会の瑣末な情報の氾濫のなかから、力強い知識の源泉を掘り起し、技術文明のただなかに、生きた人間の姿を復活させること。それこそわれわれの切なる希求である。

われわれは権威に盲従せず、俗流に媚びることなく、渾然一体となって日本の「草の根」をかたちづくる若く新しい世代の人々に、心をこめてこの新しい綜合文庫をおくり届けたい。それは知識の泉であるとともに感受性のふるさとであり、もっとも有機的に組織され、社会に開かれた万人のための大学をめざしている。大方の支援と協力を衷心より切望してやまない。

一九七一年七月

野間省一

講談社文芸文庫

塚本邦雄
新古今の惑星群
万葉から新古今へと詩歌理念を引き戻し、日本文化再建を目指した『藤原俊成・藤原良経』。新字新仮名の同書を正字正仮名に戻し改題、新たな生を吹き返した名著。
解説・年譜＝島内景二
つE12
978-4-06-521926-3

塚本邦雄
茂吉秀歌『赤光』百首
近代短歌の巨星・斎藤茂吉の第一歌集『赤光』より百首を精選。アララギ派とは一線を画して蛮勇をふるい、歌本来の魅力を縦横に論じた前衛歌人・批評家の真骨頂。
解説＝島内景二
つE11
978-4-06-517874-4

あさのあつこ　NO.6〔ナンバーシックス〕#8
あさのあつこ　NO.6〔ナンバーシックス〕#9
あさのあつこ　NO.6beyond〔ナンバーシックス・ビヨンド〕
あさのあつこ　待　っ　て　る〈橘屋草子〉
あさのあつこ　さいとう市立さいとう高校野球部(上)(下)
あさのあつこ　甲子園でエースしちゃいました〈さいとう市立さいとう高校野球部〉
阿部夏丸　泣けない魚たち
朝倉かすみ　肝、焼　け　る
朝倉かすみ　好かれようとしない
朝倉かすみ　ともしびマーケット
朝倉かすみ　感　応　連　鎖
朝倉かすみ　たそがれどきに見つけたもの
朝比奈あすか　憂鬱なハスビーン
朝比奈あすか　あの子が欲しい
荒山　徹　柳生大作戦(上)(下)
天野作市　気　高　き　昼　寝
天野作市　みんなの旅行
青柳碧人　浜村渚の計算ノート
青柳碧人　浜村渚の計算ノート　2さつめ〈ふしぎの国の期末テスト〉
青柳碧人　浜村渚の計算ノート　3さつめ〈水色コンパスと恋する幾何学〉
青柳碧人　浜村渚の計算ノート　3と$\frac{1}{2}$さつめ〈ふえるま島の最終定理〉
青柳碧人　浜村渚の計算ノート　4さつめ〈方程式は歌声に乗って〉
青柳碧人　浜村渚の計算ノート　5さつめ〈鳴くよウグイス、平面上〉
青柳碧人　浜村渚の計算ノート　6さつめ〈パピルスよ、永遠に〉
青柳碧人　浜村渚の計算ノート　7さつめ〈悪魔とポタージュスープ〉
青柳碧人　浜村渚の計算ノート　8さつめ〈虚数じかけの夏みかん〉
青柳碧人　浜村渚の計算ノート　8と2分の1さつめ〈つるかめ家の一族〉
青柳碧人　浜村渚の計算ノート　9さつめ〈恋人たちの必勝法《マーチンゲール》〉
青柳碧人　東京湾　海中《かいちゅう》高校
青柳碧人　希土類少女《レアアース・ガール》
青柳碧人　霊視刑事夕雨子《ゆうこ》1〈誰かがそこにいる〉
朝井まかて　花《はな》　競《くら》　べ〈向嶋なずな屋繁盛記〉
朝井まかて　ちゃんちゃら
朝井まかて　す　か　た　ん
朝井まかて　ぬ　け　ま　い　る
朝井まかて　恋　　　歌
朝井まかて　阿《お》蘭《らん》陀《だ》西《さい》鶴《かく》
朝井まかて　藪医《やぶい》　ふらここ堂
朝井まかて　福　　　袋
歩《あゆみ》　りえこ　ブラを捨て旅に出よう〈貧乏乙女の〝世界一周《ぜろか》〟旅行記〉
安藤祐介　営業零課接待班
安藤祐介　被取締役新入社員《とりしまられやく》〈大翔製菓広報宣伝部〉
安藤祐介　お　い！　山　田
安藤祐介　宝くじが当たったら
安藤祐介　一〇〇〇ヘクトパスカル
安藤祐介　テノヒラ幕府株式会社
青木　理　絞　　首　　刑
天祢　涼　議員探偵・漆原翔太郎〈セシューズ・ハイ〉
天祢　涼　都知事探偵・漆原翔太郎〈セシューズ・ハイ〉
麻見和史　石　の　繭〈警視庁殺人分析班〉
麻見和史　蟻《あり》の階段〈警視庁殺人分析班〉
麻見和史　水晶の鼓動〈警視庁殺人分析班〉
麻見和史　虚空の糸〈警視庁殺人分析班〉
麻見和史　聖者の凶数〈警視庁殺人分析班〉
麻見和史　女神の骨格〈警視庁殺人分析班〉
麻見和史　蝶の力学〈警視庁殺人分析班〉
麻見和史　雨色の仔羊〈警視庁殺人分析班〉

講談社文庫　目録

麻見和史　奈落の偶像〈警視庁殺人分析班〉
麻見和史　鷹《たか》の砦《とりで》〈警視庁殺人分析班〉
麻見和史　深紅の断片〈警防課救命チーム〉
赤坂憲雄　岡本太郎という思想
有川　浩　三匹のおっさん
有川　浩　三匹のおっさん ふたたび
有川　浩　ヒア・カムズ・ザ・サン
有川　浩　旅猫リポート
有川ひろ　アンマーとぼくら
有川ひろほか　ニャンニャンにゃんそろじー
荒崎一海　無流心月剣〈宗元寺隼人密命帖㈠〉
荒崎一海　幽霊の足〈宗元寺隼人密命帖㈡〉
荒崎一海　名花散る〈宗元寺隼人密命帖㈢〉
荒崎一海　江都落涙〈宗元寺隼人密命帖㈣〉
荒崎一海　門前仲町〈九頭竜覚山 浮世綴㈠〉
荒崎一海　蓬萊橋雨景〈九頭竜覚山 浮世綴㈡〉
荒崎一海　寺町哀感〈九頭竜覚山 浮世綴㈢〉
荒崎一海　小《お》名《な》木《き》川《がわ》〈九頭竜覚山 浮世綴㈣〉
浅野里沙子　花篝《はなかがり》 御探し物請負屋

朱野帰《かえる》子《こ》　駅物語
東　浩紀　一般意志2・0〈ルソー、フロイト、グーグル〉
朝倉宏景　白球アフロ
朝倉宏景　野球部ひとり
朝倉宏景　つよく結べ、ポニーテール
安達瑶奈　落の花〈堕ちたエリート〉
朝井リョウ　スペードの3
朝井リョウ　世にも奇妙な君物語
足立紳　弱虫日記
有沢ゆう希 ムサヲ 原作　恋と嘘〈映画ノベライズ〉
有沢ゆう希 末次由紀 原作　〈小説〉ちはやふる 上の句
有沢ゆう希 末次由紀 原作　〈小説〉ちはやふる 下の句
有沢ゆう希 末次由紀 原作　〈小説〉ちはやふる 結び
有沢ゆう希 ろびこ 原作　となりの怪物くん
有沢ゆう希　小説 パーフェクトワールド〈君といる奇跡〉
蒼井凜花　女唇《ルージュ》の伝言
秋川滝美　幸《こう》腹《ふく》な百貨店
秋川滝美　幸腹な百貨店〈デパ地下おにぎり騒動〉
秋川滝美　幸腹な百貨店〈催事場で蕎麦屋呑み〉

東 芙美子 原作 雲田はるこ 脚本 羽原大介　小説 昭和元禄落語心中
赤神　諒　神遊の城
赤神　諒　大友二階崩れ
彩瀬まる　やがて海へと届く
浅生　鴨　伴走者
天野純希　有楽斎の戦
五木寛之　ソフィアの秋
五木寛之　狼のブルース
五木寛之　海峡物語
五木寛之　風花のひと
五木寛之　鳥の歌(上)(下)
五木寛之　燃える秋
五木寛之　真夜中の望遠鏡〈流されゆく日々'78〉
五木寛之　ナホトカ青春航路〈流されゆく日々'79〉
五木寛之　旅の幻燈
五木寛之　他力
五木寛之　こころの天気図
五木寛之　新装版 恋歌
五木寛之　百寺巡礼 第一巻 奈良

五木寛之 百寺巡礼 第二巻 北陸
五木寛之 百寺巡礼 第三巻 京都I
五木寛之 百寺巡礼 第四巻 滋賀・東海
五木寛之 百寺巡礼 第五巻 関東・信州
五木寛之 百寺巡礼 第六巻 関西
五木寛之 百寺巡礼 第七巻 東北
五木寛之 百寺巡礼 第八巻 山陰・山陽
五木寛之 百寺巡礼 第九巻 京都II
五木寛之 百寺巡礼 第十巻 四国・九州
五木寛之 海外版 百寺巡礼 インド1
五木寛之 海外版 百寺巡礼 インド2
五木寛之 海外版 百寺巡礼 朝鮮半島
五木寛之 海外版 百寺巡礼 中 国
五木寛之 海外版 百寺巡礼 ブータン
五木寛之 海外版 百寺巡礼 日本・アメリカ
五木寛之 青春の門 第七部 挑戦篇
五木寛之 青春の門 第八部 風雲篇
五木寛之 親鸞 青春篇 (上)(下)
五木寛之 親鸞 激動篇 (上)(下)

五木寛之 親鸞 完結篇 (上)(下)
五木寛之 五木寛之の金沢さんぽ
井上ひさし モッキンポット師の後始末
井上ひさし ナ イ ン
井上ひさし 四千万歩の男 全五冊
井上ひさし 四千万歩の男 忠敬の生き方
井上ひさし 黄金《きん》の騎士団 (上)(下)
井上ひさし 一分ノ一 (上)(中)(下)
井上ひさし 司馬遼太郎 新装版 国家・宗教・日本人
池波正太郎 私 の 歳 月
池波正太郎 よい匂いのする一夜
池波正太郎 梅安料理ごよみ
池波正太郎 わが家の夕めし
池波正太郎 新装版 緑のオリンピア
池波正太郎 新装版 殺しの四人 〈仕掛人・藤枝梅安(一)〉
池波正太郎 新装版 梅安蟻地獄 〈仕掛人・藤枝梅安(二)〉
池波正太郎 新装版 梅安最合傘 〈仕掛人・藤枝梅安(三)〉
池波正太郎 新装版 梅安針供養 〈仕掛人・藤枝梅安(四)〉
池波正太郎 新装版 梅安乱れ雲 〈仕掛人・藤枝梅安(五)〉

池波正太郎 新装版 梅安影法師 〈仕掛人・藤枝梅安(六)〉
池波正太郎 新装版 梅安冬時雨 〈仕掛人・藤枝梅安(七)〉
池波正太郎 新装版 忍びの女 (上)(下)
池波正太郎 新装版 殺 し の 掟
池波正太郎 新装版 抜討ち半九郎
池波正太郎 新装版 娼 婦 の 眼
池波正太郎 近藤勇白書 (上)(下) 〈レジェンド歴史時代小説〉
井上 靖 楊 貴 妃 伝
石牟礼道子 新装版 苦《く》海《がい》浄《じょう》土《ど》 〈わが水俣病〉
いわさきちひろ ちひろのことば
いわさきちひろ 松本 猛 いわさきちひろの絵と心
いわさきちひろ 絵本美術館編 ちひろ・子どもの情景 〈文庫ギャラリー〉
いわさきちひろ 絵本美術館編 ちひろ・紫のメッセージ 〈文庫ギャラリー〉
いわさきちひろ 絵本美術館編 ちひろの花ことば 〈文庫ギャラリー〉
いわさきちひろ 絵本美術館編 ちひろのアンデルセン 〈文庫ギャラリー〉
いわさきちひろ 絵本美術館編 ちひろ・平和への願い 〈文庫ギャラリー〉
石野径一郎 新装版 ひめゆりの塔
今西錦司 生 物 の 世 界
井沢元彦 義 経 幻 殺 録

井沢元彦 光と影の武蔵〈切支丹秘録〉
井沢元彦 新装版 猿丸幻視行
一ノ瀬泰造 地雷を踏んだらサヨウナラ
泉 麻人 大東京23区散歩
伊集院 静 乳房
伊集院 静 遠い昨日
伊集院 静 夢は枯野を〈競輪躁鬱旅行〉
伊集院 静 野球で学んだこと ヒデキ君に教わったこと
伊集院 静 峠の声
伊集院 静 白秋
伊集院 静 潮流
伊集院 静 機関車先生
伊集院 静 冬の蜻蛉《とんぼ》
伊集院 静 オルゴール
伊集院 静 昨日スケッチ
伊集院 静 アフリカの王 (上)(下)
伊集院 静 あづま橋
伊集院 静 ぼくのボールが君に届けば
伊集院 静 駅までの道をおしえて
伊集院 静 受け月
伊集院 静 坂の上のμ〈野球小説アンソロジー〉
伊集院 静 ねむりねこ
伊集院 静 新装版 三年坂
伊集院 静 お父やんとオジさん (上)(下)
伊集院 静 ノボさん〈小説 正岡子規と夏目漱石〉(上)(下)
いとうせいこう 存在しない小説
いとうせいこう 我々の恋愛
井上夢人 メドゥサ、鏡をごらん
井上夢人 ダレカガナカニイル…
井上夢人 プラスティック
井上夢人 オルファクトグラム (上)(下)
井上夢人 もつれっぱなし
井上夢人 あわせ鏡に飛び込んで
井上夢人 魔法使いの弟子たち (上)(下)
井上夢人 ラバー・ソウル
池井戸 潤 果つる底なき
池井戸 潤 架空通貨
池井戸 潤 銀行狐
池井戸 潤 仇敵
池井戸 潤 BT'63 (上)(下)
池井戸 潤 空飛ぶタイヤ (上)(下)
池井戸 潤 鉄の骨
池井戸 潤 新装版 銀行総務特命
池井戸 潤 新装版 不祥事
池井戸 潤 ルーズヴェルト・ゲーム
池井戸 潤 半沢直樹1〈オレたちバブル入行組〉
池井戸 潤 半沢直樹2〈オレたち花のバブル組〉
池井戸 潤 半沢直樹3〈ロスジェネの逆襲〉
池井戸 潤 半沢直樹4〈銀翼のイカロス〉
糸井重里 ほぼ日刊イトイ新聞の本
石田衣良 LAST[ラスト]
石田衣良 東京DOLL
石田衣良 てのひらの迷路
石田衣良 40《フォーティ》翼ふたたび
石田衣良 sex
石田衣良 逆《さか》島《しま》断《たつ》雄《お》〈進駐官養成高校の決闘編1〉
石田衣良 逆島断雄〈進駐官養成高校の決闘編2〉

講談社文庫 目録

石田衣良　逆島断雄〈本土最終防衛決戦編1〉
石田衣良　逆島断雄〈本土最終防衛決戦編2〉
井上荒野　ひどい感じ―父・井上光晴
稲葉　稔　椋鳥の影〈八丁堀手控え帖〉
井川香四郎　冬の蝶〈梟与力吟味帳〉
井川香四郎　日照り草〈梟与力吟味帳〉
井川香四郎　忍《すい》冬《かずら》〈梟与力吟味帳〉
井川香四郎　花《はな》詞《ことば》〈梟与力吟味帳〉
井川香四郎　雪の花火〈梟与力吟味帳〉
井川香四郎　鬼《き》雨《う》〈梟与力吟味帳〉
井川香四郎　科《しな》戸《と》の風〈梟与力吟味帳〉
井川香四郎　紅《くれない》の露〈梟与力吟味帳〉
井川香四郎　惻《そく》隠《いん》の灯〈梟与力吟味帳〉
井川香四郎　三人羽織〈梟与力吟味帳〉
井川香四郎　吹《すい》花《か》の風〈梟与力吟味帳〉
井川香四郎　飯盛り侍
井川香四郎　飯盛り侍　鯛評定
井川香四郎　飯盛り侍　城攻め猪
井川香四郎　飯盛り侍　すっぽん天下

井川香四郎　御三家が斬る！
井川香四郎　御三家が斬る！〈殺しの鬼棲む妻籠宿〉
伊坂幸太郎　チルドレン
伊坂幸太郎　魔王
伊坂幸太郎　モダンタイムス(上)(下)
伊坂幸太郎　PK
伊坂幸太郎　サブマリン
絲山秋子　逃亡くそたわけ
絲山秋子　袋小路の男
石黒　耀　死都日本
石黒　耀　震災列島
石黒　耀　忠臣蔵異聞〈家老 大野九郎兵衛の長い仇討ち〉
犬飼六岐　筋違い半介
犬飼六岐　吉岡清三郎貸腕帳
石川大我　ボクの彼氏はどこにいる？
石松宏章　マジでガチなボランティア
伊東　潤　疾《はや》き雲のごとく
伊東　潤　戦国鬼譚　惨
伊東　潤　虚《うつ》けの舞

伊東　潤　叛《はん》鬼《き》
伊東　潤　国を蹴った男
伊東　潤　峠越え
伊東　潤　黎明に起《た》つ
伊東　潤　池田屋乱刃
市川拓司　吸涙鬼
石飛幸三　「平穏死」のすすめ〈口から食べられなくなったらどうしますか〉
伊藤理佐　女のはしょり道
伊藤理佐　また！女のはしょり道
石黒正数　外《げ》天《てん》楼《ろう》
伊与原新　ルカの方舟《はこぶね》
稲葉圭昭《よしあき》　恥さらし〈北海道警 悪徳刑事の告白〉
稲葉博一《ひろいち》　忍者烈伝
稲葉博一　忍者烈伝ノ続
稲葉博一　忍者烈伝ノ乱〈天之巻〉〈地之巻〉
伊岡　瞬　桜の花が散る前に
石川智健　エウレカの確率〈経済学捜査員 伏見真守〉
石川智健　エウレカの確率〈よくわかる殺人経済学入門〉
石川智健　エウレカの確率〈経済学捜査と殺人の効用〉

石川智健　60《ロクジュウ》〈誤判対策室〉
石川智健　第三者隠蔽機関
戌井昭人　ぴんぞろ
石田千　きなりの雲
井上真偽《まぎ》　その可能性はすでに考えた
井上真偽　聖女の毒杯〈その可能性はすでに考えた〉
井上真偽　恋と禁忌の述語論理《プレディケット》
泉ゆたか　お師匠さま、整いました！
伊兼源太郎　地検のS
内田康夫　シーラカンス殺人事件
内田康夫　パソコン探偵の名推理
内田康夫　「横山大観」殺人事件
内田康夫　江田島殺人事件
内田康夫　琵琶湖周航殺人歌
内田康夫　夏泊殺人岬
内田康夫　「信濃の国」殺人事件
内田康夫　風葬の城
内田康夫　透明な遺書
内田康夫　鞆《とも》の浦《うら》殺人事件

内田康夫　終幕《フィナーレ》のない殺人
内田康夫　御堂筋殺人事件
内田康夫　記憶の中の殺人
内田康夫　北国街道殺人事件
内田康夫　「紅藍《くれない》の女《ひと》」殺人事件
内田康夫　「紫《むらさき》の女《ひと》」殺人事件
内田康夫　藍色回廊殺人事件
内田康夫　明日香の皇子
内田康夫　華の下にて
内田康夫　博多殺人事件
内田康夫　黄金の石橋
内田康夫　金沢殺人事件
内田康夫　朝日殺人事件
内田康夫　湯布院殺人事件
内田康夫　釧路湿原殺人事件
内田康夫　貴賓室の怪人〈「飛鳥」編〉
内田康夫　イタリア幻想曲　貴賓室の怪人2
内田康夫　靖国への帰還
内田康夫　若狭殺人事件

内田康夫　化生の海
内田康夫　不等辺三角形
内田康夫　ぼくが探偵だった夏
内田康夫　怪談の道
内田康夫　逃げろ光彦〈内田康夫と5人の女たち〉
内田康夫　皇女の霊柩
内田康夫　悪魔の種子
内田康夫　戸隠伝説殺人事件
内田康夫　歌わない笛
内田康夫　新装版　死者の木霊
内田康夫　新装版　漂泊の楽人
内田康夫　新装版　平城山《ならやま》を越えた女
内田康夫　秋田殺人事件
内田康夫　孤道
和久井清水　孤道　完結編〈金色の眠り〉
歌野晶午　死体を買う男
歌野晶午　安達ヶ原の鬼密室
歌野晶午　新装版　長い家の殺人
歌野晶午　新装版　白い家の殺人

講談社文庫　目録

歌野晶午　新装版　動く家の殺人
歌野晶午　密室殺人ゲーム王手飛車取り
歌野晶午　新装版　ROMMY　越境者の夢
歌野晶午　増補版　放浪探偵と七つの殺人
歌野晶午　新装版　正月十一日、鏡殺し
歌野晶午　密室殺人ゲーム2.0
歌野晶午　密室殺人ゲーム・マニアックス
歌野晶午　魔王城殺人事件
内館牧子　終わった人
内田洋子　皿の中に、イタリア
宇江佐真理　泣きの銀次
宇江佐真理　晩　鐘〈続・泣きの銀次〉
宇江佐真理　虚　ろ　舟〈泣きの銀次参之章〉
宇江佐真理　室　の　梅〈おろく医者覚え帖〉
宇江佐真理　涙　堂〈琴女《ことじょ》癸酉《きゆう》日記《にっき》〉
宇江佐真理　あやめ横丁の人々
宇江佐真理　卵のふわふわ　八丁堀喰い物草紙・江戸前でもなし
宇江佐真理　日本橋本石町やさぐれ長屋
浦賀和宏　眠りの牢獄
浦賀和宏　時の鳥籠(上)(下)
浦賀和宏　頭蓋骨の中の楽園(上)(下)
上野哲也　ニライカナイの空で
上野哲也　五五五文字の巡礼〈魏志倭人伝トーク　地理篇〉
魚住　昭　渡邉恒雄　メディアと権力
魚住　昭　野中広務　差別と権力
魚住直子　非・バランス
魚住直子　未・フレンズ
魚住直子　ピンクの神様
上田秀人　密　封〈奥右筆秘帳〉
上田秀人　国　禁〈奥右筆秘帳〉
上田秀人　侵　蝕〈奥右筆秘帳〉
上田秀人　継　承〈奥右筆秘帳〉
上田秀人　簒《さん》　奪《だつ》〈奥右筆秘帳〉
上田秀人　秘　闘〈奥右筆秘帳〉
上田秀人　隠　密〈奥右筆秘帳〉
上田秀人　刃　傷〈奥右筆秘帳〉
上田秀人　召《めし》　抱《かかえ》〈奥右筆秘帳〉
上田秀人　墨《ぼっ》　痕《こん》〈奥右筆秘帳〉
上田秀人　天　下〈奥右筆秘帳〉
上田秀人　決　戦〈奥右筆秘帳〉
上田秀人　前　夜〈奥右筆外伝〉
上田秀人　軍師の挑戦〈上田秀人初期作品集〉
上田秀人　天主信長〈表〉〈我こそ天下なり〉
上田秀人　天主信長〈裏〉〈天を望むなかれ〉
上田秀人　波　乱〈百万石の留守居役㈠〉
上田秀人　思　惑〈百万石の留守居役㈡〉
上田秀人　新　参〈百万石の留守居役㈢〉
上田秀人　遺　臣〈百万石の留守居役㈣〉
上田秀人　密　約〈百万石の留守居役㈤〉
上田秀人　使　者〈百万石の留守居役㈥〉
上田秀人　貸　借〈百万石の留守居役㈦〉
上田秀人　参　勤〈百万石の留守居役㈧〉
上田秀人　因　果〈百万石の留守居役㈨〉
上田秀人　忖《そん》　度《たく》〈百万石の留守居役㈩〉
上田秀人　騒　動〈百万石の留守居役(十一)〉
上田秀人　分　断〈百万石の留守居役(十二)〉
上田秀人　舌　戦〈百万石の留守居役(十三)〉

2020年9月15日現在